新文京開發出版股份有限公司
NEW WCDP
新世紀．新視野．新文京 — 精選教科書．考試用書．專業參考書

New Wun Ching Developmental Publishing Co., Ltd.
New Age · New Choice · The Best Selected Educational Publications — NEW WCDP

第3版

編劇與腳本設計

Screenwriter and Script Design

3rd Edition

彭思舟・吳偉立
編著

三版序
Preface

本書有別於一般編劇類學術書籍，不是只側重理論，而且強調實務與創意的重要，本專書旨在建立讀者的編劇概念，鍛鍊編劇技巧，同時也加強其文化創意的養分。眾所周知，文創的養分與環境對一個劇作家能否寫出好作品，是關鍵中的關鍵，這其實是有跡可尋的。例如，華人作家中最暢銷的金庸、張愛玲、瓊瑤、韓寒、九把刀等人，其創作都脫離不了自身生長環境帶給他的影響軌跡。因此，為使讀者在未來市場更具決勝力，本書分成兩部分，實務篇與創意篇，如下所述：

第一部分為「編劇與腳本設計實務篇」，編劇為創作的核心能力，現代文創事業，無論遊戲、動畫、漫畫、繪本、廣告、戲劇…等各類創作產業，均需要編劇能力。同時，本書實務篇的特點，也將加強腳本設計的概念。腳本設計在一般的編劇學術類書中較少提及，這其實就是將劇本的圖像視覺設計，依照出場順序安排虛擬人物、道具在場景裡演出；因此，劇本與腳本設計最大的不同，就是其中包含真實世界不常見的人物動作、道具、運鏡、特效與氣氛，尤其在動畫類的腳本設計，這樣的狀況更明顯，腳本設計可在動畫未完成之前使之呈現粗略景像、節奏，因為動畫製作非常耗費人力與金錢，所以在腳本尚未定案之前，動畫製作不會進行。

腳本設計必須瞭解場景的空間細節、透視觀念、剪接技巧與構圖設計，事先模擬攝影機在不同角度所拍攝出來的畫面效果，準確的提供訊息給動畫製作部門，避免與導演的認知落差太大，導致過多大幅度的修改或重做。文字劇本繪成分鏡腳本後，導演表定每一景演出的時間，在進入錄音室先行配音；配音員也會參考腳本情緒節奏錄製對白。圖像與聲音確定後進行動態腳本剪接，包含影像、運鏡、對白以及時間，導演從中就可以掌握故事的情緒與節奏，那是文字劇本所無法傳遞的視覺設計。如果導演親手畫出理想中的影像概念，不管內容有多粗略，對於影像的溝通與製作都會有積極正面的幫助！

本書的第二部分為「創意篇」。首先從全球化的語言與在地化的特色出發，以臺灣作家九把刀作品改編的青春熱門電影《那些年，我們一起追的女孩》為例，幫助讀者瞭解，一個成功的文創作品，必定脫離不了全球在地化的因素，並從這些點出發，找到屬於自己創作的土壤與養分。這必定對於讀者將來在「題材的選擇與考量」、「故事大綱的發想」等實務創作上，從生活與成長過程中擷取感動、訓練直覺與創造力，發現靈感有重大的幫助。

近年來，代表軟實力的動漫文化，受到各國重視，而普羅大眾喜愛的圖像表達形式－「漫畫」，其實也是需要強大劇本的奧援，才能發揮其「第九藝術」的魅力。因此在本書第三版特別增加大量關於漫畫腳本的範例，及增加微電影改編文本的範例，俾利提供讀者更多的練習機會。

編著者　謹識

編者簡介
About the Authors

彭思舟

現任：沃客買創業投資公司創辦人，為中華民國臺灣少數投身創業教育、專注新創種子輪與天使輪創造募資條件、商業定位、搶占投資人心智的專家

學歷：中國文化大學法學博士

經歷：中國人民大學博士後研究站、中國合肥商務仲裁委員會仲裁人，曾投資參與創辦全世界第一臺智慧移動煮麵機鹵豆集團，獲百度創始人九合投資、歷任國家通訊社中央通訊社駐點北京上海特派員、八年兩岸財經新聞記者經驗、前臺北海洋技術學院教務長、主任祕書、人事主任、董事會監察人等

吳偉立

現任：臺北海洋科技大學海空物流與行銷系專任講師

學歷：中國文化大學文學博士

經歷：
1. 南亞技術學院通識教育中心兼任講師
2. 華夏技術學院通識教育中心兼任講師
3. 私立立人中學國文教師
4. 國語日報漫畫版四格漫畫連載作家（作品：歡笑樂樂棒）
5. 國語日報連環漫畫編劇
6. 漫畫單行本《絕笑野球隊》作者（本書入圍民國 95 年度金鼎獎最佳漫畫書獎）

目錄 Contents

Part 1 編劇與腳本設計實務篇

Part 2 「編劇與腳本設計創意基礎篇」－以臺灣社會十二項微觀察看臺灣文創環境的養分

Part 1

編劇與腳本設計實務篇

第一章　編劇與腳本是如何形成的

第二章　劇本與腳本設計的基本技巧之一

第三章　劇本與腳本設計的基本技巧之二

第四章　編劇與腳本的實戰練習

第五章　總　結

附錄一：短篇小說〈1989 放暑假〉

附錄二：短篇小說〈心碎的滋味〉

附錄三：短篇小說〈災難機率顯示器〉

附錄四：漫畫劇本範例

前言

你一定有以下的經驗：夏日午後時光，獨自坐在涼椅上假寐，腦中白日夢般的幻想構築出故事的場景。主角與配角的互動活靈活現生動的演出，角色的對白、裝扮、道具的造型、配置、畫面的運鏡等場面調度，都由你一手包辦。一場「微電影」、「私電影」就在你腦內放映。

這是一部屬於你的電影。

因為只有你知道這部電影的一切。

如果這是個神諭般的白日夢：故事情節媲美史蒂芬史匹柏的《辛德勒的名單》；場面調度勝過詹姆斯柯麥隆的《阿凡達》…。

不管如何，你覺得一定要把這個偉大構想拍成電影！

此時此刻的你，不能只是想著如何找金主、籌資金。

而是請先深呼吸一口氣，靜下心來坐在書桌前……

好好的開始……寫「劇本」吧！

第一章　編劇與腳本是如何形成的

一、編劇與腳本的核心價值

產生電影、電視劇、舞臺劇、廣播劇，甚至電玩遊戲的先決條件，就是要先創作或改編一部劇本。

劇本就像是建築工程的藍圖，它只是個工具、是個半成品，目的是希望工作人員按圖索驥的依照劇本的文本，完成相關的藝術創作。所以劇本是以文字的形態呈現，作為戲劇創作的文本基礎，導演與演員即以劇本為根據演出。

而創作或改編劇本的人就是所謂的「編劇」，亦稱為「劇作家」。他們從各種領域獲得靈感，構思出不同的原創故事，再把故事結構化、系統化，形成原創劇本；或是改編既有的小說故事、既有的劇本，形成二次創作的改編劇本。

編劇家創作劇本，使原本徒有靈魂的故事，產生了骨架。但只有骨架沒有血肉還是無法生存，所以導演的工作便產生了。

導演承接了劇本的故事，也由劇本認知了該故事的大綱、場景、角色、對白…等，但只有這些是不夠的，「怎麼拍？」就是接下來的課題。

劇本只是「文字」，而呈現在觀眾眼前的卻是「影像」，把文字轉化為影像的橋樑便是所謂的「分鏡腳本」(亦稱為「分鏡表」)。導演依照劇本的內容，在腦中轉化為適合的畫面，再以圖像的方式畫於分鏡腳本上，所以電影、電視劇或遊戲中的運鏡、演員的走位、場景的構圖…等，皆依據分鏡腳本的指示規劃運作。

由以上可知，同一部劇本，拿給十位導演，將會出現十種不同的分鏡腳本，亦會產生十種不同的影像風格（除非是自編自導），劇本與腳本可以視狀況彈性修改（例如著名的蔡明亮導演，他的電影就沒有劇本，有也頂多幾行分鏡腳本大綱），所以由分鏡腳本乃至於後續的影像產出，都可以看出該導演鏡頭的運用及導演的功力，這也是影像創作的魅力與樂趣所在。

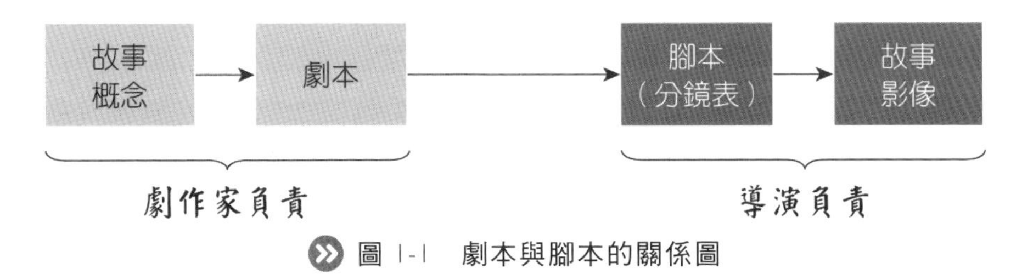

圖 1-1　劇本與腳本的關係圖

二、編劇與腳本的主軸與結構

一部完整的劇本包含四個元素：人物設定、故事大綱、分場大綱、分場對白劇本。

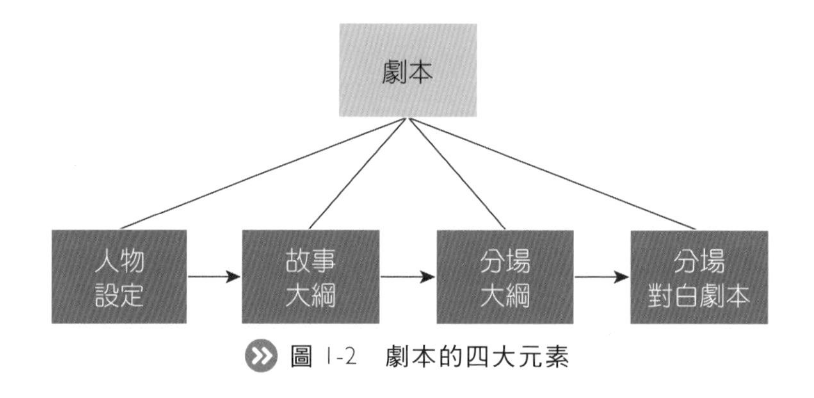

圖 1-2　劇本的四大元素

（一）人物設定

戲劇或遊戲是由角色的互動所構成，因此在一個故事形成之前，「人物設定」便是重要的前置作業。

「人物設定」係塑造登場人物獨特的個性、外貌及關係，以便融入故事以構成劇情，人物設定基本項目如下表：

項目	說明
姓名	寫明該角色在劇中的稱呼，最好一個角色就一個稱呼，以免混淆。
外貌	角色的年齡、性別、高矮胖瘦、特徵等。
個性	寫明角色的性格，例如外向活潑或內向陰沉等。
人物關係	列出主要角色的關係，最好以圖示說明。

人物設定案例如下：

角色 1	
姓名	孫治權
外貌	性別：男 年齡：17 約 170 公分、稍瘦
個性	活潑開朗、富有想像力、自我感覺良好

(二)故事大綱

我們都知道好萊塢是全世界電影工業的龍頭，因此在那有許多默默無名等待發跡的編劇家。電影公司的製片每天都接到很多毛遂自薦的劇本，但他們在決定要不要閱讀之前，往往會先要求投稿的編劇家：「請用 30 個字講完你所創作的故事。」

這 30 個字就是劇本成敗的關鍵。說明白一點，那就是所謂的「故事大綱」。

導演拍攝影片或製作人製作遊戲之前，其實是處於對故事一無所知的迷霧之中，當熱騰騰的劇本遞到他們手上後，迫不及待地想知道故事的概要，「故事大綱」的內容便是勾勒故事的輪廓，使第一次接觸到新劇本的導演或製作人，對整體故事有概括性的瞭解，心裡有個底，以便後續的創作。

「故事大綱」要言之有物的將劇本中登場的重要人物、事件的時代、發生的地點、故事的鋪陳重點、衝突的轉折及結局，概要性的撰寫出來。至於故事的末微細節、角色內心的感受（內心戲）等便不必贅述。

另外，在字數方面，當然不能如前述的 30 個字這麼簡略，但也不宜長篇大論的拖泥冗長，如果編劇者跟導演、製片熟識，600～1,000 字是剛剛好的；如果相反或故事較複雜，則以 2,000～4,000 字為佳。

以下為一篇 600 字劇本大綱的案例：

《1989 放暑假》劇本大綱

1989 年 9 月，就讀三流高中的孫治權在公車上認識了北一女的劉慧妤。

本來以為一場美好戀情就要展開的他，下車時卻忘了跟她要電話…。

懊惱的孫治權回想起劉慧妤曾透露喜歡小虎隊的消息，於是死馬當活馬醫的參加小虎隊的演唱會，期待能巧遇她。

沒想到真的賭到了！他們開始似有若無的交往，孫治權也知道了劉慧妤的父親是個流亡國外的政治犯。

突然有一天她對他說：「你想要跟我交往，就要讓我感動……」

什麼能讓她感動呢？

於是孫治權異想天開的參加電視臺的選秀節目，透過螢光幕向她表白。

但是似乎只有百分之零點一的效果！

就這樣到了 1990 年 3 月，野百合學運爆發。

孫治權抱著看熱鬧的鄉民心態到了中正紀念堂，竟然又巧遇了參加絕食靜坐的劉慧妤。

「跟我一起絕食吧……」她對他說。

這樣她一定會感動，他想著。

最後還是敵不過飢餓感。

在偷吃麵的時候被當場抓包，劉慧妤一氣之下，他們失去了聯絡，學運也結束了。

孫治權決定幹一票大的！

10 月 10 日，學校派他們參加國慶日閱兵典禮的排字工作。當天，他混進播音室，把閱兵進行曲換成小虎隊的青蘋果樂園。

後果可想而知，在全場騷動時，孫治權和劉慧妤相視而笑。

在大學聯考的前一天，他們交往了。

劉慧妤考上了臺大，孫治權則上了逢甲。

就如同全天下每個偉大的愛情故事一樣，最後他們還是分手了，在大一期末考的前一天。

從此又失去了聯絡。

2011 年，在北歐出差的孫治權，看到劉慧妤頭戴貝雷帽、穿著迷彩裝、手執 AK-47 的照片，刊登在左派雜誌的封面上。得知她目前正在中南美洲的某小國，與政府軍奮戰著，為她的人生奮戰著…，也為了追尋她的感動奮戰著。

那是哥本哈根下著雪的夜晚。

（三）分場大綱

一部電影或電玩遊戲，不可能只有同一個場景、同一個時間背景。想一想，瑪莉兄弟也是要上山下海、飛天遁地的勇闖不同關卡啊！所以在「故事大綱」完成了故事簡要的勾畫後，接著就是要把抽象的情節輪廓轉化為具體場景配置的「分場大綱」。

「分場大綱」是「故事大綱」過渡到正式劇本的關鍵時刻，因為「分場大綱」依據「故事大綱」的故事內容，分配各個角色登場的時機，及演出的場合，具象的體現整部戲的基本結構，開啟了「承先」的作用；之後的正式劇本則依據「分場大綱」的配置，完成更詳細的撰述，例如角色的對白及表情、動作等，所以亦有「啟後」的效果。

前面提過，戲劇或遊戲，其實就是場景及時間的堆砌與轉換，所以只要遇到「時間」及「空間」的變換，就要進行分場，例如黑夜與白天的時間更替；室內與戶外的空間轉移等。

例如角色間在辦公室內討論中餐要吃什麼，接著在餐廳內邊吃飯邊聊天。這時，辦公室是一個場景、餐廳則是另一個場景。又如果是主角從教室走到操場，且劇情是連貫的話，景別就要寫成：教室連操場。

所以「分場大綱」只是單純線性配置各個場景時間，及哪個場景出現哪個人物，他們做了什麼事情而已，所以是沒有對白臺詞的。

分場大綱所包含的元素如下：

分場大綱的元素	說明
場次	例如序場、第 1 場、第 2 場…等，以量化順序的方式分配場次。
時間	簡要寫出是黑夜（夜）或白天（日）即可，當然詳細一點如黃昏（昏）、中午（午）也是可以的。
景別	寫明這場戲發生在哪裡，例如「客廳」、「公園」…等，講究一點的，可以在場景後加註是內景或外景。
出場人物	這場戲有誰登場，寫出他們的名字，如果這場戲是空景（沒有人物出現的畫面）那就不用寫了。
大綱	簡要敘述在本場景登場人物互動及行為，或是空景的狀態。

如果說寫「故事大綱」是感性的發想，那在寫「分場大綱」時則是理性的核配。

由前述可知，分場大綱具有承先啟後的功能，因此製作人可藉由此瞭解場次的多寡，來拿捏預算的分配；導演亦可知道場景的變換，以考量拍攝的順序；演員登場的狀況，以掌握角色的塑造；情節的節奏，以設計分鏡的手法等。如果發現有任何的困境與窒礙難行的地方，此時此刻也是溝通修改大綱的最好時機。

以下為分場大綱案例：

場次	時間	景別	出場人物	大綱
序場	日	教室內	全班同學、歷史老師	歷史老師在講臺上講課，大多數同學們昏昏欲睡。老師叫孫治權起來回答問題，孫的答案令老師相當滿意。
第 1 場	昏	校門口	孫治權	放學時分，孫治權緩步步出校門口，停下腳步，佇立看著對街抗議遊行的人潮。 上片名字幕。
第 2 場	昏	公車站牌	孫治權	公車駛進站牌，孫治權夾在人群內擠上公車。

（四）分場對白劇本

我們完成了故事大綱及分場大綱後，接著就要撰寫劇本的最重要，也是最終端的「分場對白劇本」。

所謂「劇本」便是「用文字構築的畫面」，所以編劇者必須用簡淺易懂的文字，把畫面「寫」出來，而畫面中的角色會說話、會動作，因此劇本中要有說話的「對白」；動作的「敘述」。用文字寫影像，就是「劇本」。

「分場對白劇本」承接了「分場大綱」的場景分配，因此，分場大綱有的場次、時間、景別、出場人物，這四大天王亦為分場對白劇本的基本配備。所不同的是，分場對白劇本加入「對白」、「動作」及「聲音」。

劇中角色互動的對話，或個人的獨白都是「對白」的一環，編劇者依據初始「人物設定」中角色的個性、職業等，配合分場劇情，在劇本中設計各式「對白」，藉以推動整個劇情的發展。所以編劇者在寫對白時，請放心大膽的該出手時就出手，為所當為的寫出適合的內容，最後是不是完整的呈現，便是後續導演及製作人的工作了。

至於角色的動作，是不是要鉅細靡遺的寫清楚，那是編劇者所要斟酌的，因為這些牽涉到「演出」。而「演出」其實是導演的責任（在日本動畫工作人員中，甚至有明確的「演出」職位，類似副導演，專門處理動畫角色間的互動及場面調度），所以大多數的編劇者，在寫角色的動作時，往往簡略的描述，只要作到能讓導演理解是什麼樣的一個動作即可，至於動作的細節，那就讓導演煩惱吧！

電影、電視劇中除了角色對話聲音外，另有敘述故事、補充劇情的「旁白」(voice over，簡稱 VO)；不屬於畫面角色發出的「畫外音」(off screen，簡稱 OS)。其兩者的分野如下表所示：

類型	特徵	舉例
「旁白」(voice over，簡稱 VO)	1. 聲音來源不在畫面中的場景。 2. 敘述故事、補充劇情。	畫面中白雪公主與白馬王子在森林中的草地上擁吻。 鏡頭拉遠。 旁白說出：「從此，白雪公主與白馬王子過著幸福快樂的日子。」
「畫外音」(off screen，簡稱 OS)	聲音來源不出現在畫面中。 ＊角色的內心獨白請用 OS。	場景：正在上課的教室。 畫面為 A 同學昏昏欲睡的臉部特寫。 畫外音為老師講課的聲音。

以下為分場對白劇本案例：

場次：第 19 場	時間：白天（昏）
景別：速食店內	出場人物：孫治權、阿和、小龍女

△孫治權、阿和、小龍女三人坐在 2 樓落地窗旁，窗外道路呈現下班的車水馬龍。

阿和：(啃著炸雞) 孫權！你今天蹺了一天課，導仔很不爽喔！

孫治權：（一臉不屑）啊！放心啦！反正我就快當大明星了！不爽就不爽嚕！

阿和、小龍女：（異口同聲）大明星？

VO：於是，我把試鏡的經過和要去錄影的事告訴他們。

△孫治權對著阿和、小龍女滔滔不絕狀。

小龍女：（興奮的拉住孫治權）哇！好羨慕你呦！可以看到歌星耶！（嬌滴滴狀）可以幫我要乖乖虎的簽名嗎？

孫治權：（不自在）好啦！好啦！

阿和：那我也要「星星、月亮、太陽」的簽名！

△孫治權苦笑著。

VO：早知道就不告訴他們了。靠！去錄個影還攬了這麼多麻煩事，「星星、月亮、太陽」？要我到哪去找？

符號說明：△為描述畫面中所呈現的狀態；（　）內為角色的動作或聲音提示。

再舉一篇漫畫劇本案例的節錄，如下：

場次：第1場	時間：晚上
景別：美國某小聯盟球場內	出場人物：鐵雄

△場內球員辛苦的練球完畢，正在收拾球具，鐵雄拿起手機撥號。

場次：第2場	時間：白天
景別：博士家、美國某小聯盟球場內	出場人物：博士、蒜頭妹、小猴哥、鐵雄

△博士、蒜頭妹、小猴哥正在一起看王建民投球實況。

△電話響起，博士接聽。

博士：喂？啊！是鐵雄啊！（高興激動）

△畫面加入鐵雄與博士分割畫面。

鐵雄：爺爺！下禮拜我們球隊要打冠軍賽了！希望您能來看我比賽！

博士：好！好！我一定會去！

△博士掛上電話。

小猴哥：（疑問）博士，鐵雄是誰啊？

蒜頭妹：是科學小飛俠嗎？

博士：哈哈！鐵雄是我的孫子啦！他現在在美國小聯盟打球喔！下星期是他們球隊的總冠軍賽，我要去為他加油喔！

△此時，猴和蒜已經身穿加油衣及拿出加油道具。

猴和蒜：博士！我們也準備好了！

博士：（苦笑）真是敗給你們了！

（五）分鏡腳本

前面提過，分場對白劇本是整體劇本的終端，因此編劇者寫完分場對白劇本後，也算是功德圓滿了，接下來就要由導演根據分場對白劇本來製作「分鏡腳本」了。

編劇者的工作是寫劇本，把故事轉化為文字；導演的工作便是把劇本的文本具體化、映像化，以轉化為畫面，體現導演個人對故事獨特的演繹手法、對影像的詮釋，及藝術的風格，所以「分鏡腳本」便是這轉化過程中間的重要工具，亦提供給影像製作團隊在拍攝中的重要依據。

「分鏡腳本」亦稱「分鏡表」或「導演劇本」，除了有分場對白劇本所提供的資料外，另有關於畫面拍攝的分鏡畫面、聲音說明、畫面說明、運鏡方式、秒數等。

如果說劇本是文字書的話，那分鏡腳本便是圖文書了。因為要顯示畫面，所以分鏡腳本的呈現類似四格漫畫，分鏡腳本內容的分項說明如下表：

項目	說明
場次	場景的序號
景別	場景為何
分鏡畫面	圖示呈現的畫面內容
聲音說明	說明該畫面出現的聲音
畫面說明	文字說明該畫面的細節
運鏡方式	鏡頭運用方式，例如拉遠(zoom out)、拉近(zoom in)…等

分鏡腳本案例：

場次	景別	分鏡畫面	聲音說明	畫面說明	運鏡方式
19	速食店內（內景）	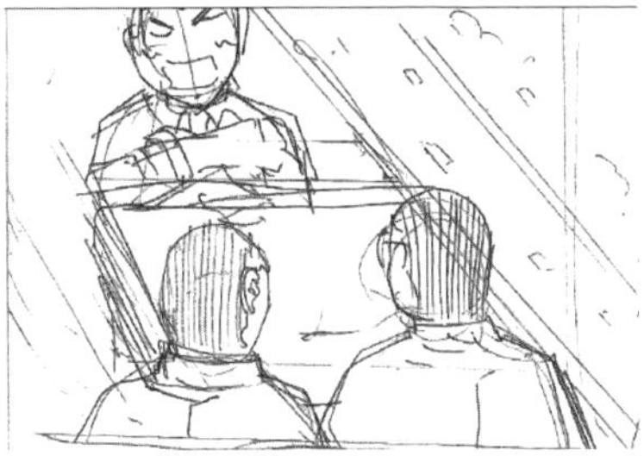	速食店嘈雜聲。	孫治權、阿和、小龍女三人坐在 2 樓落地窗旁，窗外道路呈現下班的車水馬龍。	
19	速食店內（內景）		阿和：孫權！你今天蹺了一天課，導仔很不爽喔！	阿和邊啃著炸雞邊說話。	中特寫

場次	景別	分鏡畫面	聲音說明	畫面說明	運鏡方式
19	速食店內（內景）		孫治權：啊！放心啦！反正我就快當大明星了！不爽就不爽嚕！	孫治權一臉不屑。	特寫

第二章　劇本與腳本設計的基本技巧之一

在瞭解劇本與腳本是如何形成之後，就讓我們各個擊破，探討劇本與腳本設計的基本技巧與撇步！

一、題材選擇與蒐集資料

大詩人李白曾有「況陽春召我以煙景，大塊假我以文章」的感懷；俗話也有「人生如戲，戲如人生」的描寫，所以戲劇刻劃且描述了劇中角色的人生。而我們觀眾則是藉由戲劇，感受角色們的喜怒哀樂與悲歡離合。相對的，真實的人生何嘗不是充滿著戲劇性，因此，劇本的素材應出自人生、出自這個世界上發生的事件。

戴立忍導演的《不能沒有你》即是取材改編自真實的新聞事件，從這裡可以知道，「事件」可以是他人的事件；也可以是來自自己的故事，例如九把刀的《那些年，我們一起追的女孩》則取材自作者本身的事件，因此我們可以歸納如下：

事件的取材	說明
歷史的事件	人類的歷史豐富多變、可歌可泣，可以取用的故事題材相當多元，例如吳宇森導演的《赤壁》即是取材自三國演義的故事；當然，歷史的主角是人，人性是亙古不變的，因此掌握歷史事件人物的關係互動，改編後把時代背景放在現在或未來的戲劇，亦所在多有。
現實的事件	取材現實的生活，從自身或他人的生活經驗中取得素材，現今大部分的影像作品皆是這類的取材，例如日本片《明日的記憶》便是取材於阿茲海默症患者的生活。
綜合的事件	科幻、奇幻片等，雖然超脫現實的生活經驗，但是回歸到角色的「人」身上，其互動依然不脫人性的矛盾與衝突，例如喬治盧卡斯的《星際大戰》，融入了古典莎士比亞式的糾葛、傳統美國西部牛仔的狂放、二次大戰的戰爭模式…等，融合古今的各式事件，粹鍊出編劇者個人獨特的宇宙觀。

題材的選定，其實只是形成一個原點，是個模糊的概念，或只是簡短的單線故事，只靠題材是發展不了一個完整作品的，所以要讓題材長高長壯，成為有系統的故事，首要任務便要邁步向前的去「蒐集資料」。

資料的蒐集方式如：書籍、報章雜誌、影像資料、網際網路、親自體驗、口耳相傳、問卷調查、田野調查或訪談等。例如魏德聖導演的《賽德克・巴萊》，在劇本創作前，必定蒐集大量霧社事件的相關書面或影音資料，亦親自上相關部落蹲點、與相關人士訪談會晤。

所以「蒐集資料」的目的是讓編劇者「準備充足」(get ready)，就像是打仗前的厲兵秣馬。因為只仗恃著題材的初步概念，相信劇本寫不到三分之一就掰不下去了，但「蒐集資料」這個基本功如果做得好，除了讓編劇者有資料不虞匱乏、能持續創作的安定感外，充分的資料亦能激盪出更多的靈感。

二、主旨與主題表現

在我們好不容易選擇了題材與蒐集充分資料後，接著便要設定「主旨與主題表現」。

「主旨」是整部作品最高層次的指導原則，恰如作品的靈魂及核心價值，是比較抽象的；而「主題」則是作品的骨幹、主軸，所有的故事則依附這條骨幹開展表現，其關係圖如下：

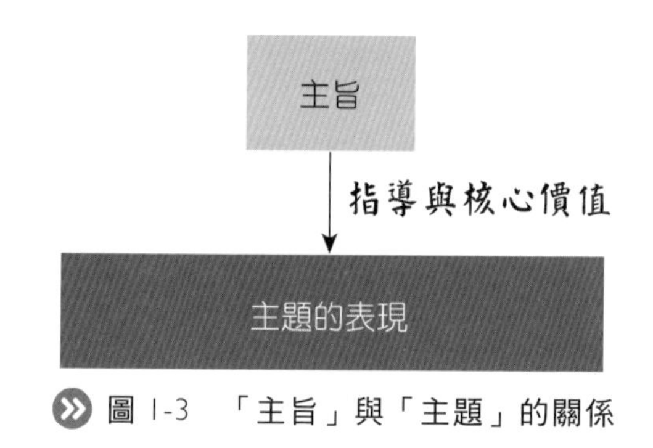

圖 1-3　「主旨」與「主題」的關係

「越戰」是美國歷史上的重要事件，所以以此為題材的電影戲劇相當的多，假設我們今天要以越戰為「題材」編寫一套劇本，首先「題材選擇」已經完成了，接著我們蒐集了許許多多相關資料，「資料蒐集」也完成了，那麼下一步就是「你想要傳達什麼訊息給觀眾」？

「越戰」是一場爭議性很多的戰爭，因此如果你想傳達「反戰」的訊息，那麼「反戰」便是劇本的「主旨」；反之，如要傳達「戰亂中的人性」，那麼「人性的價值」則為主旨。所以「題材」只是故事背景，「主旨」則是編劇者想要傳達的意念。例如美國導演奧利佛史東曾創作經典的「越戰三部曲」，三部片的題材皆取材越戰，但其中《前進高棉》、《七月四日誕生》兩部片之主旨皆為「反戰」；而《天與地》的主旨為「戰亂中的人性」。

有了最高導原則的「主旨」，接著要擬定「主題的表現」，這時進入比較具體的階段，因為主題要靠劇本中的演出表現出來，所以人物的對白、性格；故事的情節、結局；影像的風格等皆在表現主題，換句話說，在我們觀賞作品的同時，也是編劇者張揚主題的過程，所以易卜生才會說：「要用九分的情節去烘托一分的主題」。

承上例，《前進高棉》、《七月四日誕生》等片的主旨雖然都是反戰，但主題的表現卻有所不同。《前進高棉》的主題表現藉由越戰美軍士兵、軍官間的矛盾衝突，之後導致的悲劇，凸顯戰爭的殘酷與反戰的價值；《七月四日誕生》的主題表現則是藉由越戰退伍老兵與社會格格不入的衝突，凸顯反戰的意義；另外，《天與地》藉由越南女性與美國大兵的糾葛，突出戰亂中人性的價值。

讓我們再舉個賣座大片《鐵達尼號》當例子，分析如下表：

片名：《鐵達尼號》		
題材	主旨	主題表現
鐵達尼號船難事件	彰顯真愛	在鐵達尼號上相識進而相戀的一對男女，在船難中譜出不朽真愛。

由上述可知，「主旨」就像 GPS 衛星導航器，指引著整個行程，而行程就是「主題表現」。因此「主題表現」在「主旨」指引下，須用各種素材、手法來表達主題，例如人物性格的刻劃、劇情衝突起伏、情節的安排…等，最後在結局的句號中，傳達主旨的精隨，例如在電影《雙瞳》中，其結尾明確的浮現「有愛不死」的字幕，而這幾個字也可謂該片的主旨。

三、人物（1）：人物設定－角色「內在人生」的創造

除非是動物星球頻道的昆蟲紀錄片，不然所有戲劇的基礎皆是各式人物的組合（連獅子王都是擬人化呢！），「誰在哪裡跟誰發生的事情」就是故事，而劇本的素材皆取自於人生，因此「人物」是劇本的核心與驅動的元素。

前面章節約略提過：在一個故事形成之前，「人物設定」是重要的前置作業。

如果人物設定失敗，過於平板或突兀，那後續的故事發展必然會兵敗如山倒的陷入困境，所以編劇者在人物設定階段必然要下一番功夫。

角色在這個故事登場之前，一定有必然的人生經歷，也有特有的性格、外型、個性、優缺點等，這些種種稱為「內在人生」，此會影響這個角色在故事中的發展，所以人物設定便是塑造角色的履歷表、編寫一部角色的歷史。

角色是有血有肉的，所以人物設定時越詳細越好，例如他的性別、身高、體重、星座、血型、住所、出生地、家族成員、個性、學歷、戀愛史、興趣喜好、宗教、政治傾向…等，甚至幫他寫一篇自傳！總之，鉅細靡遺的「創造」他，讓他誕生。依據上述的資訊，使他有憑有據的出現在你的故事中！例如曾有一部日劇，劇中男主角在整齣戲都表現出急公好義、不畏艱難向前衝的行為。後來才得知這部戲的編劇在做人物設定時，即把男主角設定為「O 型牡羊座」這類充滿幹勁的人呢！

如果把「內在人生」系統化，可以歸納為設定時的三個面向：

面向	說明
社會的	設定角色在社會的定位：如職業、學經歷、社會地位…等。例如電影《大搜查線》主角青島俊作，他是經濟系畢業，職業是警察。不過他原來的工作是業務員，半路出家才當刑警，也由於這個重要的設定，造就他在整個故事中不同於傳統警察的另類行事風格。
外在的	設定角色外顯的資訊：例如家庭狀況、交友關係、感情狀況及與故事中其他角色的關係。承上例，青島俊作待人和善、人緣廣，與同事小堇感情關係曖昧，也因這樣的關係讓觀眾越看越有好奇感，到底他們會不會有情人終成眷屬呢？即造成劇情上的「懸念」。
內在的	設定角色內隱的資訊：例如生日、星座、血型、個性、興趣喜好、優缺點等。承上例，青島俊作即被設定為魔羯座、AB 型，個性亦衝動，所以在故事中往往勇往直前、不顧一切。

因為現實中的人是複雜的，故事裡的人物亦然。如果劇中人物只呈現某種面向，那便淪為失敗的「扁平人物」，但如果上述三個面向能面面俱到的做成完整設定，那所呈現出來的人物，即能成功塑造成令人印象深刻的「立體人物」。

戲劇界常說：「戲不夠、人來湊」，可見人物對劇情推動的重要性，但如果創造出一個扁平存在感低、又對劇情進展毫無幫助的多餘角色，那對故事本身是個累贅，值得編劇者注意。

故事中這麼多的角色，如果每個人的重要性、戲份都一樣，那就失去了焦點與層次感，所以在人物設定之前，應先確定「主要人物」和「次要人物」，例如在電影《賽德克・巴萊》中，莫那魯道就是當然的主要人物了！主要人物的戲份多，足以影響劇情的發展，因此在設定主要人物時，應比次要人物更詳細、更深入。

四、人物（2）角色的「外在人生」

角色在故事未登場前的各項資料、所作所為是謂「內在人生」；那角色自登場的第一場戲起至最後一場戲止，呈現在觀眾面前的所作所為，謂為「外在人生」。

我們每個人活在這世界上，必定有某種目的和追求。有的目標明確、有的隱而不現。不管如何，故事中的角色，尤其是主要角色，他在故事中一定要「有所求」，有了目標之後，整部戲劇的方向就朝著這個目標前進，讓觀眾有所期待。例如瑪莉兄弟的目標就是要「救出公主」；魯夫的目標就是「當上海賊王」。

在追求目標的過程中，一定會與其他角色互動、與自我互動，及與環境互動以形成情節，這種互動有三個面向如下：

互動的面向	說明
與環境的衝突	「人生不如意之事十之八九」，跟現實世界一樣，不順遂是生活的常態。故事中的角色在追求目標的同時，會遭遇許多困境；或是遭受危難後，激發追求目標的動力。例如莫那努道及其族人們原本平靜生活，遭到日本人破壞後，才萌生抗暴的念頭與決心。
與他人的衝突	人類的潛意識都有喜歡看熱鬧的鄉民心態，而這熱鬧其實就是人與人之間的衝突，這跟人類喜歡看戲劇的心態是一樣的，戲劇亦是表現各種衝突。 編劇理論有一句金玉良言：「描寫一個雜碎比描寫一個好人，更具戲劇性的效果。」所以看完電影《蝙蝠俠—黑暗騎士》後，你一定對小丑的使壞拍案叫絕，反而對好人哥蝙蝠俠有那麼點興趣缺缺吧！
與自我的衝突	常常聽到所謂的「內心戲」，沒錯！就是角色自我的內心矛盾、天人的交戰，也是醞釀下一波劇情的高潮，觀眾也在期待著心理掙扎衝突後，角色或劇情會爆發出什麼樣的火花？例如電影《星際大戰》的主角路克，經過尤達大師的訓練後，克服了心魔，最終成為絕地武士。

由上表得知，戲劇其實就是衝突！衝突！衝突！（電玩遊戲更是，全部都在跟對手打！打！打！）唯有這樣，才能彰顯「戲劇性」，進而吸引觀眾的目光。

承上可知，我們把戲劇「主題表現」比喻為整個旅途，而「主角」就是行程中的旅行者，在旅途中遇見形形色色的「次要角色」。

讓我們再一次歸納，並聚焦在「主角」身上。

主角的行為彰顯著故事的主題；而他最後目標需求的達成，則彰顯故事的主旨。所以主角必須在「旅途」中為了達到目標遭受各種逆境，而與環境、與他人、與自己發生衝突，進而化解衝突，邁向成功。所以故事的中心就是主角。

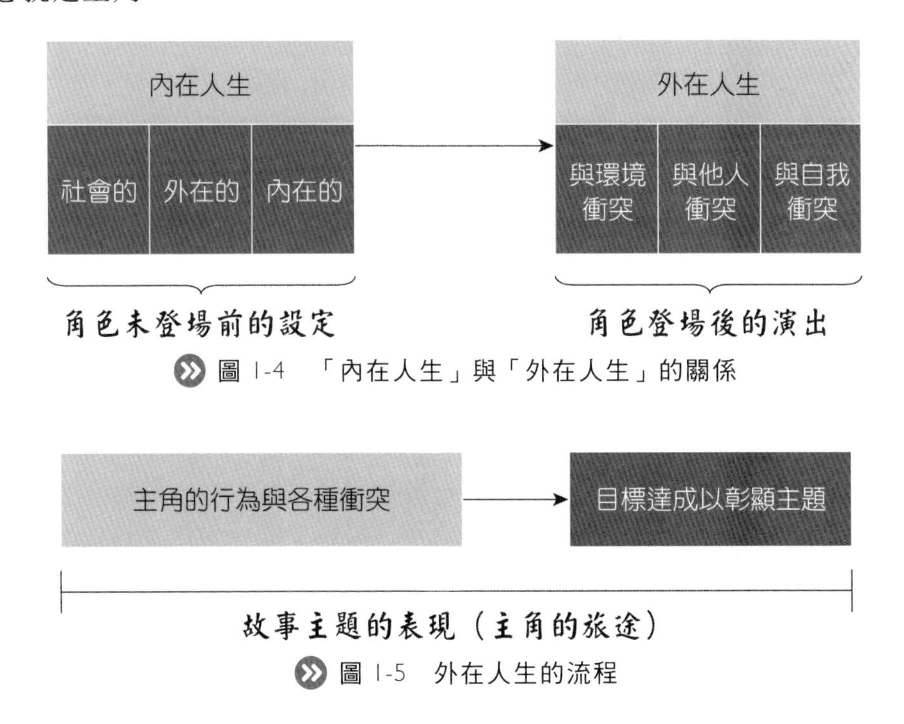

圖 1-4 「內在人生」與「外在人生」的關係

圖 1-5 外在人生的流程

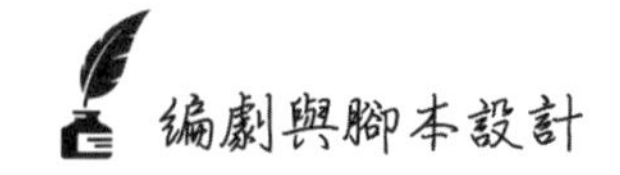

五、人物（3）主要角色的「性格創造」

黑格爾說過：「戲劇中的主角大多比史詩中的主角較為簡單。要顯出更大的明確性，就須有某種特殊的情致，作為基本的突出的性格特徵，來引起某種確定的目的、決定和動作。」由上可知，主角的性格一定要比其他次要人物，展現更加鮮明準確的性格，此性格亦決定主角在故事中的演出。

主角的性格要如何創造？

前面提過，創造一個人物的首要工作，就是建立他的「內在人生」，也就是所謂的「人物小傳」。在他還沒進入故事開展「外在人生」前，先塑造這個角色的血肉，再以此為本在故事中展現。

但是這些只是根據。

人物性格在故事中的展現，除了依據先前的「內在人生」設定外，還有一個很重要的取決，便是「故事的環境」。

如果說人性本善的話，那這社會上為什麼會有這麼多作姦犯科的壞人？很大的原因是「環境」造成的。那反應人生的戲劇何嘗不是如此，「人在江湖，身不由己」，故事的背景環境會驅使著角色的言行。在編劇理論裡有提過：故事都是透過不停變化的社會關係（環境）及人物本身的性格命運（內在人生）來描寫，以反映現實。所以說「環境」造就了大部分的人物性格，而「內在人生」只是人物性格的基礎。

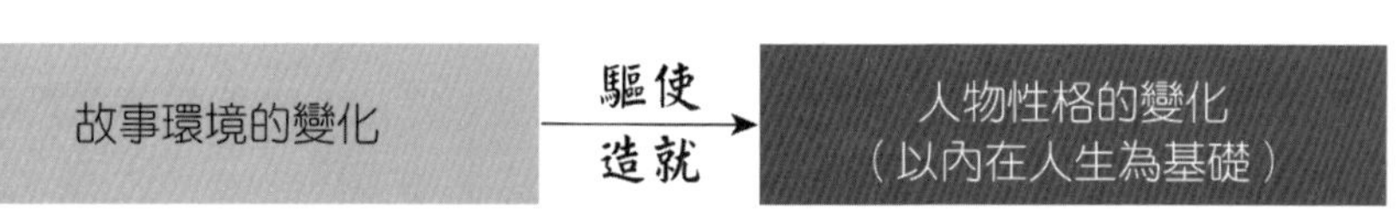

圖 1-6　「故事環境」與「人物性格」的關係

例如《星際大戰》系列中的達斯維達（黑武士）。故事一開始的他，是多麼的可愛、善良、天真無邪，顯現出他本身內部的善良因子，但長大後卻因為環境的因素（西斯大帝黑暗面的誘惑），而一步步墮入罪惡的深淵，進而性格大變，成為劇中的大反派。但看過星戰的影迷都知道，在黑武士受到正義制裁即將死去之前，迷途知返的做出了良心發現的舉動，這也前後呼應的反映了黑武士這個角色他「內在人生」的基本特質與罪孽深重的「外在人生」之差異。

由上例可知，其實角色的性格，尚可區分為「外在性格」與「內在性格」如下：

性格	說明
內在性格	根據角色「內在人生」設定所表現的性格。例如設定某人物的星座為水瓶座，他在劇中的表現會依據星座的設定，展現水瓶座人格應有的特質。
外在性格	角色在故事的大背景下，展現的性格。這種性格表現很多時候是被環境所逼，或是在許多衝突下的妥協，不一定是他真實「內在人生」的性格展現。例如吳宇森導演的《英雄本色》，周潤發飾演的小馬哥，一開始展現風流倜儻、不可一世的外向風範，但歷經同夥的背叛與迫害的打擊之下，因勢所逼的環境下，不得不做出卑微卑賤的舉動，以求自保，這就是角色「外在性格」的展現。但在劇末的大火拼中，小馬哥正氣義氣的內在性格便又展現出來了。

所以，「外在性格」形成人物間的差異性；「內在性格」則呈現角色本身的真實人格。

總而言之，主角的「外在性格」在故事中要突出，因為畢竟角色呈現的是「外在性格」，觀眾也對「外在性格」感興趣且印象深刻。因此要突出就要進行性格刻劃，那如何刻劃呢？

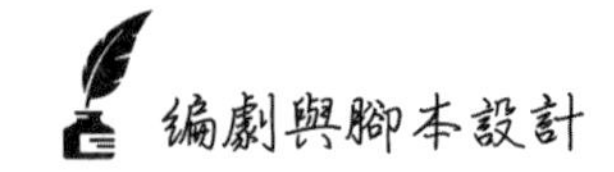

刻劃要突出角色對故事中追求目標的「動機」和「意念」，分析如下：

種類	說明
動機	不管做什麼事，事前一定會有個理由、有個衝動、有個原因，不然毫無理由的在故事中作一件莫名其妙的事，相信觀眾也會一頭霧水的不知所云，以上的心理活動就是動機。例如電影《第一滴血》的主角藍波，他從越南戰場退伍後，原本想與世無爭的離群索居，但是因為歧視他的警察欺人太甚，讓藍波忍無可忍，一氣之下才開啟武力反抗的動機。
意念	意念是表現外在的行為，所以可以說動機引發意念。現實的人生，可能引發了作某事的動機，卻因意念無法持續而半途而廢，但故事不會，因為主角的意念會在不斷的衝突中，逐漸升級，一以貫之的達到最後的目標。 承上例，藍波引發反抗的動機，並著手實行，也把警察們打得落花流水，故事就此結束嗎？沒有，政府派出火力更強大的國民兵去圍剿藍波，故事的衝突就此升級，亦加強藍波的意念，所以衝突繼續下去，故事也繼續發展，一直到最後產生結局。

圖 1-7　「動機」與「意念」的關係

「動機」的「內」，加上「意念」的「外」，這樣的內外相乘產生有血有肉的人物，亦呈現出角色的性格與衝突，而呈現的方式是謂演出的「動作」，分析如下：

動作分類	表現	說明
心理動作	內心所想的	就跟我們真實的人生一樣，外在的肢體動作（意念的展現）總是會和語言的表達、內心所想的（動機）結合起來，連結一個完整的表達。故事中人物的每個動作，不能是無意識的無病呻吟，而要精準的結合發自內心的動機，並透過外部的動作表現出意念，讓觀眾透過人物演出後，產生感性的視覺刺激與理性的理解，最後得到滿足。 例如電影《海角七號》在沙灘上的名場面：阿嘉與友子相擁的畫面。阿嘉因為捨不得友子離去產生擁抱她的動機（內在）；在抱她的那同時間說出：「留下來或我跟妳走！」並完成擁抱動作（外在）以傳達捨不得友子離去的意念。 因此，由上例可知，如果男主角隨便毫無道理的擁抱女主角，只會令人莫名奇妙，但是在那種氛圍、劇情演繹到那個時刻的情況下，擁抱變得格外有意義，所以重要的不是人物做什麼動作，而是他做這個動作的意義。
語言動作	語言表達的	
肢體動作	形體表現的	

此外，為了凸顯主角的性格及戲劇性，通常在編劇時，主角的「動機」與「意念」都會比現實人生強大。因為主角的行為要有渲染力，要能感染觀眾的情緒，讓觀眾感同身受。如果今天的主角是一個平淡無奇、一無是處的宅男好人哥，即使他再善良、再和氣，也不會有觀眾同情他，因為他整天宅在家裡，失去了創造故事的「動機」與「意念」，觀眾也就不能藉由他所演出的情節，對他的遭遇有任何感觸了。

編劇時，正派的角色，他的「好」應該要比真實人生更好一點；反派的角色，他的「壞」應該要比真實人生更壞一點，這樣「好人」與「壞人」性格才能夠更強烈發揮，讓觀眾更同情「好人」、更憎恨「壞人」。當「好人」戰勝「壞人」時，才能讓觀眾發自內心的拍手叫好。

例如偶像劇《我可能不會愛你》的主角李大仁，他就是被塑造成一個完美痴情、默默守在愛人身邊的好男人。一般男人如果跟刁鑽的程又青相處，我想大多數都會翻桌走人，但李大仁不會，他以好男人的性格不斷的與程又青發生感情上的衝突，觀眾也不斷地對大仁哥產生好感與同情，直到他與目標——程又青結成連理後，在「好人有好報」的情緒下，滿足了觀眾的心理。

六、劇本結構

(一)「三幕劇」理論

編寫劇本不是媽媽在說床邊故事，可以隨性所至、天馬行空。劇本之所以作為戲劇或遊戲演出的依據，因為劇本是有系統、有脈絡，這系統脈絡便是「結構」。

「結構」其實就是小時候上作文課時，老師所教的「起、承、轉、合」，不過在戲劇理論中，最常引用的是兩千年前希臘哲學家亞里斯多德所提出的：有開始、有中段、有結尾的一體形式。這便是現今主流電影（尤其是好萊塢電影）常用的——「三幕劇」理論。

「三幕劇」理論說明如下：

階段	說明	舉例： 童話故事《大野狼與七隻小羊》
開始 （第一幕）	第一幕的重點在於鋪陳、布局，引領觀眾進入故事境界，認識故事的角色、時空背景，及主要衝突的發生，亦要開始各種衝突勢力的安排布局。 故事一開始就要能夠吸引觀眾的目光，藉由主要衝突的出現，讓觀眾對劇情產生好奇的懸念，進而有繼續看下去的欲望。	「羊媽媽要出門買菜，告訴七隻小羊乖乖待在家裡不要亂跑，因為怕愛吃羊的大野狼來騷擾。但是，羊媽媽出門沒多久，大野狼就出現在家門口了……」 在這個故事裡，第一幕交代了背景：弱肉強食的動物世界；登場人物：羊媽媽、七隻小羊、大野狼；主要衝突發生：大野狼虎視眈眈的垂涎家中的小羊。

階段	說明	舉例： 童話故事《大野狼與七隻小羊》
中段 （第二幕）	第一幕結尾出現了衝突，第二幕就要擴大衝突，強化對立，也就是編劇理論中的「深化和發展」，藉由不斷升級的衝突，製造戲劇的張力，亦為故事中各類衝突勢力關係變化的過程，這些衝突的發生就像打了許多的小結，然後再解開，但這個結不斷擴大，足以讓觀眾不停的對劇情有所期待。 前述所提角色的性格與衝突，都要在此階段展現。	「大野狼為了進入家中，經過數度的喬裝，都被小羊們識破，但最後一次終於成功，引誘小羊開了家門。 大野狼把小羊吞食後，心滿意足的離去了，不久，羊媽媽回到家傷心的目睹一片狼籍，這時，一隻躲在桌子下的小羊走了出來……」 第二幕的焦點都放在大野狼與小羊間的「衝突」，隨著兩者間的一來一往，逐漸加深衝突的力度，在大野狼進入家中狂吞小羊的那刻，達到了劇情的最高潮。 但故事並不會就此結束，當倖存的小羊出現時，出現了聯結到第三幕的轉折。
結尾 （第三幕）	第三幕就是衝突的解決。所有在中段發生的對立與矛盾，在這裡達到高潮（高潮的安排稱之為「必須場面」），並通通解決，各種相互的衝突勢力全部洗牌，重新因結局的來到定位新的關係。就像是在第二幕中不斷擴大的結，終於解開。（解鈴還須繫鈴人，最終解決問題的人必定要是主角）不管結局是圓滿歡暢；或是悲劇收場，都沒關係！因為這都是編劇所想要傳達的主旨（《閃靈殺手》的結局還是所謂的壞人勝利呢！），只要能讓觀眾化解在觀賞中所種下的種種問題（懸念），讓觀眾得到期待後的滿足就達成目的了。	「羊媽媽帶著倖存的小羊，來到河邊找到了正在睡覺的大野狼，羊媽媽剪開大野狼的肚子，救出了小羊們，並放了很多大石頭在野狼的肚子裡，當牠醒來後，想到河邊喝水，卻因肚裡的石頭太重，沉到河裡淹死了。」 因為畢竟是童話故事，要彰顯「善有善報、惡有惡報」的主旨，所以以大野狼淹死這個圓滿結局，滿足觀眾內心的期待。（因為觀眾設定為小朋友嘛！）

由上可知，「三幕劇」其實就是所謂的「起、承、轉、合」。第一幕之布局鋪陳就是「起」；第二幕的衝突就是「承」與「轉」；第三幕結尾是「合」。

三幕劇在故事中的比例約 1：2：1，例如一部 100 分鐘的電影，第一幕占開頭的 25 分鐘；第二幕占中間的 50 分鐘；第三幕則占最後的 25 分鐘。而在編劇理論中有「十分鐘理論」，便是一部成功的戲劇，要在開頭十分鐘內，就能交代完重要登場人物，其劇情鋪陳亦要能吸引觀眾，使之有想看下去的慾望；另在結尾十分鐘，要安排全劇的最高潮及總結，讓觀眾在此獲得最大的滿足。（以 600 字的稿紙計，一張稿紙大約對應電影裡的一分鐘）

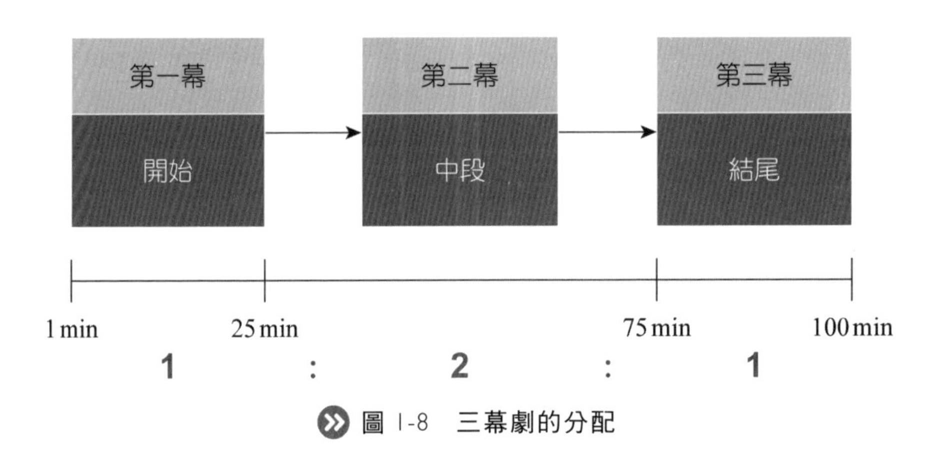

圖 1-8　三幕劇的分配

前面提過，故事是有系統的安排，所以每一幕如果各說各話、各行其事，那整個故事就支離破碎，常見影評提出某部片「結構鬆散」，便是指這類情形。那要如何使故事結構完整？那就要在幕與幕間設定「轉折點」，也就是俗稱的「鉤子」。

所謂「轉折點」就是每一幕的最後安排個能讓戲劇力度升到最高的「爆點」，而這個爆點如何解決？那就要進入下一幕以獲得解決的方法。

第一幕的最終安排「轉折點」以進入第二幕；而第二幕因為是故事的主軸，其衝突應不停的升級，所以要安排二到三個轉折點，而最關鍵的轉折點則安排在第二幕的結尾，以便進入第三幕獲得最終的解決。

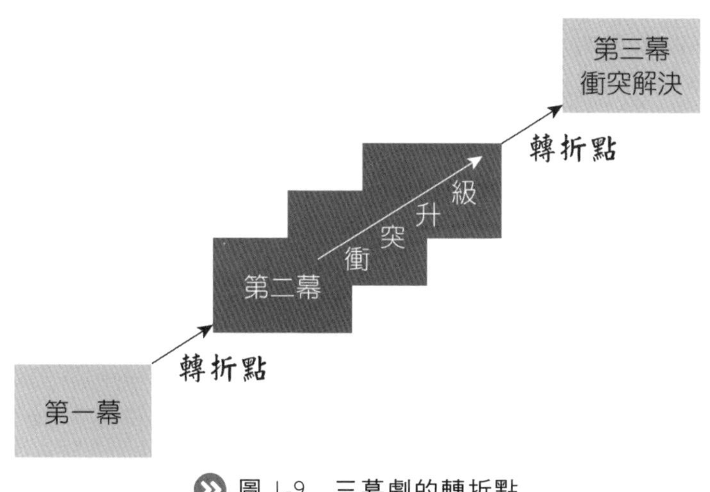

圖 1-9　三幕劇的轉折點

習題	試舉一部電影，分析其是否具有三幕劇結構，並分析之。

(二)「英雄旅程」結構

除了傳統亞里斯多德的「三幕劇」結構，亦有神話學大師喬瑟夫・坎伯所提出的「英雄旅程」結構。

喬瑟夫・坎伯(Joseph Campbell)是神話學理論重要大師，所著作的《千面英雄》(The Hero with a Thousand Faces)一書亦奠定了他在神話學界的權威地位。他認為：神話的主題只有一個，而故事所表現的是表面不斷變化，但結構卻非常一致的事。換句話說，神話故事的結構組合其實都是相通的，不同的只是其中主題的表現方式不同而已，所以各個神話或英雄歷險故事雖然角色、劇情等都有不同，可謂故事千百種，但是它們的背後卻蘊含這同一個結構型態，永遠都是相同的一場旅程，因此喬瑟夫・坎伯稱此為「單一神話」。

這單一的、共通的結構便是英雄旅程結構，其組成共包含 12 個循序漸進的線性階段：

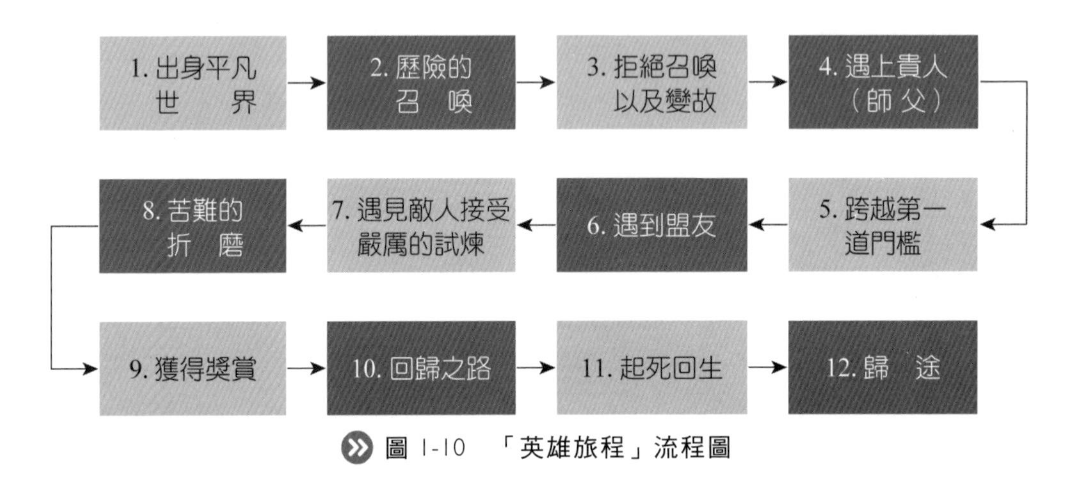

圖 1-10　「英雄旅程」流程圖

戲劇或遊戲的結構其實是萬變不離其宗的，所以英雄旅程結構與三幕劇結構是相通的，如下表：

「英雄旅程」結構與「三幕劇」結構比較					
「英雄旅程」階段	1. 出身平凡世界 2. 歷險的召喚以及變故 3. 拒絕召喚 4. 遇上貴人（師父）	5. 跨越第一道門檻	6. 遇到盟友 7. 遇見敵人與接受嚴厲的試煉 8. 苦難的折磨 9. 獲得獎賞	10.回歸之路	11.起死回生 12.歸途
「三幕劇」階段	第一幕	轉折點	第二幕	轉折點	第三幕

讓我們以電影《星際大戰》(Star Wars)為例子，說明英雄旅程結構的各個階段：

「英雄旅程」結構－以《星際大戰》為例		
階段	說明	例證
1. 出身平凡世界	能引發共鳴的英雄往往出身於市井，帶領觀眾從平凡的生活進入不平凡的歷險世界。	《星際大戰》主角路克，原來是生活在塔圖印行星上，一個平凡的農家少年。
2. 歷險的召喚	英雄要進入歷險的事件，首先要有關鍵的鑰匙，開啟故事的大門。 在歷險的召喚下，同時也顯示了主角人物在該故事中的「目標」。	路克在機緣巧合之下，得到了一臺機器人(R2D2)，卻看到機器人播放出來莉亞公主的求救訊息。絕地武士歐比王看了此訊息後，希望路克跟他一起去解救公主。
3. 拒絕召喚以及變故	英雄原來也是平凡人，對未知世界也會充滿懷疑與恐懼，所以會拒絕歷險的召喚。 但是很快的將會遭到很大的變故，這個變化使英雄改變抗拒召喚的態度，毅然決然的踏上冒險的旅程。	路克拒絕歐比王解救公主的召喚，回到了農村，卻遭遇家園被帝國軍毀滅、家人被殺的巨變，無家可歸的他，心中充滿悲憤，決定跟隨歐比王一起踏上解救莉亞公主及復仇的旅程。
4. 遇上貴人（師父）	在踏上歷險路途之前，英雄會和貴人（師父）相遇，而貴人（師父）亦會給英雄一件信物作為傳承，而這信物在旅程中也會發揮很大的效用。	絕地武士歐比王與路克相會，並給他一把路克的父親留下的光劍，作為傳承，而這把光劍在後來的故事中也發揮了功能。

階段	說明	例證
5. 跨越第一道門檻	英雄開始朝目標跨出了第一步！而故事也進入到主軸，正式展開了！也是從第一幕到第二幕的轉折點。	路克與歐比王離開了家鄉，到達港口，準備尋找太空船，出發營救莉亞公主。
6. 遇到盟友	英雄在旅程中不是孤獨的，所以會有一些同伴相助，團結就是力量，因此，在這個階段，英雄會遇到旅程中的盟友，但這些同伴的表現仍不能奪走英雄的丰采。	路克與歐比王在港口的小酒館中，找到了太空船的駕駛人－韓索羅與他的夥伴丘巴卡，一行人乘坐太空船離開塔圖印行星，出發搶救莉亞公主。
7. 遇見敵人與接受嚴厲的試煉	故事的衝突來了！英雄一行人遇到了旅途中的敵人，在克敵制勝的同時，亦接受試煉，並要讓觀眾同步感受到他們的處境與故事的刺激。	路克一行人在太空中，被挾持進帝國祕密武器死星，而莉亞公主亦被囚禁在死星，而主要敵人－黑武士也出現了，路克將接受嚴厲的試煉。
8. 苦難的折磨	這個階段是前階段衝突的升級。主角接受層層嚴厲的試煉，一層比一層艱辛，到這裡，將面臨最困難的生死關卡。	路克一行人在死星上與帝國軍搏鬥，好不容易救出了公主，解決了一波衝突，但接踵而來的是最危機一髮的衝突。他們被困在垃圾處理槽，面臨生死交關的處境。觀眾面對主要角色面對死亡的威脅，究竟故事會如何發展？產生極大的懸念。
9. 獲得獎賞	英雄排除萬難，戰勝苦難的折磨，獲得初步的勝利，主角們得到暫時喘息的機會。	好不容易化解了前一階段的苦難，路克一行人成功救出公主，逃離了死星。

階段	說明	例證
10. 回歸之路	這個階段是第二幕到第三幕的轉折點。英雄得到了勝利後，雖然想卸甲歸田，但是尚未瓦解的反派角色仍虎視眈眈，「回歸之路」只是喘息與最終決戰的醞釀。	路克與公主回到了反抗軍基地，埋鍋造飯、厲兵秣馬，但很快的知道了帝國陰謀，必須立刻摧毀死星。
11. 起死回生	故事最大的衝突來臨！在最終的決戰中，英雄一開始將會受到反派勢力的無情痛擊，但是在激烈你來我往的交鋒後，主角在垂死邊緣奮力反擊，奇蹟般的戰勝敵人。	路克率領大軍進攻死星，反抗軍與帝國軍展開激烈交戰，眼看反抗軍即將潰敗之際，路克發現毀滅死星的方式，最後一舉擊敗帝國軍。
12. 歸途	主角戰勝反派，達成目標後，回到了平凡世界，故事進入結局。	路克擊敗帝國軍，反抗軍回到了基地，舉行慶祝大典。

再以賣座大片《超級戰艦》(Battleship)為例子，說明英雄旅程結構的各個階段：

「英雄旅程」結構－以《超級戰艦》為例	
階段	例證
1. 出身平凡世界	主角哈波是一個人生毫無目標的懵懂青年。
2. 歷險的召喚	哈波的哥哥是年輕有為的海軍軍官，希望哈波振作起來加入海軍。
3. 拒絕召喚以及變故	但哈波不願意。

階段	例證
4. 遇上貴人（師父）	直到哈波在酒吧闖了禍，經過哥哥的諄諄教誨。
5. 跨越第一道門檻	終於加入了海軍。
6. 遇到盟友	外星人攻打地球，海軍受到重創，哈波與日本海軍的永田艦長並肩作戰。
7. 遇見敵人與接受嚴厲的試煉	開始一連串與外星人艦隊的戰鬥。
8. 苦難的折磨	經過激烈的戰鬥，哈波指揮的戰艦也被擊毀了。
9. 獲得獎賞	哈波率領殘存的官兵，回到原本已退役的密蘇里號戰艦上，並開航出海與外星艦隊決戰。
10. 回歸之路	
11. 起死回生	擊潰外星主力戰艦。
12. 歸途	慶祝勝利。

「英雄旅程」結構是劇本的骨架，所以可代換入任何類型的戲劇、遊戲設計中。另外，「英雄旅程」與「三幕劇」結構，都是在劇本編寫中的指引、一個較安全傳統的作法。可視需要加以置換、增刪，也不必太過於拘泥其中，因為「會抓老鼠的就是好貓」，只要劇本能呈現出好看的東西就成功了！

習題	試舉一部電影，分析其「英雄旅程」結構流程。

（三）劇情的進展（攀升階段）與結局

1. 攀升階段

在「三幕劇」結構中，第二幕到第三幕的高潮；或在「英雄旅程」結構中第五到第十一階段（5.跨越第一道門檻；6.遇到盟友；7.遇見敵人與接受嚴厲的試煉；8.苦難的折磨；9.獲得獎賞；10.回歸之路；11.起死回生）為整個故事變動最大、讓觀眾越來越感興趣，及衝突不斷上升直到高潮的「攀升階段」。

在故事中，「攀升階段」為全劇的精華。在編劇理論中，認為在這個階段的主要角色要面臨**下定決心→面臨困難→最大的考驗→高潮**。仔細看，是不是跟上述的「英雄旅程」結構各階段有異曲同工之妙呢？

「攀升階段」與「英雄旅程」結構之比較說明：

	階段一	階段二	階段三	階段四
攀升階段	下定決心	面臨困難	最大的考驗	高潮
英雄旅程	5. 跨越第一道門檻 6. 遇到盟友	7. 遇見敵人與接受嚴厲的試煉 8. 苦難的折磨 9. 獲得獎賞	10.回歸之路	11.起死回生
說明	主角下定決心迎向未知的挑戰。	主角面臨排山倒海而來的困難，有待一一解決。	化解了前面的困難後，將面臨故事中最大衝突考驗。	在化解最大衝突考驗的同時，亦為全劇最大的高潮點所在。

在「攀升階段」中，劇情是不斷向前進，且錯綜複雜的，俄國文學家別林斯基曾說過：「戲劇在觀眾面前表現的，不是已經完成的，而是正在完成的事件。」所以在此階段中，故事更要有行動性的向前流動，使觀眾產生無止境的期待感。

另外，「伏筆」的安排也是必要的，因為在戲劇中，尤其在這攀升階段裡，會有不斷的衝突、矛盾發生，如果事情沒頭沒腦的轟然發生，劇情在這樣沒有鋪陳、準備的情況下，失去了邏輯性和因果關係，那觀眾的接受感會大打折扣，所以在事件發生前就要準備許多線索，待發生後才會讓觀眾有豁然開朗的感覺，免得到最後難以自圓其說。而「伏筆」的安排也要慎重拿捏，如果安排得太多、太明顯、過猶不及的使得觀眾知道的線索太多，那事件的發生，乃至於結果都可輕而易舉的預見，便失去期待的新鮮感了。

2. 結局

編劇、導演創造了這個故事，要在結局中傳達所有的「中心思想」，而觀眾會對故事有期待，期待的就是結局的到來。看到了結局後，對整個故事所鋪出的衝突，獲得了解決、得到了解答，便會感到觀賞後的滿足感。

在編寫故事結構的時候，應該先行構思結局，有了結局就像有了一個目標，再回溯編寫開端和中段。例如日本名導演北野武曾經表示，他在編寫電影《Kids Return（臺譯：勇敢第一名）》的劇本時，一開始所有關於故事的人物、情節等都是空白，唯一有的只有結局的想法：兩個少年騎在腳踏車上，少年 A 對少年 B 說：「我們的人生玩完了嗎？」少年 B 回答說：「笨蛋！一切都還沒開始哩！」有了這樂觀的結局後，他再往前構思這兩個少年到底發生了什麼事？他們為什麼會有結局時這樣的感觸呢？

另外，因為大多數的故事，具有多重的情節線，也就是劇情主線、副線（我們在下一篇章會討論），所以在結局中，最有效的是主、副線的結局，在故事的最後一起有個結果。例如男女主角一起出生入死的冒險，在故事中，主線是冒險歷程；但副線是男女主角的曖昧情愫，到了結局，主線要安排完成冒險任務，而副線的愛情故事則呈現共結連理的圓滿大結局。

另外還有一種常見的：迴圈式前後呼應的結局形式。這種形式之所以叫前後呼應，便是安排結局最後一場與開端的第一場戲是一樣的。例如電影《無間道》系列，就運用了類似的手法。

所以在故事走到結局，又稱為「下降階段」，整理所有的人物關係、衝突，以便把它們全部定位到新的位置。

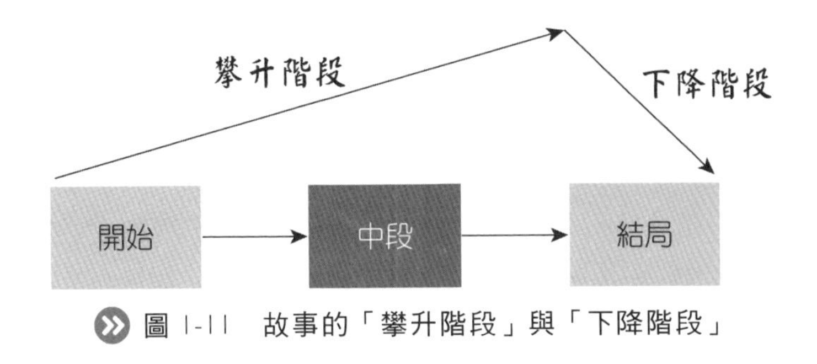

圖 1-11　故事的「攀升階段」與「下降階段」

第三章　劇本與腳本設計的基本技巧之二

一、情節

（一）情節概說

戲劇的結構是劇本的骨架，劇中的角色在上面走跳，人物所演出的便是「情節」。

「情節」是劇中角色間的各種關係、感情、矛盾、羈絆等，所造成的衝突、懸念與轉折，足以引發觀眾觀賞的樂趣與各種感觸（或是玩遊戲時的快感，例如玩三國志時的運籌帷幄）。

在第一章時提過：戲劇（或遊戲）的「主題表現」，須用各種素材、手法來表達主題，例如人物性格的刻劃、劇情衝突起伏、情節的安排…等，因此情節是要安排與雕琢的。例如賣座的國片《那些年，我們一起追的女孩》內容是由導演九把刀學生時代的故事改編的，但如果一字不漏按照真實的生活演出，相信一定很枯燥乏味，因為沒有戲劇性嘛！所以戲劇性就是情節，就是經過編劇加油添醋的現實。

故事的情節依附在結構上的發展稱為「情節線」，通常情節線可分為兩種，如下：

情節線	說明
單純情節線	故事從頭至尾只有一條情節線，所有的人物演出都在那一條線上發展。
多重情節線	故事除了有一條主要的情節線（稱為「主要情節」）的主幹外，從主幹中衍生多條平行式的次要情節線（稱為「次要情節」）。 次要情節係屬一個獨立的情節，亦有故事的基本結構（如三幕劇），但是其基礎必須來自主要情節。 例如電影《超人》，其主要情節是超人如何拯救地球；其次要情節是超人與女同事間最終修成正果的戀愛橋段。由此例可知，次要情節是主要情節的分支，其目的在於豐富整體故事的情節，加深劇情的魅力與層次感，所以在編寫劇本時，次要情節的內容與比重需要拿捏，不能下太多猛藥，如果喧賓奪主的使主要情節相形失色的話，那就本末倒置了。

（二）情節三寶之一：衝突

1. 什麼是「衝突」

在故事角色追求目標的過程中，一定會與其他角色互動、與自我互動，及與環境互動以形成情節。而這種種互動不會是無往不利的，而是會有障礙、對抗、阻撓等，需要去化解的，這些等待解決的互動便是「衝突」。

前面我們在講述人物的「外在人生」時，有約略提過，故事的內容其實就是衝突！衝突！衝突！所以「衝突」就是故事的靈魂，沒有衝突的故事只是流水帳、是一碗淡而無味的白粥，沒有人會有興趣的。我們的人生已經夠無趣了，所以才要看電影、看漫畫、打電玩，企圖讓故事中角色多采有趣的歷程，豐富我們的生活，所以編劇就要加油添醋讓角色的人生活起來（當然也不能肆無忌憚的灑狗血），因此，一部好的劇本，就要安排對的衝突在其中。

之前提過，角色性格是要用動作「演出」的，因此要靠「動機」與「意念」來呈現。「動機」呈現內在的觸媒；「意念」呈現外在的表現，所以故事中人與環境、人與人、人與自我的衝突皆是靠著外在意念的演出，以推動劇情的發展。

故事的衝突是不斷升高的。在一個故事裡包含著許多系列的衝突，這一系列的衝突會由小的矛盾逐步升級為大的衝突，但這種升級不是直線的，而是波形的（圖 1-12），衝突與衝突間會有間歇的喘息時間，只是下一個衝突會更激烈。比如電影《變形金剛》，博派金剛與狂派金剛的鬥爭。故事一開始當然不可能就上演最後的大決戰，而是先與小嘍囉打，打完後整備休息（穿插一些次要情節），再跟更厲害的反派打，依此類推，劇末的最高潮才是和最強的反派一決勝負。在電玩遊戲裡也是如此，任天堂經典射擊遊戲 1943 裡，玩家開始面對的是一槍斃命的零式戰鬥機小雜兵，再對付偶爾出現的重轟炸機（中十幾槍才會爆炸），打完後再打雜兵紓解一下，最後才會對決難纏的大型戰艦（戲稱為「大魔王」），如此每個關卡模式雷同，但登場的大魔王，其厲害程度卻不斷提高。

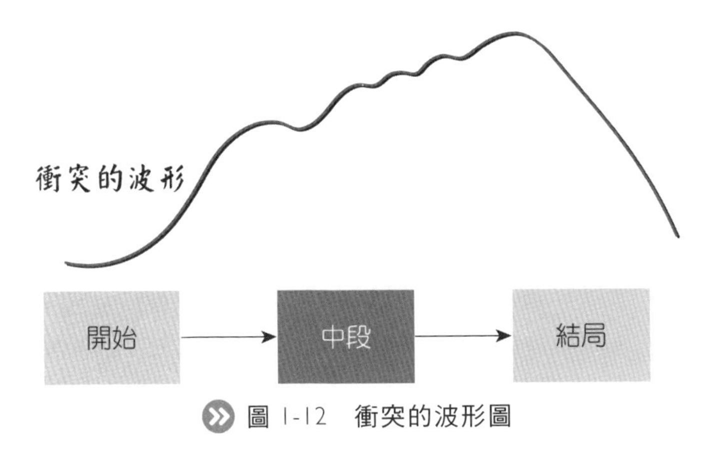

圖 1-12　衝突的波形圖

承上可知，故事的衝突是不斷的升級，發展與變化的。

2. 衝突的形式

衝突的形式可分類為五種，分析歸納如下：

衝突形式	說明	舉例
1. 多變化形式	依據情節的不同，變化衝突的形式。故事中的衝突面相多變，涵蓋了人與環境、人與人，及角色內心的衝突。 這類充滿變化的衝突形式，可使人物立體化，加強豐富劇情的層次與深度。	例如電影《蝙蝠俠之黑暗騎士》，雖然故事是傳統的正邪對抗，但是主角蝙蝠俠是一個有缺陷的英雄，本身就充滿著矛盾與衝突。而反派角色小丑也不遑多讓，吃定了偽善的社會，不停與社會道德的極限對抗；配角雙面人也是在黑白兩面間感受到衝突。說到這裡還只是登場人物個人的衝突，另有屬於正義的蝙蝠俠，對抗邪惡的小丑的傳統人與人的衝突。 由上可知，《蝙蝠俠之黑暗騎士》雖然表面上是一部好萊塢的爽片，但其實充滿深度與層次感，不啻為蝙蝠俠系列中最受好評的一部電影。
2. 力挽狂瀾形式	故事中的一方（通常是正派角色），在與另一勢力（通常是反派角色）發生衝突時，往往先節節敗退，被反派打得落花流水，但是在經過養精蓄銳、韜光養晦後，是可忍孰不可忍的悲憤下，全力反攻，最後一舉化解衝突，贏得勝利。 所以這類型的故事，大部分的時間在演繹人與人之間的衝突。	例如電影星際大戰系列第五部曲《帝國大反擊》與第六部曲《絕地大反攻》。 《帝國大反擊》的故事一開始反抗軍被帝國軍打得滿頭包，不得不撤退，而劇中的主要人物，例如路克、韓索羅等人，也遭到背叛與生命的威脅，總之，在這集的故事中，正派角色都受到了無情的摧殘。 到了第六部曲《絕地大反攻》，主角群紛紛集結與掙脫困境，尤其是主角路克在成為絕地武士後，展現自信與勇氣，隨著反抗軍的大會師，一舉擊潰帝國，恢復了銀河的秩序。

衝突形式	說明	舉例
3. 單純的衝突升級模式	這是一種好萊塢電影最常見的模式。 故事中的衝突非常的單純，幾乎都是人與人之間的衝突，只是這個單純的衝突模式，會由小逐步升級，比如一開始的衝突只是小的、零星的對抗，衝突漸漸越來越激烈、擴大、深化，故事的最後會有一場神鬼的大對決，以化解衝突，當然，通常都是正派人物勝利。	例如電影《變形金剛》，自始至終只有一個主要的衝突貫穿，就是博派與狂派的鬥爭。 由小至大的戰鬥，以線性的方式分布在這個主要衝突上，其他間歇的插科打諢、如同雞肋的愛情故事，只是無關緊要的插曲，觀眾所期待的都只是最後博派柯博文與狂派密卡登的最終對決啊！
4. 內心衝突為主	故事的衝突以主要人物的內心衝突為主，主要的演出是人物因內心衝突之後所做的改變或覺醒，以增加戲劇性。 因為內心衝突比較隱晦、不易表達在肢體動作，故以這類衝突主要演出的戲劇或電影，大部分是藝術性比較濃厚，相對的也比較小眾一點，所以如果以電玩遊戲的編劇角度，是不可能安排這種衝突的。	例如蔡明亮導演的作品《洞》、《河流》、《天邊一朵雲》等，特色都是疏離、詩化與意識流，前面篇章也提過，蔡導的劇本格式只有幾行字，所以往往表現出個人風格強烈的影像。 例如《天邊一朵雲》，其實全片是較鬆散的，也沒有主流電影強烈的衝突點，主要演出劇中角色對人生、對自我的感懷，大部分集中在表現人物內心的糾葛與衝突，所以角色間並沒有太多的交會與傳統的衝突發生。

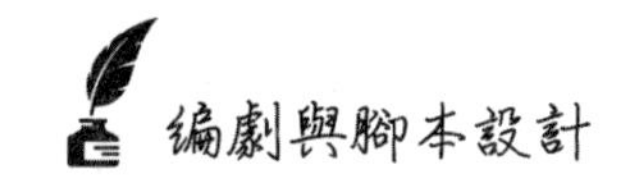

衝突形式	說明	舉例
5. 平行的數個矛盾與衝突	在這類故事中，存在一個主要衝突，但這主要衝突卻化為數個小衝突，由主角人物一一去面對、一一去化解，所以這些小衝突的強度其實都是相同且平行的。 這個類型的衝突情勢不是逐級升高，所以當主要人物逐一解決故事中的小衝突後，主要的衝突矛盾亦獲得解決，自此故事便告一段落。	例如經典漫畫作品《聖鬥士星矢》之黃金十二宮篇。在這故事中，主角群（青銅聖衣星矢等人）與聖域對抗以解救女神雅典娜。以上是本作品的主要衝突，但這主要矛盾卻分散給把守十二宮的黃金聖鬥士們承擔，故可見主角等人勇闖十二宮（十二個小衝突），循序漸進的逐一過關斬將，直到破了最後一關且解救了雅典娜，故事亦圓滿落幕。 其實很多早期任天堂紅白機的捲軸遊戲，例如瑪莉兄弟、魂斗羅等，也都是這種衝突的模式。

我們一般人所認知的「衝突」，不外乎吵架、打架等硬碰硬的表現。沒錯！這樣的衝突方式，在影像的呈現上，比較能使觀眾產生視覺上及心理層面的快感，所以一般的主流動作片、科幻片等，皆以此為主要衝突的表現。但如果是喜劇片，或是文藝片呢？

喜劇、文藝等所謂「文戲」較多的故事，自然動作場面比較少，所以主要的衝突，常以巧合、陰錯陽差或搞笑等軟性方式表現。例如岩井俊二導演的文藝愛情片《情書》中，藉著一封誤寄的信件，巧合的促成男女主角的相識，進而譜出整個故事的情節。

3. 創造衝突

承上述可知，劇情中的衝突是要透過人物間意念的表現（包括肢體的、心理的、言語的）做出具體的表達。這樣的表達是要安排的，而主導者當然就是編劇了，所以如何創造故事中的衝突便是一門重要的課題。

常見創造衝突的手法如下：

創造衝突的手法	說明	舉例
關係的羈絆（心理的衝突）	一般主流的故事，都會有正面人物與反面人物的衝突（亦為人與人之間的衝突），但是如果正派主角與反派主角有難分難解的關係（例如親屬關係），那這條衝突線就變得複雜了，除了有人與人的衝突，更加上了心理的衝突，加深角色彼此及內心的煎熬，使衝突點放大，能使劇情更加深刻。	電影《星際大戰》系列第六部曲《絕地大反攻》的片尾，有一場主角路克（正派主角）與黑武士達斯維達（反派主角）的最後對決。 如果他們是素昧平生的兩個人，那這場對決就顯得稍嫌膚淺，但實際上他們正是有血緣的父子關係。父子反目成仇，代表各自陣營決一血戰，劇情的衝突點升到最高，已經不是表面的廝殺了，而是觸及靈魂深處的煎熬與忐忑，於是我們會看到路克有好幾次可一斬除魔的機會，但都因為父子的羈絆太深而有所猶豫；最後我們也知道，黑武士也因為這層羈絆反而從皇帝手中救了路克，結束這場血戰。 所以安排這種難分難捨關係間的衝突，能讓整體劇情立體化、不會落入平板俗套的窠臼。

創造衝突的手法	說明	舉例
抗衡的充滿（人與人之間的衝突）	這是最常見，也是必要的衝突創造。 故事中的人物，尤其是主角，都有一個目標，而觀眾就是看他追尋目標的過程，但如果輕輕鬆鬆，如同吃一塊蛋糕這麼簡單就達標的話，那這故事完全不會讓觀眾有所滿足的。 所以編劇就要創造許多主角在追求目標旅程中的阻礙、抗衡，使這目標的取得艱難萬千，使觀眾的心情隨之起伏達到快感與收穫。	例如大家耳熟能詳的中國四大奇書之一的《西遊記》。因為故事內容充滿戲劇性，所以後世非常喜歡改編其成為戲劇，甚至漫畫與遊戲。 在《西遊記》中，唐三藏與孫悟空等人（主角群）為了要去西天取經（目標），一路上對抗各式妖魔鬼怪的騷擾與攻擊（抗衡的充滿），最終到達西天取得佛經（達成目標）。
緊張的場面（人與環境的衝突）	每個人應該都有以下的觀影經驗：劇中人物無意間深入某個險境，那是一個危機伺伏的處境，角色隨時會面臨危險，但是他並沒有會意到那些可能的危難，而只有觀眾知道（全知的觀點），所以觀眾會為那個角色擔心害怕，也同步猜測、關注他要如何解決這危機。 還有另一種常見的緊張場面創造，便是「有限時間的衝突」。故事中安排一個危機，主角要去化解它，但是卻有時間限制，如果超出了時間，就會萬劫不復，所以角色如何與這有限時間的環境去搏鬥，就是觀眾們想看的刺激。	例如深作欣二導演的《大逃殺》中，參加死亡遊戲的學生們，脖子上都套著炸彈項圈，如果沒在時限內完成遊戲，項圈將會引爆，故創造了這樣的時間限制衝突，劇情的張力就此確立。 另外在經典動作片《終極警探》中，警察主角要在時限內，解救一棟被裝置定時炸彈的大樓。其實也是玩同樣的一種梗。

(三)情節三寶之二:懸念

我們在看戲劇作品(或玩遊戲)時,常常有著「意料之中」或「出乎意料」之嘆。觀眾其實與故事中角色的精神是同步的、入戲且感同身受的,所以會不斷的猜測劇中人物下一步的行為或即將遭遇的處境,為他擔心、警惕與猜想,觀影過程中的心境是起伏的,直到全部衝突或謎團都化解後,才能獲得滿足,而那起伏的心境便是所謂的「懸念」。

在心理學中,懸念是指人類既期待又急切,且符合事物發展規律的心理狀態。因為我們生而在世,對未來的發展其實是無知的,所以在期待之下,常常對事物後續的發展,做出很多臆測與假設,這些想法是未經實現的,所以是「懸而未決」的。而在戲劇理論裡,懸念是在觀賞戲劇過程中,觀眾隨著劇情不斷延伸且欲知後續發展的迫切要求,與吸引人的神祕感。

觀眾產生懸念的心理狀態可區分如下:

懸念的心理狀態	說明
一、欲知後續發展	觀眾彷彿被故事中角色所牽引、同步的與劇情一同發展,所以對後續的劇情沒有任何的想法、猜測,只是一顆心懸在高處,急切的想要與角色一同隨劇情探究後續發展。
二、心有定見與預測	常常有人在看完電影後吹噓道:「啊!我看到一半就知道結局是什麼了啦!」沒錯!這樣的人還不少哩!其實這也是許多人在觀影時或多或少的心理反應,會一邊看著劇情的發展,一邊在內心做出一些盤算與揣測,想趕緊看到結局以知道猜測的發展是否準確,這也是一種觀眾與劇情互動的懸念。 有一些比較薄弱,或破綻百出的劇本,拍出的戲劇讓人有老梗又來了之感,所以當結局出現,這類的懸念結束後,常令人有「意料之中」的無奈;而比較有創意的劇本,則經常刺激出許多不同的懸念,但結局則會讓人的預測破功,令大家「出乎意料」,例如電影《靈異第六感》,看到最後才會震驚的發現主角原來是鬼! 不管是「意料之中」或「出乎意料」,編劇要多創造這類的懸念,讓觀眾抱持著定見與預測觀影,提升觀賞的樂趣。

懸念的心理狀態	說明
三、緊張刺激的同步感	觀眾進入電影院，或進入電玩遊戲的世界，無非是希望藉由投入另一個境界來換取短暫的刺激與滿足，尤其是所謂的動作片、恐怖片等，所以如果這類影片或遊戲的劇情安排平淡無味、雲淡風輕，那觀眾（玩家）只有無止境的給負評了。 因此，一般的主流電影，都會安排令人緊張的橋段，或驚悚的時刻，把壓力施予觀眾，當劇情越來越緊張刺激，觀眾的情緒也越加緊繃，但當這狀態獲得解決後，就像壓緊的彈簧鬆開般的，獲得舒暢的滿足。 「緊張感」是觀眾們觀影時最常見的心理狀態，「緊張」是人們內心不穩定且不斷向前伸展的現象，緊張刺激的同步感就是藉由故事主角在極度不安的環境中，演出強烈緊張狀態，同步感染觀眾，使觀眾亦產生「緊張的懸念」。 編劇安排這類的懸念，通常有相同的步驟： 1. 維持及高懸緊張的氣氛：等於是前置作業般，先由淺至深，布局緊張的氣氛，並維持這樣的環境，如同暴風雨前的寧靜。緊張的氣氛要維持一段時間，就像吹氣球一樣，如果馬上就現出爆點的話，那不是「懸念」，而是「驚嚇」了。 例如電影《七夜怪談》，男主角進入詭異的房間，濃濃的詭異氣氛油然而生。 2. 升高緊張的氣氛：維持了一陣子的詭異氣氛，在此時要逐步升級，就像彈簧要把它越壓越緊般，使觀眾的懸念逐漸膨脹、透不過氣，想要知道接下來會如何發展的渴望感越趨強烈。 承上例：男主角在詭譎的環境中待了一會兒，牆角邊的電視突然出現恐怖女鬼向螢幕逐漸逼近的畫面，而女鬼也真的爬出了電視，步步逼退男主角…… 3. 達到最高潮與化解緊張的懸念：故事中懸念一定要獲得解決，不能「懸而不決」，所以編劇要安排這樣緊張局面的解決方式，捏到最緊的彈簧在此時要慢慢鬆開了，讓觀眾獲得喘息與滿足的觀影感覺。 再承上例：女鬼使了個恐怖的眼神，緊張的指數破表，男主角因此心臟麻痺倒地不起，緊張局面旋而化解。

懸念的心理狀態	說明
三、緊張刺激的同步感	「緊張的懸念」不只是在動作片、恐怖片才有，例如在文藝愛情片中，男主角要跟暗戀心儀的女孩子告白了，但女方到底會不會接受呢？觀眾的心必定懸置不定，直到結果出現的那刻，才會解除懸念。至於動作片、恐怖片，例如《驚聲尖叫》系列、《絕命終結站》系列，這樣的懸念安排就不勝枚舉、族繁不及備載了。

成功的懸念必須具備必要條件，如下：

懸念的必要條件	說明
讓觀眾感同身受	前面提過，一個好的故事表現，其觀眾與故事中角色的精神是同步的、入戲且感同身受，所以觀眾要對劇中角色在劇情中的遭遇產生懸念，首要條件是要讓觀眾感同身受，彷彿自己就是角色一樣，為角色的處境擔心、緊張、設想、害怕，醞釀出有感情的期待。如果觀眾沒有與角色同步的同理心，也就難以產生「懸念」。
情境及人物要交待清楚	在觀眾產生懸念之前，一定要讓觀眾看懂這個情節的前因，例如當時是什麼樣的情境，當時角色之間的關係，如果以上這些的表現繁亂不清、模稜兩可，讓大家一頭霧水的話，觀眾只是急切的想弄清楚來龍去脈，回溯前面的情節尋找前因，而根本不會有往下思考的懸念產生，因為懸念是往後延伸且欲知後續發展的迫切要求。 所以情境及人物能不能交待清楚，不在於故事本身的好壞，而在於導演，甚至後續的剪接，也就是會不會說故事的問題了。

戲劇就是人生的重現，真實的人生充滿懸念，相對的也要融入虛構的劇情中實現，所以人物演出和衝突發生，造就了懸念。而劇中除了有一個總懸念外，亦要安排數個小懸念（這跟衝突的安排很像），要讓觀眾有摸著石頭過河般，小心翼翼的快感，最後也要使觀眾有「山窮水盡疑無路，柳暗花明又一村」的暢快，而這個「疑」便是所謂的「懸念」。

（四）情節三寶之三：轉折點

在前面討論劇本結構時，有約略提過「轉折點」，讓我們再深入的探討之。

在最常見的三幕劇結構中，其劇情是不斷向前推動的，從開始、中段到結尾，是完整的三幕呈現，三個段落是不能各自獨立的，而轉折點是幕與幕之間，帶動劇情向前發展的推手。

一如之前提過的：第一幕的最終安排「轉折點」以進入第二幕；而第二幕因為是故事的主軸，其衝突應不停的升級，所以要安排二到三個轉折點，而最關鍵的轉折點則安排在第二幕的結尾，以便進入第三幕獲得最終的解決。

當我們自信滿滿的寫完了劇本完美鋪陳、布局的第一幕後，常常就陷入了瓶頸，該如何往下寫呢？安排一個使情節方向改變的轉捩點吧！

圖 1-13　故事的轉折點

轉捩點就是劇本寫作中的轉折點，就是一個驅使劇情順利轉向到下一幕的事件。如上圖 1-13，整個故事最重要的轉折點是連接第一幕與第二幕的「轉折點 A」（即英雄旅程中的「跨越第一道門檻」）與連接第二幕與第三幕的「轉折點 B」（即英雄旅程中的「回歸之路」）。而第二幕的轉折點要更具戲劇性與衝突性，以帶入第三幕演出的高潮。這兩個轉折點就像黏著劑一樣，連結了三幕劇的段落，就像「鉤子」般，支持住三幕劇劇本的基本結構，且指引了整個故事的發展方向，使劇情有所轉向，以免一成不變。所以在撰寫劇本前，首先要浮現整個故事「開始、轉折點 A、中段、轉折點 B、結尾」的基本輪廓、發展，才不致於落得虎頭蛇尾的下場。

前面提過，三幕劇在故事中的比例約 1：2：1，例如一部 100 分鐘的電影，第一幕占開頭的 25 分鐘；第二幕占中間的 50 分鐘；第三幕則占最後的 25 分鐘。所以轉折點 A 出現的最好時機（以 100 分鐘的電影為例）在影片開始的第 20～25 分鐘左右，例如盧貝松導演的《極速追殺令》中的轉折點 A（尚雷諾飾演的男主角接獲失散多年女友身亡的消息，便動身前往日本）即出現在影片的第 20 分鐘左右；另轉折點 B 則應安排在第 65～75 分鐘，讓劇情火箭升空般的進入最高潮。

讓我們舉一個例子說明轉折點，以《星際大戰第三部曲—西斯大帝的復仇》為例：

電影《星際大戰第三部曲－西斯大帝的復仇》之轉折點	
段落	轉折點
第一幕至第二幕	主角安那金內心的原力值非常的不平衡（這也是角色內心的衝突），一方面他預測到愛妻將有不測；一方面西斯大帝不斷地引誘他進入黑暗面，他想藉著黑暗力量挽救愛妻，於是墮入黑暗面，從正義的安那金天行者轉變為邪惡的達斯維達。 第一幕鋪陳安那金由正變邪的內心轉變，轉折點在他正式墮入黑暗面，即進入了第二幕：他如何使壞？
第二幕至第三幕	安那金加入黑暗勢力後，受命剷除圍剿所有的絕地武士，他帶領大軍幾乎殺光了所有的絕地武士，最後，他與師父歐比王在岩漿星球進行最後決戰。 安那金與師父歐比王的師徒對決，一方面是巧妙的、關係羈絆式的衝突；另一方面這場慘烈的對決，亦帶動整個故事往最高潮發展。
第三幕結局： 安那金不敵歐比王，被打成重傷，最後被西斯大帝救走，改造成身覆盔甲的「黑武士」。宇宙從此進入黑暗時代。	

再讓我們舉一個例子說明轉折點，以近年來十分賣座的國片《陣頭》為例：

電影《陣頭》之轉折點	
段落	轉折點
第一幕至第二幕	男主角阿泰與敵對陣頭發生衝突，誓言要帶領自家陣頭。 （原本被瞧不起的阿泰，在衝突中誇口要自己帶陣頭。這時觀眾一定會產生濃厚的疑問：他要如何帶？於是產生繼續看下去的動力。）
第二幕至第三幕	第一個轉折點：在阿泰訓練陣頭的過程中，與團員理念不合，產生矛盾和衝突，衝突後以和解收場，陣頭得以團結。 第二個轉折點：阿泰的陣頭與敵對陣頭衝突不斷，最終的比賽由阿泰的陣頭勝出，敵對陣頭加入他們，伏首稱臣。 第三個轉折點（此為轉折點 B）：陣頭的老師傅不認同阿泰他們的創新作法，於是與他們決裂。 （到這裡，老師傅與年輕陣頭間的矛盾，該如何化解？陣頭是否能去參加文化祭表演？這些都要進入第三幕予以解決）
第三幕結局： 老師傅與年輕陣頭間的矛盾最終化解，陣頭也成功在文化祭中表演，獲得肯定，故事圓滿結局。	

二、觀點

俗語說：「人不為己、天誅地滅」，所以我們生而在世，幾乎都是用自己的觀點在過自我的人生，而有的時候會設身處地為他人著想，那這樣的心境便轉移為他人的觀點，不過，人類無法像上帝一樣全知全能，沒有「全知之眼」，所以在真實人生裡所知道的事物是十分侷限的。

以上是真實人生中，觀點的存在。觀點就是我們觀看這個世界的方式、位置。在文學理論裡可分為：1.全知觀點（客觀）；2.第一人稱觀點

（我）；3.第三人稱觀點（他）。而在戲劇中亦交互運用以上觀點作多元的呈現。

各觀點解析如下：

觀點	說明	舉例
全知觀點	就像神的「全知之眼」一樣，對故事裡的人、事、物，所有發生的事情及人物在想什麼，都瞭若指掌，所以它的表現方式是客觀且冷靜的。	傳統中國章回小說，例如《水滸傳》、《紅樓夢》等，皆是採全知觀點寫作，觀眾宛如旁觀者般笑看故事中角色的喜怒哀樂。這類小說改編為各類戲劇的表現手法，亦採此觀點。
第一人稱觀點	就是從「我」出發，是一種主觀的看法。從某個角色（通常是主角）的角度看出去的世界，所以會有偏頗、限制，但是也能強烈呈現與刻劃角色的性格與內心的衝突。	日本名小說家村上春樹的很多作品，皆是以第一人稱觀點出發，很多主角甚至沒有名字，而只有一個「我」。 最著名的《挪威的森林》（日後也有改拍成電影），即以主角的視野去看待 1960 年代發生的事件及自己的愛情歷程。
第三人稱觀點	類似全知的客觀角度，但是又不及全知觀點的無所不能，而是以「那個他人」的角度看事情，以「某個他」的所作所為來發展整個故事。	魯迅的很多短篇小說皆是採取此觀點，例如《阿 Q 正傳》是主角阿 Q 的觀點；《孔乙己》是主角孔乙己的觀點，整個故事的悲歡離合都從主角身上出發，進而發展整體的劇情。

戲劇（尤其是電影）的觀點，可區分為主要觀點與敘事觀點。

（一）主要觀點

主要觀點說明如下表：

<table>
<tr><td rowspan="4">主要觀點</td><td>說明</td></tr>
<tr><td>主要觀點就是這個故事的整體，是從什麼角度看出去的，也就是編劇及導演的立場，是站在什麼樣的位置來看這個故事。</td></tr>
<tr><td>舉例</td></tr>
<tr><td>一、賣座國片《那些年，我們一起追的女孩》是導演九把刀的自傳式電影，所以全片是透過主角的觀點，來看待成長的酸甜苦辣。
二、很多描述歷史的電影，由於立場的不同，往往相同一段歷史事件，給分屬不同立場的人來編寫，往往會呈現兩種截然不同的觀點。例如中國與日本間在二次大戰的恩怨情仇，至今仍難以化解，所以有關的電影在日本常常拍出傳統的右派觀點，而在中國，一直以來都侷限於同一種觀點，就是侵華日軍全部都是暴徒、是變態，因此有些走火入魔且偏頗的把日軍塑造成單一的扁平形象，而忽略了回到「人」的原點，當然侵略者大多數都是殘暴的，但是仍不能以偏概全的忽視可能殘存的良心，所以當 2010 年陸川導演的《南京！南京！》拍出了不同的觀點時，便打破了這個平衡。
在《南京！南京！》中，不可諱言的要描述南京大屠殺這段難以否認的歷史，因此慣例要呈現被害人的觀點，即從中國軍人、百姓等眼光中敘說這段歷史，但除了這些必要的外，編劇還加上了從日本軍人看出去的視野，從一個良心未泯的士兵的眼光，去描寫日軍在南京的暴行，及處於那樣人間地獄的情境，自我的衝突與矛盾，所以這部電影去除了單一的傳統觀點，而結合了光譜另一方觀點，立體化、多元化，歷史的詮釋回到「人性」身上，而不再各說各話。</td></tr>
</table>

（二）敘事觀點

敘事觀點就是編劇，乃至於導演「說故事的方法」，敘事觀點可分為全知觀點、主觀觀點及客觀觀點，可以依據劇情的不同及角色的流動，適時安排及參雜各種不同的觀點，以豐富整個故事敘事的方式。

敘事觀點	說明
一、全知觀點	全知觀點的敘事，使觀眾站在一個最高的立場去審視正在發生的事件，它提供觀眾故事中所有的人事物資訊，亦可從不同角度切入各角色的內心世界，藉由旁白或演出，使觀眾瞭解該角色在想什麼。
二、主觀觀點	亦為第一人稱觀點，即敘事手法從「我」出發，敘事的角度應由主觀角色的視野看出去。 例如故事敘述某個角色陷入幻想的橋段，一般人是不會知道別人在想什麼，所以這個敘事的外層是全知觀點，但敘述這段幻想要使用主觀觀點，表達出從角色個人出發，私密的想像空間。由此可知，敘事觀點是可以視情節交雜組合的。
三、客觀觀點	客觀觀點是描述某個角色「他」的生活，類似全知觀點的客觀角度，但是在敘事時不能透露出所有的資訊，不介入角色的內心世界，採取超然的態度，所以客觀觀點是最冷靜、不帶情感的與故事保持距離，冷眼旁觀故事的進展。

三、對白

在影視戲劇問世之前，人類的戲劇皆是以舞臺劇為主，靠對白臺詞、動作表演來表達故事。

而在電影發明的初期，因為技術方面的限制，所以戲劇是以默片方式呈現，依靠字幕及肢體表演敘事，但沒有對白的戲劇本身就有表達上的限制，所以當技術層面可以克服之後，有聲電影時代來臨了，對白成為影視戲劇表達上重要的元素。

前面提過，角色必須先要有作某件事的「動機」，再藉由動作（肢體動作）和語言（語言動作）去完成「意志」的表達，完成向觀眾傳達訊息的動作。所以語言就是「對白」，即是登場人物間交流、傳達各式情緒的語言（但切記，「對白」不是我們一般稀鬆平常的「聊天」，而是經過設計與安排的呈現）。

對白的功能如下：

對白的功能	說明
一、表現人物的性格、推動情節的發展	先綜合到目前所講過的，編劇的程序如下：確立主旨和主題→設定人物→建立結構→安排情節，接下來就是要撰寫對白，帶動故事的進展。 人物的「外在性格」形成人物間的差異性；「內在性格」則呈現角色本身的真實人格。所以主角的「外在性格」在故事中要突出、要刻劃，而呈現的方式之一便是透過「對白」。 不同性格的人，說話的方式都不一樣，在塑造設定好人物個性性格之後，便要藉著該人物所講出的話，來表現他的性格。例如電影《發條橘子》中主角的性格邊緣、暴戾乖張，所以講出的語言充滿暴力猥瑣及侵略性；而漫畫《小叮噹》中的主角大雄，溫吞懦弱的個性，在他語言表達中，也透露了得過且過、膽小怕事的性格。 另外，人物外在的表現，會推動情節的發展，故對白為外在的表現之一，亦能藉此推演故事的發展。
二、說明與交代	角色間「外在人生」的眾多資訊：例如家庭狀況、交友關係、感情狀況及與故事中其他角色的關係，這些基本資訊、前因後果，都可融入對白（或旁白）中呈現，使觀眾掌握故事的基本資料，以便進入劇情中。 以上前情的說明，最好在故事的第一幕（也就是開始階段）就說明完畢，方便觀眾進入劇情。

對白的功能	說明
三、透過含蓄的對白傳達思想	有些對白只是交代一些基本資料，但是大多數的對白除了要帶給觀眾直接的資訊外，還要使觀眾感覺潛藏在對白內的思想與感受，因為對白是角色說出來的話語，除了言語外，還有表演動作、聲調、表情等，所以對白內的意境是要依靠人物的演出表達出來（這要靠表演者演出的功力了）。 由上可知，成功的對白不是鉅細靡遺、毫不保留的把所有的心情、情感都「說」出來，而是要編寫所謂「含蓄」的臺詞，「含蓄」就是精鍊的語言，每句臺詞都要有意義，不能天外飛來一筆的廢話連篇，而語意要有所保留，使情感、意境讓人物搭配有限的臺詞來演出來，保留些許想像空間，使觀眾品嘗充滿餘韻的模糊美感、捕捉故事中的弦外之音，也在觀賞的過程中，達到與作品的互動效用，滿足耐人尋味的觀影經驗。 這也告訴我們，可以用演的表達所有情緒，就減少用說的。因為人是視覺的動物，用看的更能理解其中的喜怒哀樂，所以對白只是輔助的工具，能藉此擴大深化故事的含意，因此不要冗長的把話都講明。

我們瞭解對白的功能後，那要如何寫出成功的對白呢？

成功對白的條件如下：

成功對白的條件	說明
一、要朗朗上口、貼近生活	對白是人物口中說出的語言，再傳達到觀眾，使之理解。所以對白所運用的文字語言，要朗朗上口、貼近生活。故事是虛擬的人生，所說出的話語，要比擬真實的人生，因此說出的話語要貼近故事時代背景下，適合的生活語言，例如描述現代青少年生活的故事，就要運用時下青少年常用的語言。所以對白不需要雕龍畫棟般的雕琢，而要真實的呈現什麼人說什麼話就可以了。 另外，對白如果詰屈聱牙、不知所云的話，一方面會影響人物的演出；另一方面觀眾會無法理解，所以在編寫對白時，要注意臺詞是否朗朗上口、通順易懂。

成功對白的條件	說明
二、掌握人物的性格、情感，與應有的語氣	屬於人物「內在人生」的性格，就是這個人物如何在此故事發揮的資料。所以在對白編寫的時候，要依據先前設定的人物性格來發揮，也要依據其性格，預設其說話的口吻、語氣。例如電影《海角七號》中突出人物－茂伯，他的性格開朗、風趣耿介、草根，所以他在故事中說出的話，充滿本土氣息，且詼諧幽默、直來直往，很成功的藉由對白塑造令人印象深刻的角色。 另外，人物會在故事中呈現喜怒哀樂的各式情感，要適時掌握什麼時機要表現什麼樣的情感氛圍，使對白從角色充滿情感的內心表達出來。
三、適時的風趣幽默	在文學理論中，有一種「悲劇比喜劇更會令讀者（或觀眾）印象深刻」的說法。而在戲劇中，喜劇的數量顯然也比悲劇或非喜劇類少了很多，在喜劇中，大多數的對白必要性的充滿詼諧幽默（亦所謂插科打諢），這是無庸置疑的，但是在非喜劇中的對白亦要適時加入幽默的元素。 例如在傳統好萊塢動作片中，當劇情的衝突點升到最高、最緊張時，或是衝突化解後的片刻，主要角色往往會耍一些小風趣，說出充滿黑色幽默的臺詞，來緩衝一下緊張的氣氛，讓觀眾喘口氣，以迎接後續更緊張的情節，例如電影《法櫃奇兵》中的印第安那瓊斯；星際大戰中的韓索羅船長（都是哈里遜福特演的（笑），皆是會展現這些小幽默的翹楚。另外例如在電影《美麗人生》中，雖然整體是敘述猶太人父子遭受納粹迫害的悲劇故事，但是男主角（猶太人父親）本身性格樂觀正向，所以對白臺詞都很風趣陽光，能在黑暗陰冷的背景襯托下，一方面展露樂觀的人性，另一方面反諷戰爭的殘酷與無情，這正可謂是「笑中帶淚」的作品。 沒錯！大多數觀眾喜歡的類型正是「笑中帶淚」的作品，因為會穿插令人會心一笑的對白與演出，調和故事悲傷的基調，使劇情不會悲慘到太過壓抑而讓觀眾受不了。 所以任何類型的故事，都要加入不同比例、會讓觀眾感到輕鬆有趣的對白，以調劑情節，或達到一種與背景世界反差的美感。

四、動作

人物性格是要用動作「演出」的，因此要靠「意念」來呈現，「意念」以語言和動作，呈現外在的表現，以推動「衝突」的發生，藉以推動故事的發展。

前面討論過了語言的「對白」，現在讓我們深入的來探討人物的「動作」。

記得英國有個名導演曾說過：「戲劇裡人物的動作，帶動了劇中不同力量的衝撞，及人物之間持續的相互衝突。」所以這正呼應了第一段所說的，動作引發衝突，進而推動故事。而人物的動作亦要配合「當下」的環境、氣氛及人物的對白來展現，請注意「當下」這個關鍵字，不論是任何的環境、時空背景，人物的動作必須是在當下發生，而不能隱而不發，要確實的呈現在觀眾眼前。

另外，動作和對白一樣，一定要有確實的動機，而展現的肢體動作也是要有意義和目的的，例如「笑」這個動作，兩個人物在對話，其中人物甲突然裂嘴「笑」了一下，這個笑容不是無意識的亂笑（真實的生活可以有很多下意識、不可理喻的動作，但是在故事的虛擬人生中，是不能表現這樣的動作），而是要利用這個「笑」的肢體動作表達，來傳達某種訊息，人物甲如果是天真爛漫的嫣然一笑，其中的意義是良善的、正面的；如果是笑裡藏刀的奸笑，那一定潛藏某種陰謀，代表負面的意義。

再舉個例子，在電影《星際大戰第五部曲－帝國大反擊》的結尾，主人翁路克與黑武士對決，卻被逼到了絕境（深谷邊緣），又告訴路克一個晴天霹靂的驚人事實：原來黑武士是路克的親生父親（這也是本片的最高潮）。之後，路克作了一個「動作」：向後一躍，墜入了萬丈深淵之中。

路克大可迎向前與黑武士再戰三百回合，但是他卻選擇自盡式的「動作」，因為這個動作充滿了「絕望」的含意，宇宙第一大惡人竟然是自己的親生父親，而前一分鐘還想把他除之而後快，這樣的矛盾與衝突點太強烈了，油然而生的是一種無助絕望的心情，根本無心再戰，甚至想一了百了，因此路克才會選擇跳進深谷中，痛心疾首的表達深刻的哀鳴。

所以，在撰寫人物動作的時候，要思緒清晰，明白設計這個動作的意義與目的，如果連編劇者都不明白動作的含意，那又如何奢求觀眾瞭解呢。

五、場面

當我們在談論一部電影、動畫或漫畫時，往往不會記得全部的劇情，但都會記得其中令人印象深刻的「名場面」，例如動畫《新世紀福音戰士》中的屋島作戰、初號機暴走；漫畫《小拳王》主角矢吹丈在擂臺邊壯烈的死去；電影《ID4 星際終結者》中飛碟萬箭齊發進攻世界各大城市…等，這些「名場面」都會讓觀眾記憶猶新、津津樂道。

所有的故事都發生在各種場面之中，「場面」就是在時間或空間上具完整連續性的畫面組成，且同一場面的時間和空間必須一致。例如一場黑幫的談判場面，人物是兩幫的幹部。時間在晚上，地點在某海產餐廳的包廂，而這一個場面的演出內容就是兩派黑幫談判的過程。如果談判破裂，兩派在街道上發生槍戰，那就是另一個場面了。場面可長可短，上例的黑幫談判場面可以長達十幾分鐘，且有許多不同的鏡頭；也可以只有一個鏡頭的場面，例如在黑夜的國道上一臺法拉利跑車呼嘯而過。

上例提到，在場面設定時，必須要有三個重要元素：時間、空間和登場人物，說明如下：

場面設定三元素	說明
時間	只要簡單寫出是黑夜（夜）或白天（日）即可，當然詳細一點如黃昏（昏）、中午（午）也是可以的。
空間	寫明這場戲發生在哪裡，例如「客廳」、「公園」…等，講究一點的，可以在場景後加註是內景或外景。
登場人物	這場戲有誰登場，寫出他們的名字，如果這場戲是空景（沒有出現的畫面）那就不用寫了。

由上表可知，時間、空間和登場人物構成了一個場面，只要換了時間、空間，即更換到另一個新的場面了，所以整齣戲劇、整部遊戲或整個故事，都是在不斷地變換各種場面。

場面的安排和對白一樣，都是要經過設計的，不能無厘頭的不按牌理出牌，而是要有意義和目的，透過場面的呈現來傳達某種訊息和理念。例如前面提過動畫《新世紀福音戰士》中的名場面－初號機暴走，讓我們來解析這個場面：

場面	動畫《新世紀福音戰士》－初號機暴走
時間	黑夜
空間	第三新東京市街道（外景）
登場人物	碇真嗣、福音戰士初號機、使徒
內容	碇真嗣駕駛的福音戰士初號機發生暴走，把使徒（反派）大卸八塊，撕得稀巴爛。 （說明：場面的內容會突顯某種情境，以呈現強烈的戲劇效果。有的時候只是視覺效果的呈現，例如飛車追逐，或爆破場景；有的時候是透過人物的對話呈現，例如課堂上的師生交流、情侶間情話綿綿等，不過大部分的場面還是上述兩項的結合。）
意義	「暴走」就是「失控」。這裡的失控不是福音戰士初號機本身單純的機械問題，而是要反映駕駛員碇真嗣心理層面的矛盾與轉變，從一開始的畏戰，到趕鴨子上架的迎戰，藉由後來野性的爆發，顯示主角內心的衝突，以彰顯其心境轉變與潛藏的實力，而這個衝突亦發生在這個時間點、空間點，構築了這個動畫史上的名場面。

既然場面是要有意義及目的的，那在建構場面之前，一定要有遠因或近因，也就是所謂的「前提」。有了前提，這個場面展現的意義才會具有正當性。承上例，為什麼要安排讓初號機暴走，以顯示主角內心的衝突，彰顯主角心境的轉變與潛藏的實力？因為在之前的場面有一個很重要的轉折點：碇真嗣渾身發抖的趴在地上，對作戰非常的恐懼，但是嘴裡卻不斷說著：「不能逃！」可見前提就是：真嗣雖然害怕，但是仍身不由己的坐上初號機迎戰敵人，以帶入及建構後續的初號機暴走場面。

所以，當我們完成了一個場面之後，那麼這個場面也將成為下個場面發展的「前提」。

六、改編

目前全世界的電影、電視界都面臨所謂的「劇本荒」，所以經常缺乏原創劇本，而改編既有的小說、漫畫或遊戲。例如小說改編的《龍紋身的女孩》；漫畫改編的《死亡筆記本》、《蜘蛛人》；遊戲改編的《惡靈古堡》等，都是由膾炙人口的作品改編為電影劇本，再以影像的方式呈現。

改編現有的作品（小說、漫畫、遊戲、舞臺劇）成為電影、電視等影像作品，其實是另一次的創作過程，因為這幾種媒介的表現方式，不管是在結構、演出，及形式上都有所不同，例如小說可透過文字的敘述，處理人物的內在人生，而影像是外放式的，較容易呈現人物的外在人生，簡而言之，用影像方式呈現原本在平面媒介表現的故事，是會有所侷限的，所以如果要改編為影像作品，勢必要經過一番的重整及再創作，使之調整為符合影像結構的表現。

另外，在文學理論中有「作者已死」的概念，認為作者在創作完一個作品（例如小說）後，他原始的初衷已經消失殆盡，取而代之的是不同讀者讀完後不同的解讀，所以某個編劇當他讀完某篇小說，並改編其為電影劇本後，那劇本的內涵、中心思想其實是屬於編劇的，全劇與原著的相同點往往僅有人物及大綱而已，其餘的形式等部分，完全屬於編劇的解讀與創作，原著僅是原始素材的依據及原點而已。例如世界級的日本小說家村上春樹，其著名的小說《挪威的森林》，經由陳英雄導演改編為電影，但是大多數看過原著及電影的人都會認為，電影版《挪威的森林》的世界其實是屬於陳英雄導演自己的，跟原著是兩個不同的世界啊！

改編是一連串重整與取捨的過程，所以可依不同改編作品呈現的方式，歸納出幾種改編的方式：

改編方式	說明	舉例
一、移植式	改編人物、結構、形式、情節完整的作品，例如長篇小說、長期連載的漫畫，或形成系列的遊戲。 因為上述型態的作品較為成熟，亦廣為人知，所以在改編的時候，大部分的人物及大綱、情節可移植入劇本之中，當然，誠如前述，這個故事在影像作品中的呈現方式，就是編劇及導演另一次無中生有的創造了。	如前例，日本小說家村上春樹的小說《挪威的森林》，在問世數十年後，被搬上大螢幕，但是亦移植了小說中的人物、結構及部分情節，故事再內化、演繹為屬於導演觀點的影像。
二、摘錄式	有很多長篇小說，例如中國傳統的章回小說，因為登場的人物眾多，情節複雜，如果全部移植的話會有所困難，所以往往會摘錄其中較為人所津津樂道，且情節較緊湊、衝突較吸引人的片段，轉之為影像作品。	例如吳宇森導演的《赤壁》，係取材自三國演義小說中一個眾人熟知的篇章，加以改編而成。
三、精華式	編劇改編自篇幅較長、內容較複雜的作品，不採用上述之摘錄式改編法，而採用濃縮精華的方式，考量影像的時間及表現方式，針對作品資料加以去蕪存菁，運用影像方式將人物、情節脈絡萃取出來，再予以影像形式結構化。	例如許多世界名著改編的電影《戰爭與和平》、《傲慢與偏見》等，皆取自原著，單純適合以影像呈現之結構，與所發生的事件，以簡要的方式呈現完整的故事。

改編方式	說明	舉例
四、意境式	前面幾種改編方式，都或多或少保留了原著的人物、情節與結構。但在意境式改編法中，則僅保留原著的人物及部分場景，取原著的意境及精神加以改編。 另一種更極端的，僅僅取原著的思想、風格、內涵、神韻，而人物、情節與結構則完全原創，即在忠於原著的精神基礎上，創造一個全新的故事。	日本很多的電影、電視劇、動畫等，喜歡改編中國古典章回小說《西遊記》，但改到最後很多的作品都只保留基本人物與場景，內容則由編劇天馬行空的創作。 另一個很著名的例子，是日本導演黑澤明所執導的電影《蜘蛛巢城》，係取材自莎士比亞的名作《馬克白》，取其意含改編為日本古裝的呈現方式。
五、綜合式	取兩部或以上結構雷同，或意境相似的原著作品，加以綜合改編為一部作品。	例如徐克導演的《棋王》，即融合了臺灣作家張系國及中國大陸作家阿城的同名小說《棋王》。這兩部小說皆名為「棋王」，但內容卻迥然不同，編劇巧妙的結合兩者，使之匯流成一個全新的故事。

由以上可知不同的改編手法，另由於現今影像技術的成熟，可運用多元的方式呈現從前無法表現的內容，所以今後改編的作品只會越來越多，在題材、樣式、風格上展現更多的樣貌。

第四章　編劇與腳本的實戰練習

在前面的篇章中，我們認識了編劇與腳本的主軸與結構，及各項編劇與腳本寫作的基本技巧，現在，我們要學以致用，真槍實彈的進行練習。

我們以附錄一的短篇小說〈1989 放暑假〉為例子，以編劇與腳本的主軸與結構為基礎，融入各項編劇與腳本寫作的基本技巧，加以改編為一部完整的劇本範例（包括：人物設定、故事大綱、分場大綱、分場對白劇本）及部分的分鏡腳本範例。

一、人物設定

「人物設定」係塑造登場人物獨特的個性、外貌及關係，以便融入故事以構成劇情。依據附錄的小說改編為劇本之主要角色。人物設定範例如下：

角色 1	
姓名	孫治權
外貌	性別：男 年齡：17（高工二年級） 血型：O 型 星座：水瓶座 約 175 公分、標準身材、稍壯
個性	活潑開朗、富有想像力、自我感覺良好

角色 2	
姓名	劉慧妤
外貌	性別：女 年齡：17（北一女二年級） 血型：A 型 星座：牡羊座 約 165 公分、長相清秀、稍瘦
個性	性格柔中帶硬、反骨個性、行動派、個性早熟

角色 3	
姓名	阿和
外貌	性別：男 年齡：17（高工二年級） 血型：A 型 星座：金牛座 約 160 公分、瘦弱
個性	性格拘謹、怕事、較內向

角色 4	
姓名	小龍女
外貌	性別：男 年齡：17（高工二年級） 血型：B 型 約 170 公分、長相俊美、白皙
個性	性格外向活潑、溫柔漢的舉止動作

習題一	試根據附錄二之短篇小說文本，以你的觀點撰擬一份「人物設定」及「人物小傳」。
習題二	所謂「人生如戲、戲如人生」，我們每個人何嘗不是人生電影中的演員。因此，試以你周遭的某個好友或家人為目標，以你的觀點撰擬一份他（她）的「人物設定」及「人物小傳」。

二、故事大綱

「故事大綱」要言之有物的將劇本中登場的重要人物、事件的時代、發生的地點、故事的鋪陳重點、衝突的轉折及結局，概要性的撰寫出來。

依據附錄一小說改編為劇本之故事大綱範例如下：

《1989 放暑假》故事大綱

1989 年 9 月，就讀三流高工的孫治權在公車上認識了北一女的劉慧妤。

本來以為一場美好戀情就要展開的他，下車時卻忘了跟她要電話…。

懊惱的孫治權回想起劉慧妤曾透露喜歡小虎隊的消息，於是死馬當活馬醫的參加小虎隊的演唱會，期待能巧遇她。

沒想到真的賭到了！他們開始似有若無的交往，孫治權也知道了劉慧妤的父親是個流亡國外的政治犯。

突然有一天她對他說：「你想要跟我交往，就要讓我感動……」

什麼能讓她感動呢？

於是孫治權異想天開的參加電視臺的選秀節目，透過螢光幕向她表白。

但是似乎只有百分之零點一的效果！

就這樣到了 1990 年 3 月，野百合學運爆發。

孫治權抱著看熱鬧的鄉民心態到了中正紀念堂，竟然又巧遇了參加絕食靜坐的劉慧妤。

「跟我一起絕食吧……」她對他說。

這樣她一定會感動，他想著。

最後還是敵不過飢餓感。

在偷吃麵的時候被當場抓包，劉慧妤一氣之下，他們失去了聯絡，學運也結束了。

孫治權決定幹一票大的！

10 月 10 日，學校派他們參加國慶日閱兵典禮的排字工作。當天，他混進播音室，把閱兵進行曲換成小虎隊的青蘋果樂園。

後果可想而知，在全場騷動時，孫治權和劉慧妤相視而笑。

他們的青春歲月結束了。

2011 年，在歐洲出差的孫治權，看到劉慧妤頭戴貝雷帽、穿著迷彩裝、手執 AK-47 的照片，刊登在左派雜誌的封面上。得知她目前正在中南美洲的某小國，與政府軍奮戰著，為她的人生奮戰著…，也為了追尋她的感動奮戰著。

習題一	試根據附錄二之短篇小說文本，以你的觀點撰擬一份「故事大綱」。
習題二	請以一部你最喜歡的電影戲劇（或遊戲）為例子，試撰擬一則「故事大綱」。

三、分場大綱

「分場大綱」是「故事大綱」過渡到正式劇本的關鍵時刻，因為「分場大綱」依據「故事大綱」的故事內容，分配各個角色登場的時機，及演出的場合，具象的體現整部戲的基本結構，開啟了「承先」的作用；之後的正式劇本則依據「分場大綱」的配置，完成更詳細的撰述，例如角色的對白及表情、動作等，所以亦有「啟後」的效果。

依據附錄一小說改編為劇本之分場大綱範例如下：

場次	時間	景別	出場人物	大綱
第 1 場	白天	客機機艙內連機外	孫治權	孫坐在飛往歐洲的客機內，回想起高中青春往事。
第 2 場	白天	高工校園		校園空景。
第 3 場	白天	教室內	孫治權、阿和、歷史老師、環境人物（同學）	孫在課堂上打嗑睡，被老師抓到，老師叫他回答問題。
第 4 場	白天	校門口	孫治權、阿和、小龍女、環境人物（放學的學生）	孫等三人放學。

場次	時間	景別	出場人物	大綱
第 5 場	白天	公車內	孫治權、劉慧妤、小混混三人	劉被小混混糾纏，孫幫她解圍，因此彼此相識。
第 6 場	晚上	孫治權家外		孫治權家外空景。
第 7 場	晚上	孫房間內	孫治權、小叮噹	孫進入幻想狀態，妄想回到過去，能要到劉的電話。
第 8 場	白天	公車內（幻想畫面）	孫治權、劉慧妤	孫向劉要電話的幻想畫面。
第 9 場	晚上	孫房間內	孫治權	回到現實狀態，孫懊惱。
第 10 場	白天	教室內	孫治權、阿和、小龍女、環境人物（同學們）	孫回想起劉曾透露喜歡小虎隊，於是決定參加演唱會，期待碰見她。
第 11 場	晚上	小虎隊演場會場	孫治權、劉慧妤、環境人物（觀眾）	孫碰巧遇見了劉。
第 12 場	晚上	孫治權房間／劉慧妤房間	孫治權、劉慧妤	孫約劉出去玩。
第 13 場	白天	臺北車站前天橋上	孫治權、劉慧妤、阿和、小琪	聯誼當日，孫、劉等人見面。
第 14 場	白天	電影院內	孫治權、劉慧妤、阿和、小琪	四人看著電影。
第 15 場	白天	速食店內	孫治權、劉慧妤、阿和、小琪	孫、劉聊天，劉對孫說，想要跟她交往，就要讓她感動。
第 16 場	晚上	孫治權家的客廳	孫治權、孫治權的哥哥	孫看到電視，想要報名選秀節目。
第 17 場	白天	電視公司外的街道上	孫治權	孫騎機車進入電視公司。
第 18 場	白天	電視公司大廳櫃檯前	孫治權、櫃檯人員（中年大嬸）	孫詢問試鏡處。

場次	時間	景別	出場人物	大綱
第 19 場	白天	攝影棚外	孫治權、黃子佼、劉爾金、工作人員、環境人物（等待試鏡的人）	孫與其他參賽者交談。
第 20 場	白天	攝影棚內	孫治權、偉忠哥、劉慧妤、工作人員們	孫進行試鏡，獲得製作人賞識，得到正式錄影機會。
第 21 場	白天	速食店內	孫治權、阿和、小龍女	孫告訴阿和等人，要去錄影的事。
第 22 場	晚上	孫治權家客廳	孫治權、孫治權爸爸	孫練舞。
第 23 場	白天	學校樓梯間	孫治權、環境人物（學生）	孫練舞。
第 24 場	白天	公車上	孫治權	孫練歌。
第 25 場	白天	孫治權家公寓屋頂	孫治權	孫練舞。
第 26 場	晚上	電視公司大廳櫃檯前	孫治權、櫃檯人員（中年大嬸）	孫詢問錄影處。
第 27 場	晚上	藝人休息室	孫治權、工作人員（女）、小虎隊（霹靂虎、小帥虎、乖乖虎）	小虎隊借打歌服給孫。
第 28 場	晚上	攝影棚內	孫治權、黃子佼、劉爾金、主持人（曹蘭、湯志偉）、導播、工作人員、偉忠哥、環境人物（觀眾、參賽者）	孫進行錄影，最後很糗的摔了一跤。

場次	時間	景別	出場人物	大綱
第 29 場	白天	孫治權家客廳	孫治權	孫看著電視自己出糗的樣子，十分懊惱。
第 30 場	晚上	攝影棚內	孫治權、偉忠哥	回想畫面：孫哀求偉忠哥剪掉摔跤的片段，遭到回絕。
第 31 場	白天	孫治權家客廳	孫治權、阿和（聲音）、劉慧妤（聲音）	劉來電說看了電視，有被孫感動到一點點。
第 32 場	晚上	泡沫紅茶店	孫治權、劉慧妤	孫、劉約會。
第 33 場	白天	街道上	孫治權、劉慧妤	孫、劉約會。
第 34 場	白天	光華商場內	孫治權、劉慧妤	孫、劉約會。
第 35 場	晚上	撞球場內	孫治權、劉慧妤	孫、劉約會。
第 36 場	白天	公車站牌	孫治權、劉慧妤	孫得知劉還沒得到完全的感動。
第 37 場	白天	公車上	孫治權、劉慧妤	劉要求孫暫時不要再見面了且勸戒孫。
第 38 場	白天	臺北市立棒球場內、左外野觀眾席	孫治權、阿和、職棒選手、播報員（聲音）、環境人物（觀眾）	本來應該是孫與劉一起去看棒球，但現在變成孫與阿和看棒球。
第 39 場	晚上	孫治權房間內	孫治權	孫想到劉的話語，埋頭苦讀。
第 40 場	白天	中正紀念堂大中至正門下	孫治權、阿和、劉慧妤、環境人物（抗議學生）	孫與阿和湊熱鬧去看抗議，卻碰見劉。
第 41 場	白天	中正紀念堂廣場靜坐區外圍	孫治權、劉慧妤、環境人物（抗議學生）	劉看見孫，十分驚訝。
第 42 場	晚上	中正紀念堂廣場靜坐區內	孫治權、劉慧妤、總指揮、環境人物（抗議學生）	孫、劉參與靜坐活動，劉要求孫一起參加絕食，孫答應，但半夜時孫肚子很餓。

場次	時間	景別	出場人物	大綱
第 43 場	晚上	中正紀念堂大中至正門下	孫治權、阿和	孫在去廁所的途中，看到了阿和，阿和給孫一包泡麵。
第 44 場	晚上	中正紀念堂地下停車場管理員辦公室內	孫治權、管理員	孫向管理員要熱開水。
第 45 場	晚上	中正紀念堂地下停車場男廁大便間內	孫治權、劉慧妤	孫躲在廁所內吃泡麵，被劉發現，劉十分難過與失望。
第 46 場	白天	高工校園		高工校園空景。
第 47 場	白天	教室內	孫治權、歷史老師、教官（聲音）、環境人物（同學）	孫在課堂上打瞌睡，被老師抓到。 學生準備去練習國慶典禮。
第 48 場	白天	操場	孫治權、阿和、小龍女、教官、環境人物（同學）	練習國慶典禮，練完後，小龍女約孫、阿和去看棒球。
第 49 場	晚上	臺北市立棒球場內、內野觀眾席	孫治權、阿和、小龍女、播報員（聲音）、小虎隊、環境人物（觀眾）	棒球場上，小虎隊擔任開球來賓及表演歌舞，使孫有了靈感。
第 50 場	白天	孫治權的房間	孫治權	國慶當日，孫把錄音帶放進書包，前往參加國慶典禮。
第 51 場	白天	介壽路廣場學生排字幕處	孫治權、阿和、教官、環境人物（學生）	孫以尿遁方式騙過教官，離開座位。
第 52 場	白天	總統府前	孫治權、便衣憲兵、環境人物（群眾）	孫與便衣憲兵交涉，得以去見孫的哥哥。

場次	時間	景別	出場人物	大綱
第 53 場	白天	總統府內憲兵辦公室	孫治權、孫治權的哥哥（孫哥哥）	孫哥哥見到孫十分不悅，命令孫乖乖坐好。孫趁機把閱兵進行曲換成小虎隊的青蘋果樂園。
第 54 場	白天	介壽路廣場學生排字幕處	孫治權、教官、環境人物（學生）	孫回到會場。
第 55 場	白天	國慶典禮臺上	李總統、司儀、環境人物（貴賓）	貴賓就定位，司儀宣布閱兵典禮開始。
第 56 場	白天	介壽路上儀隊聚集處	儀隊士兵	儀隊雄糾糾、氣昂昂的隊伍正蓄勢待發。 「青蘋果樂園」的音樂響起。儀隊士兵個個面面相覷，不知如何是好。
第 57 場	白天	介壽路廣場學生排字幕處	孫治權、阿和、小龍女、劉慧妤、教官、環境人物（學生）	場上學生開始騷動，孫看到了劉，兩人相視而笑。
第 58 場	白天	法蘭克福機場大廳	孫治權、環境人物（旅客）	在歐洲出差的孫，看到劉的照片刊登在雜誌上，為她的理想奮鬥著。

習題一	試根據附錄二之短篇小說文本，以你的觀點撰擬一份「分場大綱」。
習題二	請以一部你最喜歡的電影為例子，試撰擬該部片前五場戲的「分場大綱」。

四、分場對白劇本

我們完成了人物設定、故事大綱及分場大綱後，接著就要撰寫劇本最重要，也是最終端的「分場對白劇本」。

依據附錄一小說改編為劇本之分場對白劇本範例如下：

場次：第 1 場	時間：白天
景別：客機機艙內連機外	出場人物：孫治權

△孫治權坐在靠窗的座位上，看著窗外。

△機艙內響起英文廣播，說明飛機即將降落在德國法蘭克福機場。

△孫治權聽著機內廣播，目光突然瞥見、並注視放在隔壁空位上的蘋果日報。

△報紙標題：歡慶中華民國 100 年國慶。

△孫治權看了報紙標題後，面帶淺淺微笑。

△鏡頭拉遠穿過窗戶至機外，飛機下降消失，藍空中淡入及淡出片名：《1989 放暑假》。

場次：第 2 場	時間：白天
景別：高工校園	出場人物：無

△鏡頭接第 1 場的藍天。

△鏡頭向下，呈現高工校園。

△字幕淡入：1989 年臺北市。

場次：第 3 場	時間：白天
景別：教室內	出場人物：孫治權、阿和、歷史老師、環境人物（同學）

△孫治權一邊上課一邊打瞌睡。OS 為歷史老師講課的聲音：六四天安門事件真是太令人難過了！…

△歷史老師站在講臺上激動的講課，黑板上貼著大張六四天安門事件擋坦克青年的圖片。

歷史老師：（很激動且鄉音很重）共匪真的很沒有人性！竟然忍心槍殺手無寸鐵的學生！這真是歷史的傷口啊！

△歷史老師看見孫治權在打瞌睡。

歷史老師：(生氣大罵，丟粉筆）孫治權！又是你！

△孫治權的臉被粉筆丟中，驚嚇得站了起來，全班同學見狀哄堂大笑。

歷史老師：(手指著孫治權）都高二了！還那麼不長進！你給我說說看對六四天安門事件的看法！

孫治權：啊？（因為聽不懂老師的鄉音，所以一臉疑惑）

△孫治權面有難色，看著鄰座的阿和。

阿和：(看著孫治權，摀嘴，怕被老師罵所以很小聲）他叫你說說看對六四天安門事件的看法啦！

孫治權：(點點頭，深呼吸，開始連珠炮似高亢的說）我覺得從這個事件中可以看出中共的殘暴本質及中華青年學子們追求民主自由不惜拋頭顱撒熱血的高尚情操相信不久的將來我們中華民國偉大的國軍一定可以打敗共匪讓三民主義統一中國！（振奮、握拳舉手）

△下課鐘響。

場次：第 4 場	時間：白天（昏）
景別：校門口	出場人物：孫治權、阿和、小龍女、環境人物（放學的學生）

△下課鐘響接前場。

△放學時分，街道上車水馬龍、學生魚貫的走出校門，孫治權、阿和、小龍女也走了出來，邊走邊交談。

孫治權：ㄟ！阿和！明天記得要帶魂斗羅喔！

阿和：(面有難色）可是我還沒破關耶…

孫治權：(耍賴）不管啦！借我啦！

小龍女：孫權～我借你好了～

孫治權：(喜悅）真的嗎？小龍女？

△小龍女點點頭。

孫治權：（對阿和，不屑）你看！阿和！人家小龍女多夠義氣！

阿和：（勉強為難狀）好嘛！好嘛！不然我借你「聖鬥士星矢」好了嘛！

孫治權：（高興）一言為定喔！掰掰！

△孫治權與阿和、小龍女道別離去。

場次：第 5 場	時間：白天（昏）
景別：公車內	出場人物：孫治權、劉慧妤、小混混三人

△孫治權坐在靠窗的位置上，聽著 walkman、看著窗外路上抗議的人潮。

△突然間，孫瞥見坐在另一邊座位上的劉慧妤（身著北一女制服），但劉慧妤正在看著書本，沒有察覺自己被注視。

△孫治權看著劉慧妤的側臉，越看越入迷，閉起眼睛陷入幻想。

△進入幻想畫面。

△孫治權帥氣的走到劉慧妤面前。

孫治權：（帥氣狀）同學，可以給我你的電話嗎？

劉慧妤：（抬頭看著孫，端詳一下，驚喜狀）當然可以吻！

△孫治權很理所當然，驕傲的攤手。

△回到現實畫面。

△孫治權閉著眼睛繼續陶醉在幻想世界，突然被小混混的笑聲驚醒（OS 為小混混的笑聲）轉頭看過去。

△三個穿著高工制服的小混混圍在劉慧妤身邊。

小混混甲：（對著劉說）同學～要不要去看《1989 放暑假》？我們請妳看啦！

劉慧妤：（瞪小混混甲一眼，生氣狀）不要！

小混混乙：去嘛！有張雨生耶！〈想念我〉很好聽耶！我會唱喔！「想念我！記得來找我！」（五音不全）哈哈！

劉慧妤：(生氣狀）我喜歡小虎隊啦！

小混混丙：我知道你其實很想去對不對！拍謝在心內啦！說不定我們還會讓你很舒服喔！哈哈！

△小混混三人哄堂大笑。

△孫治權看著這個狀況，內心氣憤，表情憤怒狀。

劉慧妤：(起身）我要下車了啦！

△小混混三人圍住劉，不讓她通過。

△孫治權看著這個狀況，非常生氣的站起來。

△小混混丙轉頭看了孫一眼，孫又害怕很孬的摸摸頭坐下。

劉慧妤：(生氣狀）你們再不讓開，我要叫了喔！

△劉轉頭看了孫一眼，與孫治權四目相對。

△孫表情嚴肅、鼓起勇氣站了起來，小混混三人全部兇狠的望向他。

孫：(緊張的滿頭大汗，摸著頭，立刻變回陪笑臉的俗辣狀）嗯～同學…人家不願意…就…算了吧…不如…我陪你們去看好了…剛好我也沒看過…

小混混甲：(凶狠狀，對孫）你是誰啊？我有准你在這邊靠夭嗎？

△小混混乙看到了孫左手臂上的老鷹圖樣。

小混混乙：(對著其他兩個小混混，指著孫的塗鴉，低聲）喂～是「十八禿鷹幫」的…

△小混混三人面面相覷互看。

小混混甲：(對著其他兩個小混混，低調）走了～走了～

△小混混三人組悻悻然下車離去。

△孫治權一臉莫名奇妙的看著三人離去。

劉慧妤：（對孫，微笑）謝謝你啊！

孫治權：（摸摸頭，傻笑）沒什麼！沒什麼！哈哈～對了！我叫孫治權，大家都叫我「孫權」！

劉慧妤：我叫劉慧妤…（指指孫的塗鴉）你…真的是混幫派的嗎？

孫治權：（微笑著，用手指抹掉手上塗鴉的一角）哈！這是上課無聊亂畫的啦！

△孫與劉相視而笑。

場次：第 6 場	時間：晚上
景別：孫治權家外	出場人物：無

△孫治權家空景。

場次：第 7 場	時間：晚上
景別：孫房間內	出場人物：孫治權、小叮噹

△陰暗的房間內，電視上正播放著小叮噹卡通，孫治權六神無主，有氣無力的攤在牆邊看著電視。

△孫治權看著看著，進入幻想畫面。

△小叮噹走出電視，站在孫治權面前。

孫治權：（哀求）小叮噹，求你讓我回到下午的公車上吧！

小叮噹：（打開書桌抽屜）來吧！時光機準備好了！

場次：第 8 場	時間：白天（昏）
景別：公車內（幻想畫面）	出場人物：孫治權、劉慧妤

△劉慧妤低頭看著書，孫治權從時光洞口爬出來，劉有些驚訝。

劉慧妤：（微笑）你怎麼又來了？

孫治權：（摸頭）哈！我下午耍笨，忘記跟妳要電話了啦！不然怎麼再跟妳見面呢？

劉慧妤：（微笑拿出小筆記本，邊寫邊說）我的電話是⋯

OS：孫治權的老媽大叫：孫治權！

△孫緊張的回過頭張望。

場次：第 9 場	時間：晚上
景別：孫房間內	出場人物：孫治權

△回到現實。

△孫懊惱得抱著頭。

（同時）孫治權的老媽 OS：你給我出來吃飯！

孫治權：（起身走出房門）幹！怎麼會忘記要電話！

場次：第 10 場	時間：白天
景別：教室內	出場人物：孫治權、阿和、小龍女、環境人物（同學們）

△早晨，學生陸陸續續進教室。

△孫治權有一搭沒一搭，有氣無力的吃著早餐。

阿和：（對孫）喂～孫權～怎麼這麼頹喪的樣子啊？昨天晚上手槍打太多了喔？

孫治權：（瞪了阿和一眼，對他比起中指）靠杯喔！

△小龍女走進教室，快步走到孫與和的面前，孫與和一臉疑惑。

小龍女：（興奮狀）ㄟㄟ！孫權！阿和！你們看！（同時把外衣打開）這是限量版的小虎隊 T 恤！

△阿和一臉不屑的表情。

△孫治權睜大眼睛，靈機一動的有了靈感狀。

△畫面帶入第 5 場的片段：劉慧妤：（生氣狀）我喜歡小虎隊啦！

△回到本場。

孫治權：（激動起身，對小龍女）小龍女！最近小虎隊有演唱會嗎？

小龍女：（有點嚇到狀）有…有啊…9 月 28 日在士林基河路廣場啊……

場次：第 11 場	時間：晚上
景別：小虎隊演場會場	出場人物：孫治權、劉慧妤、環境人物（觀眾）

△小虎隊在臺上演唱，臺下萬頭攢動，孫治權在人群裡走動，找尋著劉慧妤的身影，但找了好一陣子沒找到。

△孫治權懊惱的搖搖頭，看到了旁邊的攤販，於是走了過去。

△孫在攤販區裡大吃大喝。吃完了剉冰，孫治權感到肚子痛，摸著肚子，表情痛苦，衝向流動廁所。

△流動廁所前大排長龍，孫於是跑到另一邊的流動廁所。

△孫站在廁所前等待，但因為忍不住，所以拉到褲子上了。

△廁所的門打開，出來的是劉慧妤。

△孫驚訝又尷尬的與劉四目相對。

劉慧妤：（又驚又喜，指著孫）ㄟ！你不是…？

孫治權：（苦笑）對啊！你也來看演唱會啊…。

劉慧妤：對啊！真的好巧喔！…對了～你不是要上廁所嗎？快進去啊！

孫治權：（苦笑）不…不…用…了…謝謝…

場次：第 12 場	時間：晚上
景別：孫治權房間／劉慧妤房間	出場人物：孫治權、劉慧妤

△孫治權在講電話。

孫治權：喂？請問劉慧妤在嗎？

△切入分割畫面，顯示孫治權與劉慧妤對話。

劉慧妤：我就是啊。

孫治權：喔～哈哈！我是孫權啦！妳還記得嗎？

劉慧妤：喔！我知道啊！對了，你的肚子好了嗎？

孫治權：（擠眉苦笑）好了啦！謝謝妳的關心！…妳在幹麼啊？

劉慧妤：在看書啊，明天還要考物理耶！

孫治權：妳是自然組的喔？

劉慧妤：對啊！你呢？

孫治權：我…應該是社會組的吧！

劉慧妤：哈哈！你好混喔！

孫治權：對了！後天星期天要不要出來走一走？

△劉遲疑了一下。

劉慧妤：要去哪啊？

孫治權：去看電影好不好？聽說《回到未來第二集》很棒！

△劉又考慮一下。

劉慧妤：不如這樣吧，我找我一個好朋友，你也找一個，我們四個人一起去比較熱鬧，好不好？

△孫治權失望狀。

孫治權：（欣然同意的語氣）好啊！妳說什麼都好！

場次：第 13 場	時間：白天
景別：臺北車站前天橋上	出場人物：孫治權、劉慧妤、阿和、小琪

△孫治權和阿和趴在天橋的欄杆上。

阿和：（問孫，豬哥狀）ㄟ！孫權！今天來的馬子到底正不正啊？

孫治權：（不耐煩）像啦！像啦！保證像你喜歡的林慧萍啦！

△劉慧妤和小琪出現，走近孫治權及阿和。

孫治權：(對劉慧妤，興奮狀招手）嗨！這邊！這邊！

阿和：(小聲自言自語，傻笑）長得不像林慧萍啊…不過還是很可愛啦……

△劉慧妤和小琪在孫權及阿和身邊停下來。

劉慧妤：(介紹小琪） 哈囉！孫權！這是我的同學，叫她小琪就可以了！

孫治權：妳好！跟妳們介紹一下，（介紹阿和）他是我的同學阿和。

阿和：（發出詭異的笑聲）嘿…嘿…嘿…

△其餘三人面面相覷，尷尬狀。

場次：第 14 場	時間：白天
景別：電影院內	出場人物：孫治權、劉慧妤、阿和、小琪

△螢幕上正播放著《回到未來第二集》，孫治權等 4 人在看著電影，但孫治權十分不專心，一邊看電影一邊偷瞄鄰座的劉慧妤。

場次：第 15 場	時間：白天
景別：速食店內	出場人物：孫治權、劉慧妤、阿和、小琪

△速食店內播放著王傑的〈一場遊戲一場夢〉。

△孫治權與劉慧妤、阿和與小琪，兩對分別坐在隔走道的位置上，桌上擺著食物。

孫治權：(問劉）電影好看嗎？

劉慧妤：不錯啊！米高福克斯很帥。

孫治權：(耍帥）妳不覺得我跟他長得很像嗎？

劉慧妤：（吐槽）對啊！你是筒仔米糕的糕啦！哈哈！

△孫治權故意跌倒狀。

孫治權：（問劉）如果妳可以回到過去，妳想做什麼？

劉慧妤：我想回去叫我爸不要辦雜誌……

孫治權：（疑惑）啊？

劉慧妤：我爸在我五歲時出國念博士，因為之前在臺灣和李敖他們一起辦了雜誌，被列為黑名單，從此不能回來，所以五歲之後我就沒看過我爸了。

△孫治權繼續一臉迷惑。

劉慧妤：（補充解釋）就是地下的黨外雜誌啦！

孫治權：（搖搖頭，迷惑狀）喔…不是很懂捏……

△氣氛有些尷尬，兩個人喝著飲料，沉默不語片刻。而鄰座的阿和和小琪正打得火熱。

劉慧妤：（突然開口，語氣肯定，對孫）你如果想追我，就要給我感動！

△孫治權迷惑的張大嘴，看著劉一會兒。

孫治權：（疑問）感動？

場次：第 16 場	時間：晚上
景別：孫治權家的客廳	出場人物：孫治權、孫治權的哥哥

△孫治權走進客廳。

△穿著憲兵軍裝的哥哥坐在沙發上看著電視，不時發出哈哈大笑。

孫治權：ㄟ～哥～你今天放假喔？

哥哥：（不耐煩揮揮手）嘿啦！嘿啦！賣噪啦（臺語）看電視啦！

孫治權：（指著電視）這是什麼節目啊？

哥哥：TV 新秀爭霸戰啦！幹！（大笑）這個笑話真白爛！

△電視螢光幕上，參加選手在說著脫口秀，旁邊秀著參加跑馬燈字幕：參加選秀的報名電話號碼。

△孫治權注視著跑馬燈的報名專線字幕，睜大眼睛，靈機一動豁然開朗的有了靈感狀。

場次：第 17 場	時間：白天
景別：電視公司外的街道上	出場人物：孫治權

△孫治權騎著 DT125 機車，接著駛進電視公司。

場次：第 18 場	時間：白天
景別：電視公司大廳櫃檯前	出場人物：孫治權、櫃檯人員（中年大嬸）

孫治權：（問櫃臺人員）ㄟ～阿姨妳好！我要參加 TV 新秀爭霸戰試鏡，請問要到幾樓？

櫃檯人員：（不悅狀、態度很差）什麼阿姨？叫小姐啦！試鏡去 3 樓啦！（手指樓上）

孫治權：（有點嚇到，摸摸頭）喔～謝…謝謝小姐……

場次：第 19 場	時間：白天
景別：攝影棚外	出場人物：孫治權、黃子佼、劉爾金、工作人員、環境人物（等待試鏡的人）

△攝影棚外，坐滿了等候試鏡的人，孫治權在黃子佼及劉爾金旁邊坐下。

△黃子佼對孫笑了一下，孫也微笑回應。

黃子佼：（對孫）你好！我姓黃！

孫治權：你好～我姓孫…嗯…你要表演什麼啊？

黃子佼：（有自信狀）講相聲啊！他是我的搭檔爾金（介紹劉爾金）。

△劉爾金微笑點頭。

△一個工作人員從攝影棚探頭出來。

工作人員：（大聲呼叫）95 號！孫治權來了沒？

場次：第 20 場	時間：白天
景別：攝影棚內	出場人物：孫治權、偉忠哥、劉慧妤、工作人員們

△孫治權站在舞臺中央，有些格格不入的尷尬與緊張感。偉忠哥翹著腳，手拿著資料，打量著孫。

工作人員：(對孫，介紹偉忠哥）這是我們製作人偉忠哥。

孫治權：(問好）偉忠哥好！

偉忠哥：(對孫，口氣不佳）孫治權，你要唱小虎隊的歌是吧？

孫治權：(有些緊張狀）對啊～青蘋果樂園。

偉忠哥：(揮揮手，不耐煩狀）好啦！開始唱吧！

孫治權：(疑惑，尷尬微笑摸摸頭）對不起～請問沒有音樂嗎？

偉忠哥：(張牙舞爪生氣狀）你算老幾啊！給你唱就不錯了！你當這裡是卡拉 OK 啊？

孫治權：(不好意思道歉狀）拍謝！拍謝！

△孫治權開始又唱又跳，但是歌唱得五音不全，舞跳得零零落落，旁邊的工作人員個個都忍俊不住的發出竊笑，偉忠哥頻頻搖頭嘆息。

△當唱完最後一句時，孫治權跳起來，想模仿霹靂虎的後空翻，但是卻摔了個狗吃屎。

△全場目睹此狀，起先鴉雀無聲，三秒後爆出哄堂大笑，如雷貫耳。

偉忠哥：(起身鼓掌，拍案叫絕狀）好啊！真是太好了！就是你了！小子！我欣賞你！

△孫治權痛苦的趴在地上，用眼角的餘光望著表情興奮的偉忠哥。

偉忠哥：小子！下個禮拜三晚上來錄影吧！

孫治權：(高興得跳起）真的嗎！

偉忠哥：(詭異微笑、舉起食指）不過…錄影的時候我要你再摔一次！

孫治權：(驚訝，摸著肋骨處，表情疼痛狀）再摔一次？

偉忠哥：(生氣狀）懷疑啊？不想摔就不要來啊！想上節目就要付出一點代價的！

孫治權：(疑問）可是，這不是套招嗎？

偉忠哥：(理直氣壯）我管他媽的套不套招！只要收視率好，就算吃大便也得去吃！…小子！你不要給我廢話這麼多！到底要不要來？！

△孫治權陷入考慮，天人交戰。

△攝影棚的燈光昏暗下來，工作人員及偉忠哥的身影逐漸模糊。

△進入孫治權的幻想狀態。

劉慧妤 OS：孫權……

△孫治權轉頭往劉慧妤處望去。

△劉慧妤站在孫治權身後（身穿北一女制服)。

劉慧妤：(曖昧的微笑）孫權～你就答應偉忠哥吧！這說不定可以讓我感動呦！讓我感動我會獎賞你的……

△劉慧妤說完就表情曖昧的解開上衣第一顆扣子。

△孫治權見狀驚訝、害羞臉紅。

孫治權：（雙手摀住眼睛，哀嚎）不要！你是我的女神啊！不要這麼做！要也沒有這麼快！

△瞬間回到現實狀態。攝影棚的燈光明亮，全場的人傻眼的看著孫治權。

偉忠哥：（生氣狀）小子！你在鬼叫些什麼！你有病啊！

△孫治權這才回到現實狀態。

孫治權：（看看四周，對偉忠哥）偉忠哥！下禮拜三是吧！為了第二顆鈕釦！我會準時報到！

場次：第 21 場	時間：白天（昏）
景別：速食店內	出場人物：孫治權、阿和、小龍女

△速食店內播放著譚詠麟的〈半夢半醒之間〉。

△孫治權、阿和、小龍女三人坐在二樓落地窗旁，窗外呈現下班的車水馬龍及學生放學的景象。

阿和：（啃著炸雞）孫權！你今天蹺了一天課，導仔很不爽喔！

孫治權：（一臉不屑）啊！放心啦！反正我就快當大明星了！不爽就不爽嚕！

阿和、小龍女：（異口同聲）大明星？

孫治權：（驕傲狀）今天我去參加 TV 新秀爭霸戰試鏡啊～下禮拜三要正式錄影！

小龍女：（興奮的拉住孫治權）哇！好羨慕你呦！可以看到歌星耶！（嬌滴滴狀）可以幫我要乖乖虎的簽名嗎？

孫治權：（不自在）好啦！好啦！

阿和：那我也要「星星、月亮、太陽」的簽名！

△孫治權苦笑著點頭。

△張雨生的〈想念我〉歌曲響起。

場次：第 22 場	時間：晚上
景別：孫治權家客廳	出場人物：孫治權、孫治權爸爸

△接前場〈想念我〉歌曲。

△孫治權一邊看著電視上小虎隊的 MV 一邊跟著練舞，孫治權的爸爸穿著睡衣經過以異樣的眼光看著他。

場次：第 23 場	時間：白天
景別：學校樓梯間	出場人物：孫治權、環境人物（學生）

△接前場〈想念我〉歌曲。

△孫治權在樓梯間練舞，經過的學生投以異樣眼神。

場次：第 24 場	時間：白天
景別：公車上	出場人物：孫治權

△接前場〈想念我〉歌曲。

△孫治權帶著耳機，聽著 walkman，搖頭晃腦練習唱歌。

場次：第 25 場	時間：白天
景別：孫治權家公寓屋頂	出場人物：孫治權

△接前場〈想念我〉歌曲。

△孫治權又唱又跳練習歌舞，大臺的手提音響放在一旁。

△孫治權完美落地的後空翻。

△〈想念我〉歌曲結束。

場次：第 26 場	時間：晚上
景別：電視公司大廳櫃檯前	出場人物：孫治權、櫃檯人員（中年大嬸）

△孫治權穿著捍衛戰士圖樣的 T 恤、外套著李麥克的皮衣，AB 緊身牛仔褲下套著白色耐吉高筒籃球鞋。

孫治權：（問櫃檯人員）小姐（強調語氣），請問 TV 新秀爭霸戰錄影在幾樓？

櫃檯人員：（遲疑了一下，沒好氣的瞪了孫一眼）八樓啦！

場次：第 27 場	時間：晚上
景別：藝人休息室	出場人物：孫治權、工作人員（女）、小虎隊（霹靂虎、小帥虎、乖乖虎）

△藝人休息室的門打開，孫治權、工作人員走了進來。

工作人員：孫同學，因為我們大概一個半小時後才開始錄影，所以請你先休息一下。

△孫治權點點頭，工作人員離去。

△孫治權坐在座位上，照著鏡子，擺著姿勢，滿臉自我感覺良好的感動表情。

△藝人休息室的門打開，小虎隊三人走了進來，走近孫治權。

△孫治權瞠目結舌，難以置信狀。

霹靂虎：（拍拍孫的肩頭）嗨！孫同學嗎？我聽偉忠哥說你要模仿我們耶……

△孫治權不敢相信的點點頭。

小帥虎：（搖搖頭苦笑）你就穿這樣來比賽嗎？

乖乖虎：（熱情的塞給孫一包衣服）我把我的打歌服借你好了！

△孫治權下意識的收下。

霹靂虎：（比出加油的手勢）你要加油喔！

△孫治權傻笑點頭。

△小虎隊三人原地旋轉一圈，向孫比出勝利的帥氣 pose。

△孫治權傻眼傻笑。

場次：第 28 場	時間：晚上
景別：攝影棚內	出場人物：孫治權、黃子佼、劉爾金、主持人（曹蘭、湯志偉）、導播、工作人員、偉忠哥、環境人物（觀眾、參賽者）

△攝影棚內坐滿觀眾，工作人員教觀眾鼓掌和歡呼。

△孫治權站在舞臺旁參賽者等候區，黃子佼、劉爾金亦站在一旁。

黃子佼：（對孫打招呼）嗨嗨！你好啊！我們又見面了！

劉爾金：（打量著孫）大哥！看你今天紅光滿面、全身光彩奪目，風生水起！想必是要模仿青蛙王子高凌風吧？

孫治權：（冷漠狀）我要模仿小虎隊耶。

△導播舉起開始手勢。

導播：（大聲）5、4、3、2！

△開場音樂響起，主持人曹蘭和湯志偉跑上舞臺。

湯志偉：各位電視機前的觀眾大家好！

曹蘭：歡迎各位再次準時收看 TV 新秀爭霸戰！

湯志偉：聽說今天參賽者的陣容十分堅強喔！

曹蘭：（誇張狀）喔？

湯志偉：我們廢話不多說，就讓我們開始今天的比賽吧！

曹蘭：好！歡迎一號參賽者！孫治權同學！

△響起罐頭掌聲。

△孫治權太緊張了，愣住。

黃子佼：（推推孫）孫同學！該你了！

△孫治權走上舞臺。

湯志偉：（對孫）哇！孫同學你很年輕耶！聽說才讀高二呢！

曹蘭：（三八狀）呦～長得還有點像邰正宵呢！

△孫治權尷尬笑笑。

湯志偉：那今天要帶來什麼樣的演出呢？

曹蘭：（看看孫的穿著）我猜想必是要模仿青蛙王子高凌風吧？

孫治權：（冷漠狀）我要模仿小虎隊耶。

△主持人面面相覷尷尬狀。

△〈青蘋果樂園〉的音樂響起，孫治權很賣力的又唱又跳。

△歌曲快結束，結尾後空翻前，孫很有自信的微笑。

△雙腳躍起後空翻，幾乎成功了，但落地時腳一滑，還是摔了個狗吃屎。

△偉忠哥在一旁見狀，開懷大笑，比了個拉弓的慶祝手勢。

△孫治權趴在地上，對著攝影機，臉部痛苦的表情。

孫治權：（痛苦狀，對著攝影機勉強說話）劉…慧…妤…我…喜…歡…妳…

場次：第 29 場	時間：白天
景別：孫治權家客廳	出場人物：孫治權

△電視畫面：孫治權趴在地上，對著攝影機，臉部痛苦的表情（接前場）。

△孫治權坐在電視機前，懊惱的抱頭。

場次：第 30 場（本場為回想狀態）	時間：晚上
景別：攝影棚	出場人物：孫治權、偉忠哥

△攝影棚內空無一人。只剩孫治權、偉忠哥。

孫治權：（哀求）拜託啦！偉忠哥！求求你把那段剪掉啦！就當我沒來參加好了啦！

偉忠哥：（生氣、推開孫，邊走出攝影棚邊說）王八蛋！你給我閃一邊去！

△電話鈴聲響起（回到現實狀態）。

場次：第 31 場	時間：白天
景別：孫治權家客廳	出場人物：孫治權、阿和（聲音）、劉慧妤（聲音）

△電話鈴聲接前場。

孫治權：（接起電話）喂？

阿和 OS：孫權！我阿和啦！你他媽真是太搞笑了吧！我都有錄下來喔！對了！我的「星星、月亮、太陽」簽名可以給我了吧！另外《少年快報》看完也順便還我！

孫治權：（生氣狀）那卷錄影帶限你一個小時內給我洗掉！另外，我只拿到素珠的簽名啦！掰掰！

△孫治權掛上電話，隨即鈴聲又響。

孫治權：（接起電話，生氣狀）我告訴你！我只拿到素珠的簽名！要不要隨便你！

劉慧妤 OS：孫權，是我啦！

△孫治權又驚又喜。

孫治權：妳…有在看電視？

劉慧妤 OS：對壓！你上節目怎麼都沒跟我說呢？不然我就可以親眼看到小虎隊了呢。…嗯…你跳得不錯…我有一點點感動到噢，不過大概只有百分之零點一吧，還差很遠吻！哈哈！

△孫治權又驚又喜。

△張雨生〈天天想你〉音樂響起。

場次：第 32 場	時間：晚上
景別：泡沫紅茶店	出場人物：孫治權、劉慧妤

△〈天天想你〉音樂接前場。

△孫治權、劉慧妤對坐在店內聊天，孫治權講笑話讓劉哈哈大笑。

場次：第 33 場	時間：白天
景別：街道上	出場人物：孫治權、劉慧妤

△〈天天想你〉音樂接前場。

△孫騎著摩托車載著劉。

場次：第 34 場	時間：晚上
景別：光華商場內	出場人物：孫治權、劉慧妤

△〈天天想你〉音樂接前場。

△孫治權偷偷買A書，被劉慧妤看到，劉搶走A書，孫求劉還他，兩人打鬧著。

場次：第35場	時間：晚上
景別：撞球場內	出場人物：孫治權、劉慧妤

△〈天天想你〉音樂接前場。

△孫治權一桿進袋，劉在旁看到高興的鼓掌。

場次：第36場	時間：白天（昏）
景別：公車站牌	出場人物：孫治權、劉慧妤

△〈天天想你〉音樂接前場。

△天空下著雨，孫與劉並肩坐在候車亭的椅子上。

△孫在一張測驗紙上寫著：我讓妳感動了嗎。遞給劉。

△劉寫著：還沒…。遞給孫。

△孫看了後苦笑。

△〈天天想你〉音樂淡出。

場次：第37場	時間：白天（昏）
景別：公車上	出場人物：孫治權、劉慧妤

△孫和劉並肩坐在座椅上，公車上播放著羅大佑〈戀曲1990〉。

孫治權：（語帶興奮）下禮拜六職棒開打！兄弟象對統一獅耶！我有兩張票，要不要去看？

△劉慧妤面色嚴肅，不發一語看著前方。

△孫治權疑惑的看著劉。

劉慧妤：（突然轉頭看著孫）孫權…（遲疑一下）我覺得我們暫時不要再見面好了……

孫治權：（驚訝）啊？

劉慧妤：快要聯考了…我覺得再這樣下去…對你我都不好…

△孫治權低頭沉思。

劉慧妤：（語帶無奈）你至少要上逢甲吧……

△孫治權低頭沉思。

場次：第 38 場	時間：白天
景別：臺北市立棒球場內、左外野觀眾席	出場人物：孫治權、阿和、職棒選手、播報員（聲音）、環境人物（觀眾）

△場內正在進行兄弟象與統一獅的比賽，觀眾席上人聲鼎沸。孫治權、阿和坐在左外野。

△統一獅打者打擊出去，全場觀眾驚呼。

播報員 os：汪俊良打擊出去！很高很遠！很高很遠！

△全壘打的球落在左外野，被阿和接到，阿和興奮得抱著孫。

△孫治權滿臉苦笑。

場次：第 39 場	時間：晚上
景別：孫治權房間內	出場人物：孫治權

△孫治權坐在書桌前挑燈夜讀，桌旁錄音機播放著黃舒駿的〈椰林大道〉。

△孫正在算幾何數學，滿臉扭曲疑惑，十分吃力狀。

△孫算了一下，不知不覺打起瞌睡。

劉慧妤 OS：你至少要上逢甲吧……

△孫治權驚醒，作了個激勵自己的手勢，繼續埋頭苦讀。

場次：第 40 場	時間：白天（昏）
景別：中正紀念堂大中至正門下	出場人物：孫治權、阿和、劉慧妤、環境人物（抗議學生）

△1990年3月野百合學運新聞畫面。

△中正紀念堂廣場上坐滿了抗議的大學生，臺上有人演講、呼口號。

△孫治權被阿和半推半就的拉進廣場。

孫治權：（不悅）厚！阿和！你很愛看熱鬧捏！我要回去念書了啦！

阿和：難得有這麼大的抗議場面，不來看看太可惜了！（手指旁邊的攤販）我等一下請你打香腸啦！

孫治權：（目光直視抗議的人群的某處，露出興奮的微笑，緩慢的說出）對啊…不來實在是太可惜了，我超喜歡抗議的……

△劉慧妤頭綁布條，坐在人群裡呼著口號（孫的主觀視角）。

場次：第41場	時間：白天（昏）
景別：中正紀念堂廣場靜坐區外圍	出場人物：孫治權、劉慧妤、環境人物（抗議學生）

△劉慧妤坐在人群裡呼著口號，孫治權悄悄的在她旁邊坐下。

劉慧妤：（吃驚的看著孫）你怎麼會來這裡？

孫治權：我…（遲疑一下，手指攤販）來打香腸！

△劉慧妤噗嗤一笑。

場次：第42場	時間：晚上
景別：中正紀念堂廣場靜坐區內圍	出場人物：孫治權、劉慧妤、總指揮、環境人物（抗議學生）

△夜幕低垂，臺上有學生在演講，孫治權、劉慧妤並肩坐在地上。

孫治權：好久不見了。

劉慧妤：（笑笑）哪有？才兩個禮拜沒見而已！

孫治權：（深情狀）對我來說，兩個禮拜就像二十年一樣久……

劉慧妤：(竊喜)少噁心了啦你！

孫治權：妳怎麼會想要來這？

劉慧妤：(看著天空)不知道耶～在家看著新聞報導，書也念不下去，就一直很想來參與這場活動……

孫治權：想找所謂感動嗎？

劉慧妤：(看看孫，笑笑，看著地面)大概吧……

廣場擴音器 OS：指揮中心報告～指揮中心報告～

△全場聞訊後，都關注著講臺，孫治權、劉慧妤亦是。

△總指揮走上臺，站在臺中央，手拿講稿。

總指揮：各位同學，經過剛才決策小組會議的最後決議，我們決定自明日零時起開始展開絕食行動………

△廣場上一陣掌聲。

孫治權：（搖搖頭，不以為然，小聲自言自語）人是鐵，飯是鋼耶！有話好好說嘛！幹麼這麼激烈呢……

劉慧妤：(對孫)孫權！我們一起絕食好嗎？

孫治權：（傻眼）啊？（遲疑一下，語調變得正氣凜然）當然嚕！我來這邊就是要準備犧牲的！

△劉慧妤噗嗤一笑，表情感動狀。

△總指揮走進靜坐區，站在孫與劉的面前，手拿擴音器。

總指揮：各位同學們！我們來呼些口號！彼此加油好嗎？

△響起一片掌聲。

總指揮：那我們就先請小老弟發出第一聲怒吼吧！（把擴音器拿給孫，孫接下）

△孫看看劉，劉對孫微笑點點頭，眼神充滿著期待。

△孫站起來，拿起擴音器。

孫治權：（慷慨激昂狀）：國民黨萬歲！蔣總統萬歲！

△全場學生譁然，劉慧妤羞愧的低著搖頭。

△肚子餓咕嚕咕嚕聲響起。

△孫治權面露苦笑，不知所措的摸摸肚子。

△深夜時分，有一半學生已睡去，廣場擴音器小聲播放著優客李林的〈認錯〉。

△孫治權坐著發呆，不時摸摸肚子，響起肚子餓咕嚕咕嚕聲，表情飢餓難耐的樣子。劉慧妤在昏暗燈光下讀著《三民主義》課本。

劉慧妤：（對孫）你先睡吧！我要把這一章看完。

孫治權：（心不在焉）喔～～好～～（眼光不時掃向廣場邊的攤販，起身）我去一下廁所喔～

場次：第 43 場	時間：晚上
景別：中正紀念堂大中至正門下	出場人物：孫治權、阿和

△阿和手提一袋東西，探頭探腦的四處張望。

△孫看到了阿和，走了過去。

孫治權：（大叫）ㄟ！阿和！靠！你還沒回家喔？

阿和：早就已經回家，還大便了捏！（把手上的東西遞給孫）喏！這是你爸要我給你的……

△孫接了過去，看到袋子裡裝了五碗牛骨泡麵。

孫治權：（高興得抱著阿和）耶！阿和我愛你！

場次：第 44 場	時間：晚上
景別：中正紀念堂地下停車場管理員辦公室內	出場人物：孫治權、管理員

△孫走進管理室。管理員正在聽著國劇廣播。

孫治權：（有禮貌但緊張狀）不好意思～杯杯！請問有熱開水～可以給我一點嗎？

△管理員神情詭異的打量孫，看到孫手提一大袋泡麵。

管理員：（懷疑狀，詭異微笑）你～沒在絕食吧？

孫治權：（緊張的揮揮手）沒有！沒有！我只是來看熱鬧的！

場次：第 45 場	時間：晚上
景別：中正紀念堂地下停車場男廁大便間內	出場人物：孫治權、劉慧妤

△孫治權坐在馬桶上，狼吞虎嚥的吃著泡麵。

△門外傳來腳步聲，孫不以為意，緊接著傳來敲門聲。

孫治權：（生氣抱怨）有人啦！去別間啦！吃飯皇帝大，你沒聽過哦！等你北吃完再說啦！

△又傳來敲門聲。

孫治權：（生氣的打開門，罵道）你是聾子啊！

△劉慧妤表情失望的站在門口。

△孫表情驚訝，兩人對望片刻。

劉慧妤：（失望的苦笑，緩慢的說）我看你還是回去好了……

△孫表情驚訝不知所措，怔怔的望著劉。

△泡麵已灑落一地。

△野百合學運結束，學生撤離廣場的新聞畫面。

場次：第 46 場	時間：白天
景別：高工校園	出場人物：無

△夏日艷陽高照，蟬鳴聲，校園空景。

場次：第 47 場	時間：白天
景別：教室內	出場人物：孫治權、歷史老師、教官（聲音）、環境人物（同學）

△孫治權一邊上課一邊打瞌睡。OS 為歷史老師講課的聲音。

△歷史老師站在講臺上激動的講課，看見孫治權在打瞌睡。

歷史老師：（生氣大罵，丟粉筆）孫治權！又是你！

△孫治權的臉被粉筆丟中，驚嚇得站了起來，全班同學見狀哄堂大笑。

歷史老師：（手指著孫治權痛罵）都高三了！還那麼不長進！

△下課鐘聲響起。

教官 OS（擴音器）：教官室報告！全校三年級同學請注意！現在立刻到操場練習國慶排字幕！

孫治權：（不悅，低聲）幹！

場次：第 48 場	時間：白天
景別：操場	出場人物：孫治權、阿和、小龍女、教官、環境人物（同學）

△教官趾高氣昂的站在司令臺上，操場上的同學頭戴著紅色傘帽和藍色傘帽，坐在童軍椅上。

△孫治權、阿和並肩坐著，孫治權在傘帽的掩護下看著少年快報，不時發出竊笑聲。阿和神色緊張的看著孫。

阿和：（語帶緊張，對孫）ㄟ！孫權！不要看了啦！會被教官發現啦！

孫治權：（邊看邊說）安啦！安啦！妥當啦！（臺語）

教官：（語帶威脅對同學） 我警告你們！雙十節那天，你們誰都不准給我抬頭把字弄亂！我警告你們！三臺都有轉播喔！我都看得清清楚楚喔！還有！我們旁邊就是北一女……

△孫聽到了北一女，驚訝，聚精會神，抬頭望向司令臺。

教官：（繼續接前面）誰敢跟別校的女生說話！不囉嗦！回來就大過伺候！…好！我們再練習一遍！

△孫若有所思的望著司令臺。教官 OS：三民主義萬歲！中華民國萬歲！

△阿和很認真的舉手呼口號，孫則若有所思的敷衍的跟著做。

△練習結束，同學一哄而散。

小龍女興沖沖的跑來孫和阿和的面前。

小龍女（拍拍孫和阿和）ㄟ！ㄟ！阿和！孫權！晚上要不要去看職棒啊？

阿和：（很有興趣狀）好啊！好啊！今天哪兩隊打啊？

小龍女：（嬌羞狀）龍象大戰啊！我最愛馬斯了！今天一定要找他簽名！

孫治權：（裝懂）呃～對不起，我插個話…姓「馬」的職棒球員好像滿少的喔…。

阿和、小龍女：（用睥睨的眼神看著孫，異口同聲）：馬斯是洋將啦！

△孫很窘的苦笑。

場次：第 49 場	時間：晚上
景別：臺北市立棒球場內、內野觀眾席	出場人物：孫治權、阿和、小龍女、播報員（聲音）、小虎隊、環境人物（觀眾）

△孫治權、阿和、小龍女和觀眾們為味全龍加油。

△場邊中華職棒主題曲響起。球迷們熱情加油。播報員 OS：各位現場的球迷朋友大家好，歡迎大家進場觀賞編號第 175 的兄弟象對味全龍之戰，今晚為各位邀請小虎隊擔任開球嘉賓！在開球之前小虎隊為大家帶來一首「青蘋果樂園」！

△小虎隊出場，全場歡呼。「青蘋果樂園」音樂響起，開始表演。

△孫治權看著場內的表演，靈光乍現，豁然開朗的表情。

場次：第 50 場	時間：白天
景別：孫治權的房間	出場人物：孫治權

△牆壁上的時鐘顯示六點半，旁邊的日曆顯示民國 79 年 10 月 9 日，孫治權撕去日曆，顯示民國 79 年 10 月 10 日雙十節。

△孫穿上制服，打開抽屜，拿出錄音帶，放入書包，背起書包，走出房門。

場次：第 51 場	時間：白天
景別：介壽路廣場學生排字幕處	出場人物：孫治權、阿和、教官、環境人物（學生）

△國慶典禮會場熱鬧非凡，排字幕的學生都就定位。

△孫治權、阿和頭頂傘帽，坐在童軍椅上，往北一女學生方向張望。

孫治權：（一邊張望一邊對阿和）ㄟ！我怎麼都沒看到？

阿和：（一邊張望一邊對孫）有啊！我剛剛明明就有看到她！

△孫與阿和繼續張望著北一女。

△教官看到兩人的動作，生氣的走了過來。

△阿和察覺到教官過來，立刻龜縮起來，乖乖坐好。孫則沒察覺到繼續張望。

△教官在孫面前停步。

教官：（生氣指著孫）孫治權！你思春啊！

孫治權：（緩緩起立，摸摸頭不好意思狀）報告教官！不是啦！我想尿尿…在找廁所啦……

教官：（更生氣）懶牛屎尿多啊！你！（揮手）去去去！景福門旁邊有流動廁所！限你兩分鐘內回來！」

場次：第 52 場	時間：白天
景別：總統府前	出場人物：孫治權、便衣憲兵、環境人物（群眾）

△孫穿越重重人群接近總統府，被便衣憲兵攔下。

便衣憲兵：（阻擋孫，一副跩樣）同學，這裡是管制區喔！

孫治權：（笑著摸摸頭不好意思狀）葛格，不好意思，我是孫民權排長的弟弟啦，我家有急事想要找他一下……

△便衣憲兵聽到「孫民權」三個字，臉色大變，緊張狀。

便衣憲兵：（前倨後恭，態度變和善）同學…有什麼急事…這裡是管制區…可能不行…讓你進去呢……

孫治權：（哀求狀）葛格行行好啦～我哥的愛犬吉福快掛了啦！他如果錯過這個消息，可能會很生氣，你也許就有當不完的兵嚕……

便衣憲兵：（緊張狀，考慮一下）嗯…好吧！我帶你進去。

場次：第 53 場	時間：白天
景別：總統府內憲兵辦公室	出場人物：孫治權、孫治權的哥哥（孫哥哥）

△孫哥哥打開門，看到孫治權站在門口。

孫哥哥：（不悅）你來幹什麼！

孫治權：（邊說邊走進去）啊就排花傘太無聊啦！想參觀一下總統哩！

孫哥哥：（不悅，邊說邊走到椅子旁坐下）靠！你哪位啊？要參觀也輪不到你！馬的！小魏在幹什麼？竟然放你進來！我一定要關他禁閉！（坐下，拿起《愛情青紅燈》雜誌，指著窗邊）你去播音機旁邊坐著啦！不要亂動喔！我把這期的徵友看完，再把你攆出去！

△孫治權眼睛一亮，不動聲色的走到播音機旁坐下。

孫治權：（指著播音機的卡匣）哥～播音機裡的卡帶是什麼歌啊？

孫哥哥：（不耐煩，邊看雜誌邊說）等一下閱兵典禮的進行曲啦！不要吵我啦！

△孫哥哥繼續專心看著雜誌。孫治權偷偷把放在卡匣裡的錄音帶拿出來，從書包裡拿出一卷錄音帶替換。

△放進卡匣的錄音帶是小虎隊的《青蘋果樂園》專輯。

場次：第 54 場	時間：白天
景別：介壽路廣場學生排字幕處	出場人物：孫治權、教官、環境人物（學生）

△孫治權偷偷摸摸的溜回座位，但還是被教官發現。

教官：（生氣）孫治權！你給我溜到哪裡去撒野了？

孫治權：（起身立正，大聲回答）報告教官！可能是吃壞肚子，所以烙很多賽！

△旁邊的學生哈哈大笑。

教官：（對旁邊的學生大叫）不要笑！（自言自語碎碎念）馬的！噁心！屎尿多！

△孫望著臺上，充滿期待的微笑。

場次：第 55 場	時間：白天
景別：國慶典禮臺上	出場人物：李總統、司儀、環境人物（貴賓）

△李總統站在觀禮臺上，其餘貴賓坐定位。

司儀：中華民國 79 年國慶閱兵大典開始！

場次：第 56 場	時間：白天
景別：介壽路上儀隊聚集處	出場人物：儀隊士兵

△儀隊雄糾糾、氣昂昂的隊伍正蓄勢待發。

△〈青蘋果樂園〉的音樂響起。

△儀隊士兵個個面面相覷，不知如何是好。

場次：第 57 場	時間：白天
景別：介壽路廣場學生排字幕處	出場人物：孫治權、阿和、小龍女、劉慧妤、教官、環境人物（學生）

△〈青蘋果樂園〉音樂接前場。

△全場學生騷動著，小龍女跟著音樂跳舞，阿和害怕的一直阻止他，教官則傻眼的楞在一旁。

△孫治權突然看到了劉慧妤在右前方的不遠處，她在微笑著。

△劉慧妤突然轉頭看到了孫，孫與劉四目相接。

△孫有些驚訝，但隨即微笑著，舉起大拇指，向劉比了個「讚」。

△劉看著孫，開懷的笑著。

場次：第 58 場	時間：白天
景別：法蘭克福機場大廳	出場人物：孫治權、環境人物（旅客）

△孫拉著行李，走在機場大廳。

△手機響起，孫停在小販店前接聽手機。

孫治權：(使用德語）是，經理，我已經到了，我現在馬上趕往展覽會場（突然有些驚訝的注視到小販店的某物)。

△掛斷手機，走向小販店前的書報架，拿起一本雜誌。

△雜誌（英文雜誌）名稱為《社會主義者》。封面圖片為劉慧妤頭戴貝雷帽、穿著迷彩裝、手執 AK-47 英姿煥發的照片。標題為「南美洲的革命女神」。

△孫看著雜誌，微笑片刻，買了雜誌離去。

△孫邊走邊戴上耳機，拿起 iPhone 按下 Play 鍵。

△張雨生〈如果你冷〉響起。

△畫面淡入第 57 場末：劉看著孫，開懷的笑著。

△畫面淡出。

—完—

習題	試根據附錄二之短篇小說文本，以你的觀點撰擬五場「分場對白劇本」。

五、分鏡腳本

分場對白劇本是整體劇本的終端，因此編劇者寫完分場對白劇本後，就要由導演根據分場對白劇本來製作「分鏡腳本」了。

依據附錄小說改編為劇本之分鏡腳本部分範例如下：

場次	景別	分鏡畫面	聲音說明	畫面說明	運鏡方式
1	客機機艙內連機外		機艙內響起英文廣播，說明飛機即將降落在德國法蘭克福機場	機艙內，孫治權看著窗外，聽著機內廣播，目光突然瞥見注意鄰座空位上	機艙中景拉進(zoom in)中特寫近半身
1	客機機艙內連機外			報紙標題：歡慶中華民國 100 年國慶	特寫

場次	景別	分鏡畫面	聲音說明	畫面說明	運鏡方式
1	客機機艙內連機外	  -1989放暑假-		孫治權看了報紙標題後，轉頭看著天空，面帶淺淺微笑 鏡頭拉遠穿過窗戶至機外，飛機下降消失，藍空中淡入及淡出片名：《1989 放暑假》	近半身拉遠 (zoom out)
2	高工校園	 -1989年台北市-		鏡頭接第 1 場的藍天。 鏡頭向下，呈現高工校園，字幕淡入：1989 年臺北市	鏡頭向下
3	教室內		歷史老師講課的聲音	孫治權一邊上課一邊打瞌睡	特寫

場次	景別	分鏡畫面	聲音說明	畫面說明	運鏡方式
3	教室內		歷史老師激動的講課	歷史老師講課，看見孫治權在打瞌睡，向孫丟粉筆	中特寫
3	教室內		全班同學見狀哄堂大笑	孫治權的臉被粉筆丟中，驚嚇得站了起來	特寫（臉部） 中特寫（起身）
3	教室內			老師罵人	中景
3	教室內		老師罵人聲	孫治權因為聽不懂老師的鄉音所以一臉疑惑，孫治權面有難色，看著鄰座的阿和	中特寫

場次	景別	分鏡畫面	聲音說明	畫面說明	運鏡方式
3	教室內			阿和小聲告知孫	特寫
3	教室內			孫治權點點頭，深呼吸	特寫
3	教室內		說完話後，下課鐘響	高亢的說話	中特寫

常見的鏡頭種類如下：

鏡頭	說明
遠景 (long shot, LS)	主體占鏡頭的 3/4

鏡頭	說明
大遠景 (extra long shot, ELS)	比遠景更遠 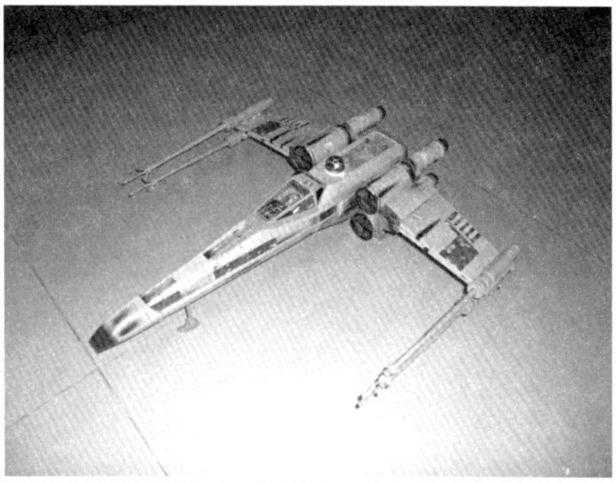
中景 (medium shot, MS)	主體占鏡頭的 1/2 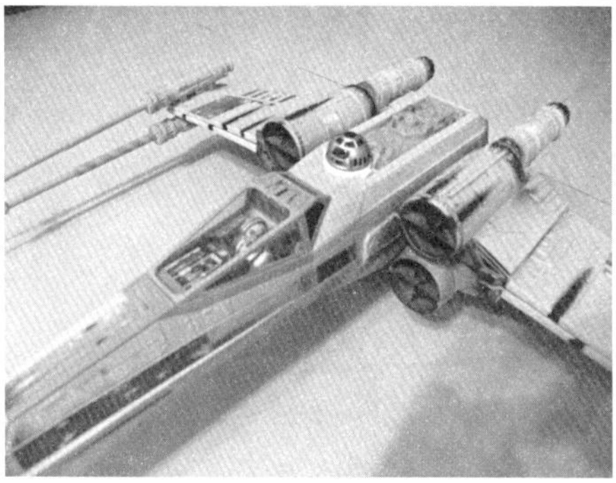
中特寫 (medium close-up, MCU)	人物的頭部到胸部 

鏡頭	說明
特寫 (close-up, CU)	人物的頭部到肩部 
大特寫 (big close-up, BCU)	人物身體的細部 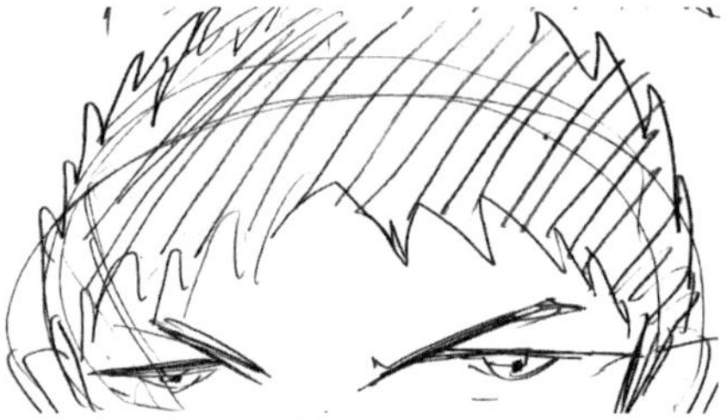

常見的運鏡方式：

中文表達	英文表達
鏡頭右推；左推	track right; track left
鏡頭右移；左移	pan right; pan left
鏡頭上移；下移	pan up; pan down
鏡頭淡入；淡出	zoom in; zoom out

習題	試根據附錄二之短篇小說文本，以你的觀點撰擬五場「分鏡腳本」。

六、特別篇！漫畫劇本實務！

除了電影、電視等影像作品需要好的劇本外，深受普羅大眾喜愛的圖像表達形式——「漫畫」，其實也是需要強大劇本的奧援，才能發揮其「第九藝術」的魅力。

或許是臺灣本土漫畫尚停留於「手工業時期」，所有的人物設定、編劇、分鏡、作畫、甚至行銷等，皆須要靠作者一人單打獨鬥才能完成，但是讓我們放眼日本、美國、甚至香港等，漫畫已然進入「工業化」的國家，其漫畫已形成分工、量產的生產模式，其作品背後，有著強大的資源，而許多的漫畫亦有專人參與編劇與分鏡，以供作畫者完成作品。

漫畫的劇本其實與一般劇本無異，「起、承、轉、合」仍是不變的硬道理，但是由於漫畫是無聲的呈現，所以需要更緊湊的劇情與更多誇張化的表演，例如以下簡單的四格漫畫：

第一格是「起」，主角站上一壘

第二格是「承」，主角開始盜壘

第三格是「轉」，主角撲壘

第四格是「合」，主角竟然被補鼠夾夾到！（誇張化的呈現）

除了四格漫畫，劇情漫畫亦可用之前篇章所示的編劇手法來寫作。有興趣創作的朋友，除了參考本書外，亦可參閱臺灣漫畫大師陳弘耀的《千年世界盃》漫畫劇本，示範如何從上萬字的小說，轉化為漫畫劇本，進而形成漫畫文本。

以下為筆者數年前為《國語日報》漫畫版所創作的數篇漫畫劇本，僅供參考。

新聞偵探隊之大聯盟之星

場次：第1場	時間：黃昏
景別：美國亞利桑那州某小聯盟球場內	出場人物：鐵雄、環境人物（球員）

△場內球員辛苦的練球完畢，正在收拾球具，鐵雄拿起手機撥號。

場次：第 2 場	時間：白天
景別：博士家	出場人物：博士、蒜頭妹、小猴哥

△博士正在和蒜頭妹及小猴哥一起看王建民投球實況。

△電話響起，博士接聽。

博：喂？啊！是鐵雄啊！（高興激動）

場次：第 3 場	時間：黃昏
景別：美國亞利桑那州某小聯盟球場內	出場人物：鐵雄

鐵雄：爺爺！下禮拜我們球隊要打冠軍賽了！希望您能來看我比賽！

場次：第 4 場	時間：白天
景別：博士家	出場人物：博士、蒜頭妹、小猴哥

博士：好！好！我一定會去！

△博士掛上電話。

猴：（疑問狀）博士，鐵雄是誰啊？

蒜：是科學小飛俠嗎?

博士：哈哈！鐵雄是我的孫子啦！他現在在美國小聯盟打球喔！下星期是他們球隊的總冠軍賽，我要去為他加油喔！

△此時，猴和蒜已經身穿加油衣及拿出加油道具。

猴和蒜：博士！我們也準備好了！

博士：（苦笑）真是敗給你們了！

場次：第 5 場	時間：晚上
景別：美國亞利桑那州某小聯盟球場內	出場人物：博士、蒜頭妹、小猴哥、鐵雄、環境人物（球員）

△比賽進行中，博士及兄妹倆人在看臺上觀戰。

△記分板上：九局下半 0 比 0。

△輪到鐵雄打擊，他站上打擊區。

博士：(大喊)鐵雄加油！

△鐵雄回頭看看博士，比了個 OK 手勢。

△接著鐵雄就擊出了再見全壘打，全隊歡呼，博士一行人也很樂。

場次：第 6 場	時間：晚上
景別：一家美式家庭餐廳內	出場人物：博士、蒜頭妹、小猴哥、鐵雄

△博士一行人和鐵雄正坐在豐盛食物旁，大快朵頤。

猴：(舉杯慶賀)恭喜鐵雄哥拿到冠軍！

鐵：哈哈！謝謝小猴哥！啊！對了～爺爺，我要升上大聯盟了！

博：真的嗎？太好了！(驚喜)

蒜：什麼是「大檸檬」啊？

△其他人聽了昏倒。

猴：是「大聯盟」啦！

鐵：沒錯！我現在小聯盟打球，馬上要升大聯盟了。

猴：(問博士)博士，請問小聯盟跟大聯盟怎麼分呢？

博：美國大聯盟是職棒的最高殿堂，所有最厲害的球員都會在大聯盟打球，而一些年輕比較沒經驗的球員就會先在小聯盟磨練。

鐵：沒錯！小聯盟又有分 1A、2A、3A 三個等級，是大聯盟預備球員的棲身之處，就等於是職棒的二軍。是測試新人、培養戰力以及大聯盟球員養傷完畢測試的場所。3A 是即戰力，裡面的球員隨時有徵調大聯盟的可能，而 1A、2A 的球員則是還在培養、觀察階段。

蒜：鐵雄哥啊～請問你為什麼會來美國打球？

鐵：啊～因為在去年的世界盃棒球賽的冠軍賽上…

場次：第 7 場	時間：晚上
景別：世界盃棒球賽的賽場	出場人物：鐵雄、球探

△中華對美國冠軍賽，九局下半，三比三，輪到鐵雄打擊，鏡頭轉到觀眾席上的美國球探，球探正專注的盯著鐵雄，接著鐵雄擊出再見全壘打，中華擊敗美國。

球探：（興奮）就是他了！一定要簽下他！

場次：第 8 場	時間：白天
景別：簽約儀式會場	出場人物：鐵雄、球隊人員

△鐵雄進行風光的簽約記者會。

△鐵雄旁白：就這樣我被美國職棒賞識，而與球隊簽約來到了美國打拼。

場次：第 9 場	時間：晚上
景別：一家美式家庭餐廳內	出場人物：博士、蒜頭妹、小猴哥、鐵雄

△接第 6 場。

博：但是鐵雄到了美國，先到了小聯盟接受磨練，他也算是苦盡甘來了！（笑說）小聯盟的生活跟大聯盟差距很遠，不但薪資天差地別，在交通方面，大聯盟選手是坐飛機，而小聯盟選手是坐巴士，在飲食方面，大聯盟選手有專人料理，而小聯盟選手則要自己買食物解決，所以小聯盟選手的最大夢想就是升上大聯盟。

鐵：對！大小聯盟的球場也是天差地別，小聯盟球場類似簡易球場，通常沒有外野觀眾席，容量只有幾千人左右，而大聯盟的球場則是設備豪華又齊全，一次可容納好幾萬人觀眾呢！

蒜：原來小聯盟球員這麼辛苦啊！那我們臺灣第一個上大聯盟的球員是誰呢？

鐵：就是我的學長陳金鋒啊！他是第一個登上大聯盟的臺灣人喔！雖然他現在已經回臺灣打球了，但是他所代表的歷史意義是非凡的！

博：現在登上大聯盟的臺灣人除了表現最好的王建民外，還有漸入佳境的郭泓志，及傷癒復出的曹錦輝，另外在小聯盟奮戰的球員更是不少，例如有陳鏞基、胡金龍等人，希望他們能早日登上大聯盟，實現夢想！

猴：（興奮大喊）耶！我長大也要打大聯盟！

蒜：（吐槽猴）我看你吃「大檸檬」比較快啦！

（全部的人哈哈大笑！）

場次：第 10 場	時間：晚上
景別：大聯盟球場	出場人物：鐵雄、觀眾

△全場爆滿。

△場邊擴音器：下一棒是來自臺灣的鐵雄！

（鐵雄拿著球棒走上打擊區，全場歡呼！）

—END—

第五章　總　結

一、劇本創作時的迷思

請仔細對照一下，第四章的「分場對白劇本」範例與附錄一的小說，是不是有部分的差異？

沒錯！這印證了之前說過的，用影像方式呈現原本在平面媒介表現的故事，是會有所侷限性的，所以如果要改編文字作品成為影像作品，勢必要經過一番的重整及再創作，使之調整為符合影像結構的表現。

而劇本是用文字寫「影像」，其實只是利用文字的形式「過渡」，最終還是要回歸成為影像的，所以在吾人進行劇本創作時，常常陷入一些迷思與禁忌，分述如下：

（一）劇本創作勿過多修辭

劇本是很直接的建構影像畫面，因此編劇者亦要很直接的寫出劇中角色的動作、對話，使導演、演員能一目瞭然的知曉如何進行演出。

例如描述車站售票小姐對乘客的態度很差，在劇本中就應該平鋪直敘的寫成「售票小姐對乘客的態度很差」，而不要加入過多的形容修辭，像寫小說一樣寫成：「售票小姐對乘客擺出一副二五八萬的晚娘面孔，口氣像罵兒子一樣的跋扈」，因為演員及導演，僅需透過「態度很差」這個關鍵的形容來演繹即可，而不需要費心的推敲如何去表現所謂的「二五八萬」、「晚娘面孔」等形容詞。

（二）對白及旁白的多寡要審慎取捨

電影、電視戲劇、遊戲等，皆是影像的呈現，所以最重要的是導演運鏡、角色演出等影像語言的發揮，而非依靠對白或旁白來主導、堆砌整體的呈現。

雖然對白有表現人物的性格、推動情節的發展、說明與交代及傳達思想等功能，但這都是要建立在角色動作的配合下才能夠成立，因此在劇本創作時，角色間的對白或旁白，要經過精心設計，每一句字裡行間都要有意義，切忌浮濫囉嗦，能以動作表達某個意義時，盡量以動作或鏡頭語言表達。

就如同中國水墨畫的「留白」技巧一樣，有時劇情並不需要用對白、旁白說得一清二楚，適時保留些許模糊的美感是必要的，所以當如果所有的劇情推演都以對白、旁白來表達的話，那就變成「說書」而不是戲劇了。

（三）「分鏡」是導演的工作

前面提過，編劇者在撰寫完「分場對白劇本」後，就已經完成分內的工作，導演再依據「分場對白劇本」，設計「分鏡劇本」以使劇本文本轉化為影像。

編劇者的工作是寫劇本，把故事轉化為文字；導演的工作便是把劇本文本具體化、映像化，以轉化為畫面。所以，編劇者在寫「分場對白劇本」時，盡量不要越俎代庖的設計分鏡鏡頭，而凌駕了導演的工作。

（四）「情節線」不宜過多複雜

故事的情節發展可以有「多重情節線」，以豐富整體的劇情演進，使觀眾獲得更多的觀影滿足感，但是故事的副線發展要適可而止，不要無止境的蔓延，展開過多的副線故事，產生過多的人物，使劇情發展變得剪不斷理還亂，亦使觀眾無法消化吸收。

例如很多所謂的「鄉土劇」，動輒幾百集起跳，姑且不論其劇情荒誕難理解，光是故事主線、副線的糾結複雜程度，就頗令人咋舌。而反觀日式的偶像劇，集數均維持在十多集，整個故事的副線也在 2～3 個左右，人物間的彼此關係也十分明確，所以故事情節的發展在精不在多，務必追求簡單與精緻。

二、應用劇本，拍攝一部屬於你的「微電影」

寫完了劇本，甚至分鏡表也畫完了，是不是一切就大功告成了？

不！事情只完成了一半，劇本寫完只是具體而微的以文字方式呈現影像而已，上帝的歸上帝、凱薩的歸凱薩，影像還是要透過畫面作終極的呈現，所以把劇本內容轉換成實際影像，是編劇與導演的最終課題。

由於已經進入了數位的時代，所以現今的攝影器材價格低廉（甚至手機都可以拍攝）、剪接工具唾手可得，在技術層面上的門檻降得很低，一般平民百姓、深斗小民，皆可輕而易舉的拍攝出各式作品、表達自我對影像的看法、說出個人獨有的影像語彙。

也由於進入了數位時代，以往要靠錄影帶、影音光碟傳播的影像，現在可透過影音網站（例如 YouTube 等）利用寬頻網路，無遠弗屆，類似病毒複製傳播的散播到世界的每個角落，這就是 Web3.0 時代的趨勢與優勢（Web1.0 為撥號上網；Web2.0 為 1M 寬頻；Web3.0 為 10M 寬頻）。

在 Web3.0 時代裡，影音網站大行其道，網友們上傳所拍攝的作品與世界各地的人們分享，也由於平板電腦、智慧型手機的日益普及，使人們觀看影片的方式，從傳統的電影院、電視、桌上型電腦，轉移至上述行動媒介，使人們可利用例如等車、坐捷運等零碎分散的短暫時間，觀看各類喜愛的影片，因此「微電影」的時代來臨。

「微電影」（mini short film，或稱「微型電影」）是 2011 年才產生的新名詞，但其實與我們一般所稱的「短片」（六十分鐘以內的影片稱為「短片」；六十分鐘以上的影片稱為「長片」）無異，只是賦予了一個較精準的名詞，另外，現今大部分的「微電影」皆結合網路、平板電腦、智慧型手機，達到商業行銷或傳閱的目的，所以只要簡單的開啟影音網站（例如 YouTube），搜尋微電影的片名（作者推薦片單：《調音師》、《失戀 3.3 天》、《這一刻愛吧》、《5 秒電影系列》），就可悠遊於微電影的世界中了！

微電影的編劇過程、拍攝手法、故事情節等製作程序，與一般小而美的電影短片無異，但其所謂「微」的定義如下：

「微電影」其「微」的定義
1.製作時間短（約數天至數週）
2.運用資金少（約 10 萬元以內）
3.影片長度短（60 分鐘以內，不過大多數皆在數十秒至數分鐘）
4.運用寬頻網路方式傳播

所以，當我們完成一部劇本之後，就可以拍攝成「微電影」為目標，化文字為影像，完成每個編劇者最終極的夢想：親眼看著自己筆下的人物，幻化為真實的人物在螢幕裡躍動！

習題	試根據附錄三之短篇小說文本，以你的觀點撰擬微電影的「分場對白劇本」。

附錄一：短篇小說〈1989 放暑假〉

1

今天是 1989 年 9 月 3 日，高二的第三天。

現在正在上歷史課，鄉音很重的王老師正在滔滔不絕的說著。其實我也不太清楚他在說什麼，因為鄉音很重嘛，所以我總是聽不懂他在說啥，我都有聽課喔！但是怎麼聽都不是很懂，最後就放棄了，聽得最懂的就是「下課」兩個字。

不過我旁邊的阿和就很神，因為他老爸是個老芋仔，口音跟王老師一模一樣，所以每次我想要專心聽課時，都需要他翻譯。聽說老師正在臺上痛罵中共沒人性，竟然忍心槍殺手無寸鐵的學生，講著講著，突然老淚縱橫，話鋒一轉，講到他當年受到蔣公的感召，投入十萬青年十萬軍的行列。

中共沒人性跟十萬青年十萬軍應該沒什麼關係吧？

「孫治權！」王老師叫道。

「我？」我看看他，指指我自己。

「就是泥！」

我站了起來。

「泥碩碩看，泥對溜四田岸悶實踐的坎法？」

「你說說看，你對六四天安門事件的看法？」阿和小聲的翻譯著。

「我覺得從這個事件中可以看出中共的殘暴本質及中華青年學子們追求民主自由不惜拋頭顱撒熱血的高尚情操相信不久的將來我們中華民國偉大的國軍一定可以打敗中共讓三民主義統一中國！」

我看到老師感動的眼中，又快了！又快掉淚了！

不過——

放屁！我才沒有這麼吃飽飯沒事幹拿肉身去擋坦克勒！我要做的事還有很多，叫我去擋坦克？門都沒有！

渾渾噩噩過了一天，走出校門，幹！又有人在抗議！這次好像是什麼要推動總統直選，老賊下臺之類的，幹！這些人也是吃飽沒事幹！只會阻礙交通，讓我少打半小時撞球而已！總統直選？選誰？我嗎？好啊！我至少敢保證我不會貪汙！只要給我很多馬子就好了！

好不容易擠上公車，拿出隨身聽，聽著張雨生。聽著聽著我開始幻想，如果以後出現一種跟青鍵口香糖一樣大小的隨身聽該有多好，可以隨身攜帶，就不怕被教官沒收了。

就在這天馬行空的亂想同時，也在〈天天想你〉的歌聲中，看到右前方坐著一個北一女的馬子，我歪頭晃腦很像變態的端詳著她，有的角度像楊林，有的角度像中山美穗，不過這兩個人好像不太像，啊！不管了！總之是我喜歡的那型！

不過，我又能怎樣呢？

2

別看我這樣，我以後可是想當個小說家呢！因為我覺得現在的小說層次都太低了，如果換我來寫，一定比他們好一萬倍！不過，最近我卻有點想當黑道老大，都是老哥啦！去租什麼《英雄本色》，害我現在愛死小馬哥了！（馬蓋仙對不起，我不愛你了！）走路也常常慢動作，甚至想弄件風衣，再挖幾個孔！

當然，不是一開始就能夠當老大的，要先從小俗辣幹起吧！我們學校也有一些機械科的小混混組了個什麼「十八禿鷹」的幫派，在校外殺聲震天，不過名字太俗了，但幫派的老鷹標誌倒是還不賴，想著想著，我竟然在數學課時，用簽字筆在右手臂上畫下那隻鷹，嗯！蠻像刺青的。

廢話不多說，讓我們回到公車上吧！

當我正盯著那馬子的臉時，三個附近八流高工的俗辣圍到她身邊。

「同學，要不要去看《1989 放暑假》？我們請妳看！」一個油油的肥仔說。

「不要！」她瞪他一眼。

「去嘛！有張雨生耶！〈想念我〉很好聽耶！我會唱喔！『想念我！記得來找我！』哈哈！」

我真想殺了那個五音不全的矮個！

「我知道妳很想去對不對！拍謝在心內啦！說不定我們還會讓妳很舒服喔！哈哈」滿臉橫肉的混混說著，一群人哈哈淫笑。

那個馬子想起身離開，但俗辣們卻不給過。

這是我挺身而出的時候了！

不過，還是算了！因為等一下要看中視的《米老鼠與唐老鴨》，怕因為此事耽誤了…。

車上都是些老弱副乳，不，是婦孺，只有我這一個身強體壯的青年，我到底該不該救她呢？我在掙扎啊！萬能的天神！請賜我神奇的力量！

她看了我一眼。

而且是求救的眼神。

太空超人要出動了！只是沒有戰虎。

「嗯～同學…人家不願意…就…算了吧…不如…我陪你們去看好了…剛好我也沒看過…」我的汗用噴的。

高工的俗辣三人組用會吃人的兇惡眼神望著我。

但很快就虛掉了。

肥仔指指我的右手臂，小聲跟旁邊兩個說，「喂～是『十八禿鷹』的……」

三人互看一下，「拍謝！」橫肉男對我說。

全部悻悻然離開。

難道我有繪畫的才能嗎？上課胡亂在手上的塗鴉，竟讓他們以為是禿鷹的刺青，看來我應該去讀美術系了！

「謝謝你啊！」北一馬子對我說。

她笑起來更是正啊！現在確定了！她比較像中山美穗！

「嗯！哈哈！沒什麼啦！因為我是童軍嘛！所以就日行一善嚕！啊！我的名字叫孫治權，大家都叫我『孫權』。」

「嘻～好有趣喔！我叫劉慧妤，讀北一女高二。」

怎麼想也想不到，這麼老套的劇情會在真實生活中出現，還發生在我身上，這簡直就是英雄救美的故事嘛！

我曾想過，如果有人要拍一部電影，內容講一個在室男制止在火車上騷擾女子的醉漢，最後在室男與女子結識，墜入愛河，而電影的片名還叫《火車男》。這種超級老套的故事，打死我也不會去看！

但是今天卻活生生、血淋淋的發生了。

3

「永遠不回頭，不管天有多高，憂傷和寂寞，感動和快樂，都在我心中……」

看著老哥租回來的《七匹狼》，聽著〈永遠不回頭〉……

但我真的好想回頭啊！我真想弄一隻小叮噹，帶我坐上時光機，回到那天的公車上……

因為…我忘了問她的電話！

臺北市有兩百多萬人，人海茫茫要我怎麼找她？

你一定會罵我很笨，「直接殺到北一女找就好了啊！」

我不笨，但我沒種！

而且…介壽路上的憲兵看起來好兇啊！

小叮噹！快來救我！

那天跟她在公車上聊過天後，令我有「那人卻在燈火闌珊處」之感。

瓜子臉上點綴著一雙會說情話的眼，小巧可愛的鼻子下有著令人想入非非的雙唇，而可恨髮禁下的制式頭髮則散發著 566 的清香。

我腦中的小叮噹帶我回到了那天。

「你在聽什麼啊？」她好奇的樣子好可愛。

「喔！天天想妳啊！」

「哇！張雨生耶！剛剛那幾個笨蛋竟然沒看過《1989 放暑假》，真土！」

「我也沒看過耶～」我很窘。

「哈！哈！」她又可愛了「對了！你喜歡小虎隊嗎？」

「喔！小虎隊嗎…妳喜歡嗎？」先試探她的喜惡。

「我好喜歡呢！」

「我也很喜歡喔！尤其是霹靂虎的後空翻很帥耶！」

才怪！

我才不喜歡小虎隊呢！因為我對比我帥的人都沒有好感……

我從腦中的抽屜回到了現在。

對了！啊！我怎麼這麼笨啊！可以從小虎隊這個線索來找啊！

聽說小虎隊最近在舉辦貨櫃演唱會，臺北只有一場，如果那時去現場，說不定就能瞎貓碰上死耗子堵到她，憑我的狗屎運。

一大早衝進教室找小龍女，這種鳥事他一定知道。

小龍女是大家俗稱的「娘娘腔」，但是我絕不會這樣叫他，因為管他娘不娘腔，這都是他獨立的個人特質，不是他人可以嘲笑當作笑柄的，他有他的人生，我也有我的未來。有人說他愛男生，我管他愛誰，就算愛外星人也好，都是他自己的，我，只要過好我的生活就好了，我的星球，和他的星球，和你們每個人的星球，都是不同的！

不過他很喜歡小龍女倒是真的，他還規定人家要叫他小龍女。

「小龍女！你知道小虎隊要開演唱會嗎？」

「知道啊！九月二十八日晚上七點，士林基河路廣場啊！你要去嗎？我們可以一起去喔！」

九二八是吧！

晚上七點是吧！

士林基河路廣場是吧！

等我找到她之後，就連孔夫子也要嫉妒我了！

4

所謂的貨櫃演唱會，就是小虎隊乘著貨櫃車巡迴全省，並以貨櫃作為表演舞臺。

嗯，感覺蠻酷的，但是我還是對他們沒什麼興趣，大概是我水瓶座的死個性吧，越受歡迎的東西，我越是不喜歡。

說到這裡，想起昨天早上發生的一件蠢事。

第一節國文下課，有道是：「上課睡最尊貴，下課睡最祥瑞」，我正準備養精蓄銳。

「ㄟㄟ！孫權！孫權！」小龍女急急忙忙，又鬼鬼祟祟的叫我。

「靠盃喔！幹麼啦！」

「跟人家去廁所一下好不好？人家給你看個東西？」他好嬌羞。

旁邊的阿和用曖昧的眼神打量著我。

「死阿和！看三小！」

「我聽不懂臺語啦！」阿和說。

我和小龍女走進廁所。

他迅雷不及掩耳把我拉進中間的大便間。

幹！哪一個人這麼缺德！拉了黑人 SIZE 的芋頭竟然不沖！

「孫權…」小龍女握住我的手，雙頰泛紅，汗水滑落雙鬢，語氣帶著喘息聲。

「做什麼啦！看什麼啦？」我不耐煩的說著，但怎麼臉頰也熱了起來？

啊！不要！

他鬆開我的手，用他的蓮花指輕輕解開他制服上的鈕扣。

第一顆、第二顆…。

我低著頭。

萬事休矣！

余致力於保衛童貞凡十七年來，沒想到最後竟然是這樣的下場。

可惜又可惜，怎麼會是這樣的結局？

他已經解到最後一顆扣子了…。

「小龍女……」我用哀求的語氣。「你向我借的那片聖鬥士卡帶就送你了！不要還我了！讓我出去吧！」

這是最後的努力了…。

「好啊！謝謝！」「不過，你還不能走啊！」

【青山有幸埋忠骨，孫治權烈士，民國七十八年九月二十七日，戰死。】

他把制服脫了，而吳奇隆、蘇有朋、陳志朋出現在我眼前。

「你看！我穿小虎隊的T恤耶！美不美？」

「啊？！」我有點傻眼。

但，一切都解脫了～原來是這麼回事，中華民國萬歲！

「我明天要穿這件去看小虎隊演唱會喔！好棒喔！」

鏡頭慢慢的拉遠…離開那有著美國 SIZE 的大便間，留下空虛寂寞與汗水。

而此時的我…

站在滿滿人群的邊緣。

憂歡派對剛上臺，準備與小虎隊合唱：「新年快樂」。

5

小虎隊在臺上又唱又跳，而我則在重重人群中又找又看。

觀眾大多以青少年為主，但是也穿插了一些爸爸媽媽帶著小朋友，一個阿嬤帶著國小的孫女擠在我身邊，對她孫女說：「夭壽！唱那啥米歌！聽攏無！」可愛小孫女則繼續著魔似的隨「青蘋果樂園」的節奏搖擺著。

演唱會已經進行了三分之二，周圍的氣氛還是很熱烈，〈逍遙遊〉的演唱帶動了另一波的高潮，而我越來越覺得我的樂觀是一種天真了，因為今晚的人潮實在是太多了！找到她就像是海底撈針一樣，更何況人家可是北一的耶！九二八放假一天，不好好在家 k 書，還會來這浪費時間嗎？

啊！怎麼滿腦子都是負面思考啊！我可能要吃個甜點來冷靜一下了！

走到演唱會場周圍，因為受到人潮吸引，所以這裡形成了熱鬧的市集。賣冬瓜茶的、套圈圈的、打氣球的、賣雞蛋糕的，還看到一攤賣著黨外錄影帶，他攤子上電視機裡陳水扁幹譙國民黨的樣子，還真蠢！

對了！我要吃甜的，所以賣了一串糖葫蘆，嗯！包李子才是最正點的！

一邊吃，我還是一邊打量著四周的人群，看看會不會注死碰到她。

結果當然是沒啦！所以又四處逛逛，吃「民主香腸」、打彈珠，邊逛邊喝 500 cc 的木瓜牛奶、吃著燒燙燙的生煎包。

吃吧！吃吧！看那肉色胖子滾在黃色土中。

我開始藉著吃東西來彌補內心的空洞，啊！又嗑了盤自助冰。

小虎隊正唱著〈今天看我〉，演唱會也快接近了尾聲，但此時，大概是現世報吧，一向胃腸不好的我，在自甘墮落的暴吃下，終於化成滾滾黃塵，向我的括約肌前進。

肚子開始發作了。

還好我在人群周圍，所以很快找到幾座臨時廁所。但是供不應求下，外頭大排長龍…。但又立刻想到廣場的另一頭應該還有，所以我就飛奔過去。

跑著跑著，彷彿經過了幾個世紀，我歷經了北極的嚴寒，也感受到撒哈拉沙漠的酷熱，這真是很微妙的感覺啊！啊啊啊啊啊啊啊啊啊啊啊啊啊啊…。

走到了這頭的廁所，竟然沒人在排隊，但每間都在使用中，我在一間前停下。

我此刻的心情相當平靜。

嘩啦～嘩啦～傳來一陣沖水聲。門開了。

「ㄟ～你～不是…？」

我低著頭，聽著從門口傳來的聲音。

緩緩抬起頭來，在〈你的眼睛下著雨〉歌聲中，她降臨了。

「好巧，妳也來看演唱會啊？」

「對啊！真的好巧喔！…對了～你不是要上廁所嗎？快進去啊！」

「不…不…用…了…」

我現在非常平靜。

6

「喂？請問劉慧妤在嗎？」

是她接的。

「我就是啊。」

「喔～哈哈！我是孫權啦！你還記得嗎？」

「喔！我知道啊！對了，你的肚子好了嗎？」

靠！超糗的！

「好了啦！謝謝妳的關心！…妳在幹麼啊？」

「在看書啊，明天還要考物理耶！」

看書！？這是哪個星球的活動啊？？

「妳是自然組的喔？」

「對啊！你呢？」

「我…應該是社會組的吧！」

「哈哈！你好混喔！」

「對了！後天星期天要不要出來走一走？」

她遲疑了一下。

「要去哪啊？」

「去看電影好不好？聽說《回到未來第二集》很棒！」

她又停了一會兒。

「不如這樣吧，我找我一個好朋友，你也找一個，我們四個人一起去比較熱鬧，好不好？」

這就是女孩子的矜持嗎？

不好！不好！我不要電燈泡啊！

「好啊！妳說什麼都好！」

就這樣，決定了我們第一次的約會，其實應該會比較像聯誼吧。

後來又跟她亂聊了一下，才知道她的父母都住在美國，因為爸爸在那念博士，所以現在跟阿媽相依為命。

好堅強獨立的女生！我會好好照顧妳！

星期天早上，天氣晴。

原本我想叫小龍女跟我一起去，但是他說沒有建中帥哥他不去，所以我只有找阿和了，別看阿和一副忠厚老實樣，其實根本就是道貌岸然！還拼命問我女孩子可不可愛？像不像林慧萍？

「像啦！像啦！保證可愛啦！」

害我覺得自己像是個皮條客！天知道可不可愛啊！

早上十點，我們約在臺北車站前的天橋上。

7

我和阿和早就到了。

我們無聊的趴在天橋欄杆上，看著橋下準備抗議的人群聚集。

阿和指指左方的工地：「那裡好像要蓋臺灣最高的大樓耶！」

「最高的大樓？帥喔！帶馬子去看夜景應該滿正的！」

這時，一道溫柔的光芒刺進了我的雙眼。

她們來了。

「嗨！這邊！這邊！」我招招手。

她的笑容還是一樣的無敵，而旁邊的丫鬟，不，是同學長得跟城市少女的黃雅珉還挺像的。

「她同學長得不像林慧萍耶！怎麼辦？」我對阿和說。

「沒關係！城市少女我也喜歡！」阿和笑得跟色狼沒有兩樣。

「哈囉！孫權！這是我的同學，叫她小惠就可以了！」

「妳好！我是孫權，他是我的同學阿和。」

「嘿…嘿…嘿…」阿和發出宛如豬哥般的笑聲。

現場一陣尷尬。

我們用走路的方式到西門町，一路上分成兩組。

她跟我講剛剛看到的抗議遊行，他們為什麼要遊行，有什麼訴求等等。不過我真的沒什麼興趣，所以一直盯著她的嘴脣。

真性感！

阿和和小惠的話題有趣多了！從王傑討論到劉德華，不過他們最後發現大家都愛張雨生。

最後我們決定到國賓去看，因為看大銀幕比較過癮！

《回到未來第二集》是部蠻酷的片子。米高福克斯雖然不年輕了，但是仍然能靠娃娃臉騙倒一堆女孩子。

真希望我四十歲時也能像他一樣。

完事…不…看完後我們到附近的「溫娣」坐坐。

去「溫娣」當然要吃烤洋芋了！這麼好吃的東西，如果以後吃不到該怎麼辦啊啊啊！

她也點了烤洋芋，我們真是天生一對！

「啊！我有畏光症！阿和你去坐窗戶旁邊啦！」

阿和很識相的拉著小惠找了窗邊的位置坐下，而我和她坐在甜蜜的角落。

「電影好看嗎？」我問。

「不錯啊！米高福克斯很帥。」

「妳不覺得我跟他長得很像嗎？」

「對啊！你是筒仔米糕的糕啦！哈哈！」

被她吐嘈我也很爽。

「如果妳可以回到過去，妳想做什麼？」

「我想回去叫我爸不要辦雜誌。」

「啊？」

「我爸在我五歲時出國念博士，因為之前在臺灣和李敖他們一起辦了雜誌，被列為黑名單，從此不能回來，所以五歲之後我就沒看過我爸媽了。」

我真的覺得很遺憾，不過…李敖？誰啊？雜誌？我只看過PLAYBOY耶～

她看我一臉疑惑「就是黨外雜誌啦！」

「喔……」其實我還是不懂，不過也不太重要啦！

因為…她的嘴脣真性感！

「你如果想追我，就要給我感動！」

她突然冒出這句話。

8

「感動？」我有點啞口無言。

我這十七年來好像從來沒作過讓人感動的事，除了每次想到自己就蠻感動的除外。

後來我們去萬年逛了一下，不過我沒什麼興趣，還不如去光華商場買小本來看。

阿和買了盒機動戰士模型，而小惠和她買了好幾卷「少年隊」的錄音帶。

我則在一旁苦思要如何使她感動。

回到家，老哥放假回來，坐在沙發上看電視。

「哈哈哈！」老哥狂笑。

「你在看什麼啊？」

「TV 新秀爭霸戰啦！幹！這個笑話真白爛！」正在當憲兵的哥哥滿口都是「幹」。

電視裡一個姓卜的大學生在說單口相聲，不過笑點真的有點低。

此時，聰明的我，想到如何感動她的方法。

節目快結束時，我立刻撥了秀在螢幕上的報名專線。

三天之後，就接到要我去試鏡的電話了。

試鏡那天是星期五早上，我蹺了課，我騎上了老哥的 DT125，向光復南路的華視前進。

「小姐你好！我要參加 TV 新秀爭霸戰的試鏡。」

「三樓！」櫃臺晚娘面孔的中年大嬸沒好氣的說著。

第二攝影棚外，坐滿了等候試鏡的人，我隨意找個位子坐下。

身旁是個感覺營養不良的矮子。中分的頭髮，戴了一副大圓框眼鏡。

他對我笑了一下，我也尷尬的點個頭。

「你好！我姓黃！」他微笑說著。

我嚇了一跳「你好～我姓孫…嗯…你要表演什麼啊？」

「講相聲啊！」他很有自信。

「單口嗎？」

「不！雙口的…啊！我的搭檔來了！」他轉頭「爾金！這邊！這邊！」

一個有喜感的胖子走了過來。

9

「95 號！孫治權！」

輪到我了。

攝影棚裡冷氣開得超強，一個紮馬尾的工作人員叫我站在中央。

右前方坐著個長頭髮的中年痞子，載著大黑圓框眼鏡，一直打量著我，旁邊的人都叫他「偉忠哥」。

「孫治權，你要唱小虎隊的歌是吧？」偉忠哥的國語還真字正腔圓。

「對啊～青蘋果樂園。」

「好啦！開始唱吧！」

「對不起～請問沒有音樂嗎？」我笑笑。

「你算老幾啊！給你唱就不錯了！你當這裡是卡啦 OK 啊？」偉忠哥張牙舞爪。

他的脾氣好像不太好，電視圈的壓力太大了嗎？

「好啦～好啦～我唱就是了，幹麼生氣呢？」我覺得我的臉皮真的很厚。

「週末午夜別徘徊，快到蘋果樂園來，歡迎流浪的小孩…」

我開始又跳又唱，但旁邊的工作人員個個都忍俊不住的發出竊笑，連偉忠哥也不禁搖頭。

好啦！我承認我唱得難聽，舞又跳得很破，但這一切都要怪家裡的錄影機，誰叫它壞得不是時候，使我無法把「金曲龍虎榜」裡小虎隊的 MTV 錄下來，這一切都是非戰之罪啊！

「啦啦啦啦！盡情搖擺～」歌曲快要結束，但偉忠哥的表情彷彿像晶晶橡皮糖般的扭曲成一團，痛苦不堪。

但，偉忠哥，我的好戲還在後頭呢！

當唱完最後一句時，我的雙腳跳躍起來，重心向後仰，這就是霹靂虎的祕密武器——後空翻啊！但我卻像差勁透的體操選手，那失敗的一瞬間，整個人呈大字型的落到地面，呈現狗吃屎的體位。

全場鴉雀無聲……三秒後爆出哄堂大笑，如雷貫耳。

「好啊！真是太好了！就是你了！小子！我欣賞你！」偉忠哥拍案叫絕。

我痛苦的趴在地上，用眼角的餘光望著表情興奮的偉忠哥。

「小子！下個禮拜三晚上來錄影吧！」

「真的嗎！」我高興得跳起來。

「不過……」偉忠哥詭異的一笑「錄影的時候我要你再摔一次。」他舉起食指。

「再摔一次！」我感覺到肋骨隱隱作痛。

「懷疑啊？不想摔就不要來啊！想上節目就要付出一點代價！」他的脾氣真的不好。

「可是，這不是套招嗎？」

「我管他媽的套不套招！只要收視率好，就算吃大便也得去吃！」他張牙舞爪「小子！你不要給我廢話這麼多！到底要不要來？」

這時，攝影棚的燈光昏暗下來，工作人員及偉忠哥的身影逐漸模糊。

「治權。」呼喚我名字的聲音從後方傳來。

是她的聲音！

她站在我的後方，身穿著發出淡淡薰衣草香的綠色制服，頭髮束起俏麗馬尾，純潔無邪的雙眸鑲在吹彈可破的肌膚上，引人遐思的雙脣微微開啟：「治權～你就答應偉忠哥吧！這說不定可以讓我感動喲！讓我感動我會獎賞你的……」

她的嘴角揚起一絲誘人笑容，纖纖玉指已經解開了上衣的第一顆鈕扣……

「不要！妳是我的女神啊！不要這麼做！」我雙手摀住雙眼，其實心裡希望她趕快解開第二顆…。

「小子！你在鬼叫些什麼！你有病啊！」

是偉忠哥的聲音……這種感覺好糟啊！就像是在做某事時，阿婆的臉孔突然出現一樣，感覺好糟啊！

四周燈光燦爛依舊，工作人員和偉忠哥還是看笑話般的看著我。

這是一場春夢啊！所謂「生也有涯，而春夢也無涯」啊！我做春夢的能力應該跟王傑耍酷的能力有拼了。

「偉忠哥！下禮拜三是吧？我準時報到！」

第二顆鈕扣！我來了！

10

試鏡完畢已經下午四點了，我等不及飆到學校去告訴阿和和小龍女這個好消息。

我先把機車塞到學校旁的菜市場裡，再躡手躡腳的躲進校門對面的德州炸雞，準備堵放學會從這裡經過的他們。

鐘聲一響，脫韁野馬們一湧而出，我也很快的把阿和小龍女抓了進來。

我們坐在二樓的落地窗前，臺北的黃昏灰濛濛的一片，捷運工地夾雜在動彈不得的車陣中，這是交通黑暗期。

「孫權！你今天蹺了一天課，導仔很不爽喔！」阿和啃著炸雞，還拼命滴油。

「啊！放心啦！反正我就快當大明星了！不爽就不爽嚕～」

我把試鏡的經過和要去錄影的事告訴他們。

「哇！好羨慕你呦！可以看到歌星耶！」小龍女眼睛發出光芒，雙手摟住我的手臂，嬌滴滴的嘟起嘴脣「可以幫我要乖乖虎的簽名嗎？」

我渾身不自在的連忙說好！

「那我也要『星星、月亮、太陽』的簽名！」阿和好像很理所當然。

早知道就不告訴他們了。靠！去錄個影還攬了這麼多麻煩事，「星星、月亮、太陽」？要我到哪去找？

回到家中，老媽正在看著晚報，「股市上萬點」，臺灣錢快要淹到肚皮了。

不過，未來會如何呢？

我幹麼這麼憂國憂民啊？快點練舞最重要！

錄影那一天起了大早，雖然時間是在晚上，但自信如我還是會緊張得睡不著。

老爸看到我早起跟看到鬼一樣，因為我大概有十年沒這麼早起床了。

一整天也無心上課，其實平常也無心啦，不過今天更是坐立難安。

傍晚六點準時進入華視的二號攝影棚，脫下了制服，換上我最帥的打歌服：捍衛戰士圖樣的 T 恤外套著李麥克的皮衣，緊身牛仔褲下套著耐吉高統籃球鞋。

「請問你是孫同學嗎？」一個蘋果臉蠻可愛的工作人員來到我身邊「請先到休息室準備吧。」

我跟著她走進休息室，在她指定的位置坐下，我看著鏡子裡的自己，感動油然而生，她為什麼要我給她感動？看到我不是就會感動了嗎？

休息室的門「嘎」的打開，竄進來三個人影。

「嗨！孫同學嗎？我聽偉忠哥說你要模仿我們…」

天啊！是霹靂虎在跟我說話。

小虎隊們站在我的身旁。

「你就穿這樣去比賽嗎？」小帥虎陳志朋一臉苦笑，拍拍我的肩膀。

「我把我的打歌服借你好了！」蘇有朋熱情的說著，塞給我一包衣服。

「你要加油喔！」霹靂虎笑著。

三個人原地旋轉一圈，向我比出勝利的帥氣 POSE。

我的人生也未免太戲劇化了吧…。

11

換上了鑲滿亮片的打歌服，蘋果臉工作人員叫我去棚內 stand by 了。

二號攝影棚內坐滿了觀眾，執行製作正教他們如何鼓掌和歡呼。

我被安排站在舞臺的右後方，旁邊站著「紅孩兒」的張洛君和馬國賢。

「嗨嗨！你好啊！我們又見面了！」原來是那個姓黃的瘦子與他的胖搭檔。

「大哥！看你今天紅光滿面、全身光彩奪目，風生水起！想必是要模仿青蛙王子高凌風吧？」胖子十分油嘴滑舌。

「我要模仿小虎隊耶。」我冷冷的說。

4、3、2、1！導播舉起開始手勢！

主持人曹蘭和湯志偉跑上舞臺，說了一大堆開場的場面話，因為緊張到破表了，所以根本無心聽那些廢話，隱隱約約只聽到：「歡迎一號參賽者！孫治權同學！」

對喔！我是一號！「孫同學！該你了！」身後方一個姓邰的大學生好心提醒我。

五色無主的我就這樣熊熊被推上火線。

「孫同學你很年輕耶！」

「長得有點像邰正宵呦！」

放屁！我比他還帥！

「今天要帶來什麼樣的演出呢？」

「是要模仿青蛙王子高凌風吧？」

「我要模仿小虎隊耶。」我冷冷的說。

前奏一下來，我就不緊張了，整體的表現比預期的都好！

偉忠哥，老子我現在已經是生米煮成熟飯了，要捧？下次請我再考慮吧！現在我只想把我在家苦練多時，用掉一打撒隆巴絲的後空翻漂亮的呈現出來。

「啦啦啦啦！盡情搖擺～」歌曲快要結束，我的雙腳跳躍起來，重心向後仰，這就是霹靂虎的祕密武器——後空翻啊！

牛頓在一六六九年發現地心引力，而我現在就是那顆蘋果，隨著運動定律的慣性向下落。

又是那熟悉的狗吃屎體位…為什麼不能讓我試一下騎乘式體位…。

我哀怨的抬起頭：「劉慧妤！我不是故意摔倒的！我本來要說我喜歡妳的…！」

後來聽說這一段收視率飆到 46%，破了該節目紀錄，也首次大勝《中國民間故事》…。

12

全臺灣將近有八百萬人正在看我出糗。

不過，我早就把家人支開了。此時此刻，我們全家人正在中正紀念堂的花園裡幸福的散步。

因為我不想讓老爸老媽一輩子瞧不起我這個把臉丟到全國的不肖子。

其實錄完影後，我也曾苦苦哀求偉忠哥把我那段剪掉。

「王八蛋！你給我滾！」

這是偉忠哥跟我說的最後一句話。

晚上回到家，答錄機已經塞爆了。

「孫權！你他媽真是太搞笑了吧！對了！我的『星星、月亮、太陽』簽名可以給我了吧！另外《少年快報》看完也順便還我！」

這是阿和。我拿的是素珠的簽名啦！氣死你！

「小孫孫！我今天才發現你好有男人味喲！怎麼辦？！我好像有點喜歡你了…。」這是小龍女，我必須跟他重申我的性向。

「孫治權桶學！泥真是丟窩門雪蕭的連！慘家這掰壞風蘇的解木！香檔年我響應蔣公的號找參加屍灣青年屍灣君…（翻譯：孫治權同學！你真是丟我們學校的臉！參加這敗壞風俗的節目！想當年我響應蔣公的號召參加十萬青年十萬軍…）」

我把它切掉了，這是歷史老師…耶？他怎麼知道我家電話？

「孫權，是我啦！你上節目怎麼都沒跟我說呢？不然我就可以親眼看到小虎隊了呢。…嗯…你跳得不錯…我有一點點感動到噢，不過大概只有百分之零點一吧，還差很遠喲！哈哈！再見嚕！」

這是劉慧妤。

我很慶幸偉忠哥叫我滾，沒有剪掉我那段。我也很慶幸她當時沒在看《中國民間故事》或《歡樂傳真》。

我還有百分之九十九點九的努力空間。

一九八九年過去了，蘇聯垮臺、柏林圍牆倒塌，世界正動盪著。但我這個死高中生的生活還是一如往昔，打撞球、去光華買小本、騎著DT 漫無目標的閒晃著。

跟她還是很單純的偶爾通個電話，不然就去泡沫紅茶坐坐，感覺沒什麼多大的進展。我也絞盡腦汁的想著，要做什麼事情才能讓她感動。

臺灣的職棒開打了。

其實我也滿喜歡看棒球的，五年前呂明賜那隻再見全壘打，我也是現場的見證人呢！好吧！我想去現場看棒球的氣氛應該可以讓她感動吧。

我買了兩張職棒元年開幕戰——兄弟對統一的門票。

「棒球？我沒興趣耶？我比較喜歡的是籃球耶！」

於是最後我一個人坐在爆滿的外野看臺上，孤獨的接到了統一汪俊良打出的中華職棒第一號全壘打。

不知該喜還是該悲？

13

「她以為她很美麗／其實只有背影還可以／我一點都不在意
她以為她很美麗／其實只有頭髮還可以／我理都不想理」

我一邊聽著黃舒駿的歌，一邊很神奇的竟然坐在書桌前面算著數學。

上了高中之後大概就沒有好好正經的唸書了，何況是算數學，此時，耳邊又迴盪著她的聲音：「你至少要上個逢甲吧……」

歌曲進行到B面第二首〈椰林大道〉。

〈椰林大道〉我是不敢想啦，不過〈逢甲夜市〉是一定要吃到的啦！

加油！用功！用功！

但…該死的數學怎麼這麼難啊！

三月。

中正紀念堂的花園依舊萬紫千紅、花團錦簇。

但旁邊的廣場上卻坐滿了幾千個大學生，抗議萬年國會。

老實說我真的沒什麼興趣去關心這件事，因為代數幾何已經搞得我一個頭八個大了，但是阿和這愛看熱鬧的小子一直拉我去看，好吧，就當作讀書之餘的散心吧！

廣場上水洩不通，我二話不說先去打了兩條民主香腸，順便看了一下錄影帶攤正在放的「陳水扁幹譙國民黨之度爛放送頭」，看了三十秒就看不下去了，因為真的蠻白爛的！

國家戲劇院的走廊上成為大學生們抗議的主要舞臺，一個自稱教授的中年男子正在臺上滔滔不絕的說著充滿煽動性的語言，底下幾千個大學生陷入歇斯底里的瘋狂叫好。

一個長髮飄逸、宛如從《庭院深深》走出來的大姊姊給了我一條頭巾，上面寫著「老賊滾蛋！」。

這實在是不能想像。

如果劉雪華氣急敗壞的喊著「老賊滾蛋」，是一幅多不協調的畫面啊。

而且也很超現實。

但是我此時也有預感，臺灣會從此越來越超現實。

而我呢？

逃也逃不了。

阿和這個小子是個標準的三分鐘熱度。

「好無聊喔～早知道就不來了，孫權，我們去西門町參加酒井法子簽名會好不好？」

酒井法子？阿和你還真令人髮指呢！我比較喜歡工藤靜香啦！

又一陣此起彼落的口號聲襲來，我一個不經意的轉頭，瞥見靜坐人群裡一個穿著綠色制服熟悉的身影，氣急敗壞的喊著「老賊滾蛋」。

一幅多不協調的畫面啊。

14

我擠過靜坐的人潮，來到她的身邊。

她很訝異的看著我：「你怎麼會來這邊？」

我怎麼會來這邊？這是個好問題，但是「來看熱鬧」好像太膚淺了。

「我來吃民主香腸……」

這個答案好像更膚淺。

不過她笑了，跟剛才的氣急敗壞十分不搭調。

我們肩並肩坐下。

「妳好像對政治很狂熱？」

我知道她因為家庭的關係對政治有一些見解，但沒想到會真槍實彈的坐在這裡。

「其實到底是如何，我也說不上來，只是看到新聞的報導，我就過來了，像一股魔力，對！魔力…但也可能是宿命吧。」

我想起了她被列為黑名單的爸爸。

「妳一個人來嗎？」

「下了課就過來了。」她點點頭。

「穿制服沒關係嗎？」

她指指不遠處一群建中的學生。

「現在穿制服才是 Political Correctness。」

「……？」

「『政治正確』啦……」

翻譯成中文我也不瞭解是什麼意思…。

夜幕漸漸低垂，廣場上依舊人聲鼎沸。

聽旁邊長得很正的淡江姐姐說，今晚好像有個重大決策。

「指揮中心報告～指揮中心報告～」

現場立即鴉雀無聲。

一個留著旁分油頭、戴著黑框深度眼鏡的人站上主講臺。

「他是廣場的總指揮。」她說。

總指揮拿出了事先擬好的稿子，不急不徐的宣布了「絕食宣言」。

絕食？

「人是鐵，飯是鋼」「身體髮膚受之父母不敢毀傷」，有話好好說嘛！幹麼這麼激烈呢…？要老子絕食？打死也不幹！

「喂…孫權……」她的語氣變得好溫柔。

我也用溫柔且帶著疑問的眼神看著她。

「我們一起絕食好嗎？」

「啊……」我傻眼。

「這樣…也許我會有所感動喔……」她羞赧的一笑。

「好…我願意陪妳一起絕食……」

像一股魔力，對！魔力…但也可能是宿命吧…。

「指揮中心報告～指揮中心報告～孫治權同學，你的朋友阿和在『大中至正』門前等你，他已經找你三個小時，非常的不爽了！」

對了！

我都把阿和忘了…。

15

我半推半就的被她拉去廣場中央的絕食團報名。

前面排了幾個建中的學生。

一個滿臉刻薄、臉色蒼白，疑似手槍打太多的瘦皮猴斜眼看著我：「又！現在連八流學校的學生也關心起國家大事了啊？」

靠！我真想打爆他的頭！我只不過是聯考比你少考兩百分而已，你他媽跩個屁啊！

這時她突然對建中的俗辣開口：「誰都可以關心國家大事啊！又不是只有你們建中的！他可能智商比你們低一點，但他也是愛這片土地的啊！我要你向他道歉！」

她一邊吼他們一邊指著我，越講越是激動，我頓時傻了眼…沒錯啦！妳幫我打抱不平我很感動，但我智商高不高這件事…就甭提了吧！

那瘦皮猴可能也嚇到了，走近我身邊，勉強擠出一絲微笑的拍拍我的肩：「我開玩笑的啦！不要介意！考大學要加油喔！」

靠！你是我媽喔！不過伸手不打笑臉人，老子我大人不計小人過。

絕食團的氣氛十分嚴肅，每個人頭上都綁著「絕食」的布條。旁邊一個臺大法律的書呆子還一邊啜泣一邊寫著遺書，大伙都有壯士一去不復返的悲壯情操。

而我呢？我是為了什麼加入的呢？

是愛啊！

政治都是狗屁！愛才是唯一的道理啊！

我沾沾自喜的自豪著！

法律系的書呆子站了起來，拿起擴音器：「各位絕食團的同學們！我們來呼些口號！彼此加油好嗎？」

響起一片掌聲。

「那我們就先請小老弟發出正義的第一聲怒吼吧！」

擴音器出現在我的眼前。

我看看她，她微笑點點頭，眼神充滿著期待。

這就是愛嗎？

我舉起大聲公，慷慨激昂的說：「中華民國萬歲！蔣總統萬歲！」

頓時，四面八方，死光從每個人的眼中射向了我。

不過，我有點餓了…

這才是最嚴重的事。

16

「I don't believe 是我放棄了你，而『飢餓』就像黑夜一樣的來臨……」

喔，不！是心痛就像黑夜一樣的來臨。

夜晚十一點半，絕食區裡放起了「優客李林」的歌曲。

有一半的人已沉沉睡去，我看看她，她正在複習著《三民主義》…。

「你先睡吧，我要把這一章看完……」

「喔，好…。」

我怎麼睡得著嘛！民主烤香腸的香氣陣陣飄來，害我直嚥口水，真想去打個兩條！但我看著她那肅穆又堅毅的眼眸，唉！我真是沒用！應該先去吃兩客牛排再來才對！

「悠哉悠哉！輾轉反側！」是我此時的寫照，飢腸轆轆的我，渴望著聯合國救援部隊的補給啊！

這時，一個熟悉的身影，鬼鬼祟祟的在絕食區外晃來晃去，原來是偉大的聯合國救援部隊士官——阿和上士來了！給我這個可憐的衣索比亞難民一點糧食吧！

We are the world！

「嗯…阿和在外面，我去看他要做什麼喔……」我假裝誠懇，她不疑有他。

「阿和，拍謝啦，我下午忘記去找你了！你沒迷路吧？」我有些不好意思。

「沒關係啦！」我忘了他就住在隔壁的愛國東路眷村裡。

他接著說：「你爸叫我來看你好不好，他還叫我帶這個給你。」

他舉起統一超商的袋子。

天啊！十碗「浪味牛骨湯麵」。

聯合國萬歲！爸爸萬歲！

我躡手躡腳的走進地下停車場，向管理員伯伯要了熱開水。

「你沒在絕食吧？」他眼睛一大一小，神情詭異的打量著我。

「沒有！沒有！情勢還不到最後關頭，應先厲兵秣馬，保持戰力先！」

他不相信的點點頭。

白色高雅的包裝，牛骨湯頭的細緻風味，彈牙順口的麵條，這是桃李花開、綠煙紅霧的春天氣息啊！

我躲在停車場男廁大便間裡，沐浴在這有些不協調，但令人滿足的氛圍中！

「踏！踏！」微小的腳步聲停在門口。

「叩！叩！」緩和但紮實的敲門聲。

「有人啦！去別間啦！吃飯皇帝大，你沒聽過哦！等你北吃完麵再說啦！」

「叩！叩！」又是二聲平靜中帶有殺氣的敲門聲。

我火大了！猛然打開門：「你是聾子啊！」

鴉雀無聲……

她漠然的站在門口…。

「我看你還是回去好了……」她一個字一個字緩慢地吐出，很平靜的帶著一絲苦笑。

牛骨湯麵已灑落一地，我怔怔的望著她。

「妳聽我解釋！…」沒想到充滿創意的我，最後還是說出了這麼芭樂的一句話。

17

「學生領袖與李總統會議後，獲得了各項共識，中正紀念堂廣場上的學生已於今晨陸續撤離廣場……」顧安生字正腔圓的播報著。

從那天晚上後，我就聯絡不到她了，只能從新聞畫面中找尋她的身影。

而學運也結束了…。

現在是 1990 年 9 月 3 日，一樣還是歷史課，只是我已升上了高三。

歷史老師正在用濃厚的鄉音，講著那個廣東醫生如何招兵買馬鬧革命，雖然還是聽不太懂，但我卻很認真的抄了一本厚厚的筆記，因為「你至少上個逢甲吧！」這句話一直縈繞我心頭。而她略帶蒼白臉龐上的那絲苦笑也一樣揮之不去。

「屎月屎日烏昌革命成功！種花民國成立了！」老師興奮得手舞足蹈。

「喂！孫權！」阿和小聲叫我「對了！剛剛聽教官說，雙十節時，我們學校要派人去總統府前排字幕，你要不要去啊？」

「一句話，免談！」

「聽說我們站在北一女旁邊喔！」

「阿和！你是我兄弟！我們一起報名吧！」

因為我和阿和都報名了國慶日的排字，所以星期六上午還要到學校練習。

到了操場，我們都拿到一頂古怪鮮紅色傘帽。

「每個人給我把帽子戴好！坐回自己的童軍椅上！」綽號「海珊」的教官沒好氣的吼著。

哈哈！阿和戴上傘帽真是一臉ㄔㄨㄛˊ樣，不過，我可能也好不到哪裡去。

算了！不帥就不帥！如果能見到她，又算什麼呢。

「中華民國萬歲！三民主義萬歲！」

戴著紅色傘帽，像傻瓜般坐在童軍椅上的我們，不免俗的還是要喊幾聲俗氣的口號。

喊歸喊，我繼續在傘帽的掩護下看著最新的《少年快報》，啊！「十項王子」太強啦！「我就不信邪！」這句對白，將註定成為我高中生涯的不朽回憶。

「我警告你們！雙十節那天排字的時候，你們誰都不准給我抬頭！因為這樣字會亂掉喔！我警告你們！三臺都有轉播喔！誰抬頭把字搞亂，我都看得清清楚楚！不囉唆！回來就大過伺候！還有！還有！（他拼命搖著肥胖的食指）誰敢跟其他學校的女生說話！不囉唆！回來也是大過伺候！三臺都有轉播喔！我都看得清清楚楚！」

靠腰勒！教官這串話還真多驚嘆號！不過我還是繼續翻著少快，哈哈！《七笑拳》的亂馬還真好笑！

練習結束。

小龍女興沖沖的跑來：「ㄟ！ㄟ！阿和！孫權！晚上要不要去看職棒啊？」

「好啊！好啊！今天哪兩隊打啊？」阿和問。

「龍象大戰啊！我最愛馬斯了！今天一定要找他簽名！」小龍女既嬌羞又興奮的說著。

「姓『馬』的職棒球員好像滿少的喔…。」我假裝很懂。

「馬斯是洋將啦！」阿和和小龍女用睥睨的眼神看著我…。

才下午四點，球場外早已沸沸揚揚。

我們三人擠在等著領免費學生票的隊伍裡。

唉～看到這座球場，又想到幾個月前接到孤獨悲傷全壘打的事了，聽說還有人開價三萬要跟我買這中華職棒第一顆全壘打球，開價五萬我就賣。

不過話說回來，球場外的烤香腸還真讚，他們倆在排隊，我則在旁狂打香腸。

進到球場，兩隊球員在場中熱身，兩旁啦啦隊也不甘示弱。

「兄弟兄弟兄弟！加油加油加油！」「黃平洋加油！」「王光輝你好帥！」

一個胖胖的黃色背影在我們不遠處練習揮棒，隱約看到他背後的名字是什麼亨的。

「謝長亨加油！」我不分青紅皂白的站起來大喊！

全場鴉雀無聲。（我不喜歡這種感覺）

「是，林，百，亨啦！」我周圍大概有兩百多人一起用凶狠的語氣對我說。

（後來我才知道原來謝長亨是統一獅的投手，而林百亨是象隊的強打，而我卻坐在味全龍的加油區…）

「展開勇猛的翅膀，迎向健康的前方……」中華職棒主題曲悠然響起。

球場播報人員：「各位現場的球迷朋友大家好，歡迎大家進場觀賞編號第 175 的兄弟象對味全龍之戰…（中間客套廢話省略）…今晚為各位邀請小虎隊擔任開球嘉賓！在開球之前，小虎隊為大家帶來一首〈青蘋果樂園〉！」

啊！原來有小虎隊啊！死小龍女怎麼不先告訴我！

「週末午夜別徘徊，快到蘋果樂園來，…」

聽到這首歌，又勾起了在「TV 新秀爭霸戰」的回憶，悲慘或快樂的回憶？

我想應該是甜蜜的吧，因為獲得了她百分之零點一的感動…。

我懂了，聽著這首歌，我懂了，我知道十月十日那天我要怎麼做了，真是醍醐灌頂，豁然開朗狀啊！

18

十月十日，光輝的國慶日。

我一大早（六點半）就起床了。簡單盥洗後，穿上整齊的制服（上高中以來，第一次把衣服紮進去），從抽屜裡小心翼翼的拿出了「它」，塞進空蕩蕩的書包裡。

到了學校，全班起了一陣不小的騷動，我正想瞭解到底是怎麼回事時，發現原來和我有關，因為阿和睜大帶有血絲的雙眼，發抖的右手直指著我：「你…你…竟然沒有遲到！」

孫文在今天革命成功，創建民國。而今天也是我孫治權愛情革命的大日子，怎能因為一些微不足道的因素，擾亂我的計劃呢！總不能六十年後，有人問我為何孑然一生時，我回答：「因為那天遲到了。」

「各班注意！現在立刻往校門口移動，準備前往總統府！」擴音喇叭接觸不良的沙沙叫。

我們乘坐著老舊的公路局巴士，經過了西門町電影街，國賓戲院外聳立著《終極警探 2》的看板。

「等一下我約了小惠看電影噢…。」阿和一邊色咪咪的竊笑，一邊指著看板上的布魯斯威利。

我微笑看著他，但內心卻像廢棄線團一般的複雜，是緊張？是興奮？還是什麼另一種無法言喻的感覺？我自己都說不上來，如果硬要比喻，就像是貝魯特人肉炸彈客，執行任務前的心境吧。

公車駛進外交部旁的停車場，我們魚貫下車，拎著童軍椅，到達指定的位置。

那是位於新公園側門旁的角落，十分低調的地方。但因為旁邊就是北一女的隊伍，所以那些精蟲衝腦的傢伙們，一點都低調不起來。

高調的青春騷動。

介壽路上傘花片片，旌旗迎風獵獵，梅花梅花滿天下，沒有國哪裡會有家…。

我們的紅傘帽是國旗滿地紅的右下角，革命先烈血染的風采，在我們愚蠢的頭頂上竄動。

我一眼就看見她了，人群裡最耀眼的那一朵傘花。

一貫彷彿對周遭毫不關心的冷漠雙眼，凝視著總統府如陽具般亢奮的塔尖。

我一看就入神了。

「孫治權！你思春啊！」海珊倏然地出現在面前，劈頭蓋臉的臭罵著！

「報告教官！我想尿尿…在找廁所啦……」反正這是計畫的一部分，倒不如現在就順水推舟把這張牌打出吧！

「啊？」他充滿懷疑的張大口「懶牛屎尿多啊！你！」肥食指指著我的鼻子，像罵兒子一樣…「去去去！景福門旁邊有流動廁所！限你兩分鐘內回來！」

教官…幫幫忙！兩分鐘不夠啦…！

「對不起，借過一下…」我狼狽又低聲下氣的一路穿越重重人群，不過這都不要緊，這一切都是忍乳…不…忍辱為國啊！

好不容易擠出這傘花陣，眼前卻閃現一名彪形大漢，三分平頭、淺色青年裝、手上拿著鼓鼓的大皮包（用包皮想也知道裡面裝無線電），這就是所謂總統府名物——便衣憲兵。

「同學，這裡是管制區喔！」他跩跩的說。

「葛格，不好意思，我是孫民權（我哥啦）排長的弟弟，我家有急事想要找他一下……」

我著急的樣子。

他這個一看就菜比巴的二兵，聽到孫民權排長幾個字，說話也結巴了起來：「同學…有什麼急事…這裡是管制區…可能不行…讓你進去…」

「葛格行行好啦～我家的吉福快生了，牠是我哥的愛犬，我要跟他說一下，他如果錯過這個消息，可能會很生氣，你也許就有當不完的兵嚕……」靠！好爛的藉口！

他一聽到當不完的兵，感覺腿都軟了。「好吧，我帶你進去！」

「謝謝葛格！」

老哥是職業軍人，中正預校畢業，順理成章去讀官校，之後分發到總統府當又爽又涼的排長。

「你來幹什麼？」老哥看到我，立刻把手上的《愛情青紅燈》放下，沒好氣的說著。

「就排花傘太無聊，想參觀一下偉大的中華民國總統府啊！」

「靠！要參觀也輪不到你！小魏在幹什麼？竟然放你進來！我一定要關他禁閉。」

我不殺伯仁，伯仁為我而死……為衰尾菜比巴二兵默哀三秒。

「你去播音機旁邊坐著啦！不要亂動喔！我把這期的徵友看完，再把你攆出去！」

播音機？這一切也未免戲劇化的太順利了吧！

我乖乖的坐在很多按鈕的播音機旁，端詳了一下。「哥～播音機裡的卡帶是什麼歌啊？」

「等一下閱兵典禮的進行曲啦！不要吵我啦！」哥哥很不耐煩。

真是不費吹灰之力啊。

《愛情青紅燈》上徵友單元的魔力，把老哥吸入暫時不會甦醒的思春魔境中。

我則從書包拿出了「它」，把它放入了原屬於進行曲的卡匣內。

「它」是小虎隊的《青蘋果樂園》專輯，1989 年，飛碟唱片發行。

19

我 37 歲，現正坐在飛往德國的班機上，飛機穿越重重積雨雲，緩緩下降，目標漢堡機場。趁著這短暫的空檔，隨手拿起身旁的報紙，斗大的標題：「歡慶中華民國 100 年國慶」。

我淺淺一笑，隨即嘎然而止，記憶又回到了那年的現場…。

我若無其事的回到了傘花陣。

「孫治權！你給我溜到哪裡去撒野了？」海珊的眼睛可真利。

「報告教官，可能是吃壞肚子，所以烙很多賽！」

「馬的！噁心！屎尿多！」他一臉鄙視樣。

罵吧～隨便你，反正我今天就要改變中華民國的歷史了。

李總統高傲…不…威風的站在校閱禮臺上，俯視著臺下很衰小…不…很榮幸參與盛會的學生與民眾。

「中華民國 79 年國慶閱兵大典開始！」司儀高八度又矯情的聲音，透過擴音器從四面八方傳來。

我引頸企盼著。

國軍弟兄雄糾糾、氣昂昂的隊伍正蓄勢待發。

空氣中充滿著雄壯、威武、嚴肅、剛直、堅強、沉著、忍耐、機警、勇敢。

等待進行曲的號令一發，猛虎出柙般的展現壯盛的軍容。

但…

此時，令人高潮的〈青蘋果樂園〉前奏，卻具備巨大違和感的在總統府廣場上激盪。

「週末午夜別徘徊，快到蘋果樂園來……」進入到主歌。

場上的儀隊們，面面相覷不知如何是好，「這該不會是國防部的惡趣味吧？」一個菜鳥士兵這麼想著。

場邊的學生們，每個人的賀爾蒙都在躁動著，展現青春期的騷動。有的人跟著歌聲大聲唱和；有的人把頭上的傘花往空中丟擲，隨著音樂形成動人的弧線。笑容短暫的綻放在這肅殺的場合，笑吧！忘卻升學的煩惱；笑吧！忘卻威權的峻傲！

小龍女人來瘋的站起來模仿小虎隊的舞蹈（喂～小龍女，專家在這裡，您北可是上過電視的…），阿和則緊（ㄕㄨˊ）張（ㄌㄚˋ）的拉住他，嚷嚷著「教官來了啦…不要跳了……」，其實海珊並沒有來，因為忠黨愛國的他已經被這個場面嚇得傻眼了。

我的視線，穿過騷亂的人群，瞬間就抓住了她的眼眸，她的眼睛在笑。

下一秒，在來不及防備的剎那，她回過頭來直視著我，美杜莎啊～美杜莎～妳我眼神相對，使我快速崩潰、全軍覆沒，我的七魂六魄已然被妳奪走，輸了妳，我贏了世界又如何？

劉慧妤對我嫣然一笑。

命運的遙控器把周圍的騷動設定成了慢動作，喧鬧的聲音也調成了靜音，讓我享受這千萬分之一秒的感覺吧。

我舉起大拇指，向她比了一個「讚」。

青蘋果樂園一直播到「啦啦啦啦～盡情搖擺…」才赫然停止。第二天的每份報紙都沒有報導這個事件，但都有刊出李總統比芭樂還綠的臉。另外，老哥氣得一年沒有跟我講話，因為換成他有當不完的兵。

我和劉慧妤交往了，在大學聯考的前一天。

她如願的考上了臺大外文系，我則上了逢甲一個不喜歡的系。

就如同全天下每個偉大的愛情故事一樣，最後我們還是分手了，在大一期末考的前一天。

機輪悠然的觸地，機師如藝術表演般充滿技巧的降落，奪得乘客的滿堂喝采。

已經不太記得，當初我們分手的原因，是我故意忘記？還是真的忘記？都不重要了，就讓它們迷失在記憶的流裡吧。

之後我也交了幾個純粹交心的女友，當然，也交了幾個各取所需的女性朋友，這些小小的荒唐，在我結婚後也都無疾而終。

結婚的對象是我的鄰居，「其實我從國中的時候就喜歡你了……」有一天她突然對我說。

十個月後，我們結婚了。

婚後找到了一家歐洲家具代理商的業務工作，生了兩個小孩，過著比凡人二重唱還平凡的日子。

在某次出差的途中，哥本哈根下雪的夜晚，在小書報攤上遇見了「她」，可惜不是本人，而是她頭戴貝雷帽、穿著迷彩裝、手執 AK-47 的照片，鮮活的刊登在左派雜誌的封面上。

我不知道她這十幾年發生了什麼事，我只能透過這本雜誌知道，她目前正在中南美洲的某小國，與政府軍奮戰著，為她的人生奮戰著…。

也為了追尋她的感動奮戰著。

飛機在天雨濕滑的跑道上煞住，乘客們紛紛起身取拾行李，看看窗外，霧濛濛一片，雨水絲絲的打在玻璃上，在這等待下機的零碎時間，我打開 iPhone，戴上耳機，傳來張雨生的〈想念我〉…。

－完－

附錄二：短篇小說〈心碎的滋味〉

1

我想，到目前為止，最令我遺憾的一件事，大概就是沒有個女朋友吧！

我知道，這並沒有什麼大不了的，但是活到了大二這 20 歲的年齡，誰不想在寂寞難耐的夜晚裡，有個可以談心的人。

雖然讀的是陰盛陽衰的中文系，但是只能歎有緣共聚一堂，但無分共度白首。令自己有些感覺的，皆已名花有主的死會了。所以這就是我純情少男內心深處小小的缺憾了。

我的學校在那淡淡的小鎮上，其實並不太喜歡現在鎮上越來越商業化的感覺，我還是喜歡小學六年級校外教學，第一次與小鎮見面時，站在渡船頭上，望著渡船在雲霧繚繞的對岸，從迷霧中緩緩乍現，夾雜著稀疏的人聲和幾滴濃愁的春雨，那種夢幻迷人的感覺，大概是真正認識美麗的開始吧！而不是像現在，總多了點臭銅味。

隨著捷運的通車，帶來了更多的世俗與都市的汙染，但無可否認的，捷運也帶給民眾一個方便迅速的生活，而我現在就坐在列車那最後一節車廂，習慣的位置上。

其實我並不喜歡車上的座位設計，這種所謂的「相親座」，對於還時常害羞的我，是一大困擾。因為在遇到美女相對時，往往只好尷尬的假裝睡覺了。

剛出了關渡的隧道，豁然開朗的舒暢，迎面而來的是一道鋼鐵的彩虹和淡淡的河水。

今天只有兩節《中國文學史》。要不是那可恨（又可愛？）的死黨—大黃，又要帶我去看他的最新目標，我現在可能還在那有點臭但很溫暖的被窩中昏死。

心裡一陣嘀咕之時，竹圍站到了。

列車緩緩的駛進了站內。乘客魚貫的上車下車，一切皆是那麼平常，彷彿成為一則公式。就在這平凡的瞬間，尋常的公式毀滅了。

因為她的出現。

她坐在我的對面，典型的「就相親位置」。但是她不只令我害羞，更令我心碎。

她不是所謂沉魚落燕、閉月羞花的美女，但卻讓人感到一種莫名的感動與衝動，只能很籠統的說她有一股潛在的危險因數，散發出美麗清秀的氣質，至少我感覺到了。

我想，我是比村上春樹幸運的。因為他只遇到了 100%的女孩，而我卻遇到了 200%的女孩。

2

沒想到她跟我讀的是同一間學校。

離開了捷運車站後，我們一同搭上了學生專車，駛向校園。

她是上帝的使者嗎？為何從前都沒看過她；難道上帝發現了嗎？我那空虛已久的心靈，亟需某人來溫暖。

在她纖纖玉指上拿著一本《中級日文》。喔！日文系的，太好了！聽說大黃新的目標也是日文系的，這樣我們就可組個策略聯盟，共同奮鬥了。

專車到了學校，下車的人群激起了一陣混亂。吵雜中，我失去了她。

「沒關係！」這樣安慰著自己。畢竟明天還有機會見到她，而且又知道她的科系了，那夫復何求呢！

「小杜！小杜！」不用轉頭就知道是大黃的嚷嚷。

「我咧！小杜！你今天沒蹺課呀！」他依然慣有的誇大語氣。

「你今天不是要帶我去看你的新目標嗎？」

「啊！我都忘了！」他很誇張的敲了一下頭。

「她這一節有課，我們趕快去找她吧！」急忙的說著。

「那我們的《文學史》怎麼辦？」我問。

「豬頭！當然是蹺掉囉！」他浮起一絲笑意。

跟大黃認識已經十幾年了。從小學到大學，我們不是同班就是同校，常常在想，這或許是段「孽緣」吧！從國中開始，我追過幾次女孩子，不過每戰皆墨，因為我的軍師都是大黃。而他的經驗更是毫不含糊，連敗場次已累積到十八場了！他曾經愛上一個在牛排店打工的女孩，從此之後，便天天去吃牛排，到最後，不但女孩沒追到，還負債累累、體重直線上升，而且到現在還不敢吃牛肉。

不過，我真的很羡慕他開朗、樂觀、外向的個性，至少比我有點閉俗的個性好吧！

文學館的人潮依舊，上下課的人群在樓梯間交錯紛亂，形成一面雜遝的景致。

費了一番力氣，才擠出了這道人龍，往教室前進。

「大黃，你是怎麼發現到這個新馬子？」我問。

「參加鋼琴社煞到的囉！」（天！鋼琴社！你是想泡美眉吧！大黃！）

「歐嗨呦！」已經開始上課了。

我們鬼鬼祟祟的潛進了教室，坐定了最後排的位置，也引來了一些充滿可疑的目光。

「沒看到她耶！」大黃環顧了四周，有些沮喪的說。

「問一下別人好了！」我說。

他點點頭。

「請問宋樺霙來了沒？」他輕聲的問旁邊綁著俐落馬尾，有點可愛的女孩。

（宋樺霙，好個美麗的名字。）

「沒有喔！今天都沒有看到她喔！」馬尾妹妹連聲音也很可愛。

大黃像個泄了氣的皮球，用充滿著失望的眼神看了看我。

我也聳了聳肩，無言以對。

我們鬼鬼祟祟的潛出了教室，同樣引來一些狐疑的目光。

「不要緊！明天再帶你來看！」他還是一派的樂觀。

老實說，其實我並不在乎。也許人都是自私的。我在意的、魂縈夢牽的，是明天還能再見到那清麗的女孩嗎？

一陣飄逸的鋼琴聲從教室裡優雅的襲來，我不禁的回過了頭。還來不及質疑為何會有音樂的同時，我看到她了。

她就坐在充滿日文的黑板前，時而抬頭聽講，時而低頭抄寫，我已經入神了，彷佛在欣賞一幅傳說已久的名畫。

但是我還是失了神，就在她轉頭對我淺淡一笑的暫態。

為什麼大黃都沒察覺呢？

3

就這樣，心慌意亂的渡過了一天。

回到家第一件事就是走進浴室，沖了個冷水澡。企圖試著任那水柱，沖刷掉一些對她的迷戀與熱情，不然，我的眼、我的心，將滿滿的都是她，而靈魂也將填滿著她的一切，剩下的只是一副無我的軀體。

離開了浴室，想確認一下我回來了沒。

我姓杜，今年二十歲，就讀淡江大學中文系二年級，今天早上愛上了一個不知名的女孩。

雖然還是有點昏昏的，腦細胞也死了不少，但我也稍微冷靜下來了。

晚間新聞依然是一些有的沒有的。不是那幾個政客又在吵吵鬧鬧，就是哪裡又有什麼意外發生。這個社會已經失去了秩序，因為缺少了浪漫。

現在只想好好睡一覺。

「鈴！鈴！鈴！」是電話，但我已經不省人事了。

「小杜！電話！」媽在喊。

「喂…」我仍在半夢半醒之間。

「小杜…」是大黃。

「哦，什麼事？」我還是沒醒。

「……」沉默。

「沒事的話，那再見了。」我實在好睏。

「宋樺霙死了…」他很小聲，但是哽咽的。

「……」我完全清醒了。

4

宋樺霙在昨晚（三月二十七日）七時三十五分騎乘機車經過承德路七段麥當勞前時，遭後方砂石車追撞，當場死亡。

大黃終於哭了起來，我也哭了…。

我為什麼對一個陌生人的死那麼悲傷呢？

我最接近死亡的一次，是前年外婆的去世。一個早上還替我準備早餐的慈祥老太太，下午就因為車禍，而變成躺進冷凍櫃掛上編號的屍體。

那時我並沒有流淚，只是一直在思考人為什麼如此脆弱。看著瑟縮在角落，那個肇事機車騎士臉上的驚恐與害怕，我竟然開始同情他了……

是他造成了外婆的死亡，我應該恨他才對，但我卻沒有。

因為我們都不瞭解死亡是怎麼一回事，只清楚的知道，每個人都可以用任何方法，輕易造成死亡的事實。

外婆是脆弱的，騎士也是脆弱的，每一個人都是脆弱的，所以我們面對死亡都是無能為力的。

到了外婆出殯的那天，我還是哭了，而且是在場最傷心的。因為實在是忍不住了，我也是一個人啊！

這一次，又一次與死亡產生關係，竟然是充滿陽光氣息的大黃帶來的。

我大可不必為一個素昧平生的人如此悲傷，但還是難過了一整晚。

因為她的人生還沒開始。

如果故事的情節改變一下，說不定大黃和她會墜入情網，感情持續穩定的發展，過了幾年，他們結婚了，生了一個活力十足的胖寶寶。大黃很驕傲又很欣慰的抱來向我炫耀，當我抱起那活蹦亂跳的娃娃時，不經意的瞥見了大黃和她那充滿甜蜜與笑意的短暫相視，滿室洋溢著幸福與希望…。

畢竟這一切都不可能了。

也許這樣的傷心都該怪罪我的多愁善感吧！

今晚真是糟糕的一夜。

頭腦沒停的想著並且悲哀著，反覆的在新的憂傷和舊的憂傷之間打轉，到了半夜三點多才勉強入眠。

之後，連夢也是悲觀灰色的。

我夢到我在月臺上等捷運，那個令我動心的她，突然出現在身旁。我開始變得呼吸急促，心跳加速，她也轉頭過來對我微微一笑，但是她的臉卻面無血色的蒼白。

在毫無預警之下，她緩緩移動步伐，向軌道前進，輕飄飄的跳下軌道，我嚇壞了！奇怪的是其他人似乎都沒察覺，仍然若無其事的做自己的事。

我想呼救，但叫不出聲；我想搭救，但動彈不得。

列車駛來了，慢慢接近，慢慢接近，佇立軌道上的她。

「碰！」眼前一片血紅，只見掉落在腳邊的一本《中級日文》……

我驚醒了，身上是萬分的疲累與滿頭冷汗。

春日的朝陽靜靜的撒落一地，雖然聞不到花香，但鳥語卻不斷的持續在耳際。這應該是滿懷希望的一天。

所以決定忘掉昨晚的悲哀，重新振作起來，好好的安慰大黃，也為自己療傷。

七時十五分。今天第一節就有課。

出門前，誠懇的希望今天能看到她，這是出於理性。但還是深怕夢境成真，這是出於感性。

我想，我多慮了。

5

列車默默地行駛著。

車上的人不多也不少，大概每個人都有位置坐。我依然坐在習慣的最後一節車廂。

進入了關渡隧道，隨即陷入一片黑暗之中，我的心彷佛也重新墜入了昨晚的憂傷與哀怨。

「此時此刻，唯一能拯救我的，就是妳了。」

忽然覺得一陣可笑。

「你是一廂情願吧！小杜！你真的認為還能再見到她嗎？你們只不過是萍水相逢罷了！省省吧！」心裡響起了這樣的聲音。

可能真的是如此吧！

列車輕巧的滑進了竹圍站。上下車的人群在我眼前閃過，一陣琴聲就在同時飄起。

悠揚的樂聲繚繞在耳際。仔細聆聽之下，是〈安魂曲〉，安慰靈魂的樂章。

但是，又為什麼呢？

音樂消失了，她也安穩的坐在我的對面，手上拿著《中級日文》，一切似乎都是那麼的順利。

我不再去思考為什麼會有琴聲，因為那不再重要，她現在已活生生的出現在我面前。就當那樂聲是天使為了祝福一段新戀情誕生而演奏的。

她的旁邊沒有人坐，我應該過去搭訕的，不是嗎？

但是要怎麼說才好呢？

「嘿！小姐妳好！我們做個朋友吧！如何？」這樣像個痞子。

「嗨！同學，俗語說：『十年修得同船渡』。雖然這不是船，但我相信相逢自是有緣，就讓我們共結緣分吧！」這樣像個呆子。

「妳好！同學！我覺得我們好面熟啊！啊！對了！妳是我小學隔壁班的嘛！世界真是小呀！哈哈！」這樣太俗了。

「同學！妳是日文二 B 的嗎？妳知不知道妳們班的宋樺霙去世了！」何必用如此悲傷的開頭呢！

就這樣，我什麼也沒說，淡水就到了。

覺得自己好像《東京愛情故事》裡的完治，因為他很優柔寡斷。

上了學生專車，我被擠到了後面。早上的專車真不是人坐的，車上擁擠的狀況會讓人產生窒息的錯覺，所以我平常都直接走克難坡上去，順便可以練體能（雖然累了點）。

但是，為了她，我寧願變成扁扁的沙丁魚。

雖然我在車後，她在車前，仍然能感受到她特有的魅力。那種脫俗、清新的感覺，不是一般人所能散發的，只能說看到她就會如沐春風吧！

希望能夠感受到的，只有我一人。

到了學校停車場，她仍在我的視線範圍內，不想再像昨天那樣失去她。

經過了一番折騰，終於擠下了車，也終於還是失去了她的蹤影，但得到了渾身筋骨酸痛。

滿腦子都是失望。

走進了教室，稀稀落落的一些人（第一節課嘛！）。

大黃竟然已經到了！

他一個人縮在最後面的角落。

「呦！大黃！這麼早就來了啊！」我故作輕鬆狀。

「喔，小杜…」他無神的說。

「好了啦！不要傷心了！今天中午我請你吃飯！」我說。

「好！我要吃牛排！」這句話說得好有精神啊！

哇！大黃復原的還真快！

「你不是還不敢吃牛肉嗎？」我質問。

「唉！能吃就是福，誰知道我等一下出去會不會被車撞呢？」他苦笑說。

上完了第四節課（也可以說是睡完了），我和大黃去了附近的牛排店（不是 80 元一客的那種店喔！），他點了最貴的神戶牛排，看來我的荷包又要扁了不少。

從大黃那裡得知，宋樺霙是鋼琴社的副社長，彈得一首好琴，經常出去比賽，都得到很好的名次。

「唉！為什麼會這麼衰呢！好端端的一個人…，真是不甘願！」大黃面帶愁容的說著。

我也只能不斷的安慰他。

有點哀傷、有點悲觀、也有點頹廢，午餐就在這樣的氣氛中渡過。

下午的課也無心聽講了，就讓時間飛逝而過。

十七時，擴音器敲了下課鍾，今天的課結束了。

我不想這麼早回家，就去同學的宿舍打了一會兒 PS，吃了一個很難吃的排骨便當。

十八時五十分，離開了宿舍。

總圖前依然有許多的人群，等待著晚上不同的活動。網球場上也有許多打球的人穿梭著，好像只有我是孤獨的。

走著走著，步上了宮燈大道。

這個校園名景，在此時顯得寂寞蕭瑟，或許是因為今晚宮燈教室都沒排課吧。

在我的前方有一個女孩走著，是宮燈姊姊嗎？當然不是了！

「同學！」我大喊！

「什麼事？」她狐疑的轉頭問。

「我們做個朋友好嗎？」

「神經病！」她快步離開。

我也不知道為何會有這樣的舉動，可能真的對自己的個性太討厭了，想要考驗自己到底有多大的能耐，也可能是真的太孤獨了，甚至可能是這條充滿魔力的大道在作祟。

其實，我也嚇到了。

走進了一間無人的教室，獨自坐下，企圖冷靜與反省，以化解那一道火焰。

但還是逃不過她。

一邊想著她那清秀的臉龐，一邊凝視著宮燈那狀似搖曳的暈黃。

我不禁墮落了。

6

在捷運上遇到她，在公車上失去她。

這樣的模式，已經持續好幾天了。

最令我百思不解的是，她到底是不是真實的一個人？

我知道這個問題很蠢。

但是每次鼓起勇氣，信心滿滿準備向她表白的同時，我的眼前都會浮現一些景象。

教堂、聖母像、神父、山路、烏雲、細雨、公墓、綠草、十字架、烏鴉、眼淚、車禍現場。

然後時間靜止了……

我彷佛回到了小時候居住的鄉下。看到了外婆正在廚房的大灶前熬煮著一大鍋粥，為我做早飯。

我也興高采烈的跑進飯廳，準備飽餐一頓。

但是餐廳裡並沒有餐桌、餐具，只見一副刻著十字架的棺材橫在中央。

正在納悶的時候，外婆進來了。

她手上沒有拿著早餐，只是冷冷的說了一句：「你死心吧！」

我感到萬分困惑，而且這時又響起了琴聲。

外婆慢慢的蹲下，緩緩的打開棺木……

哦！天！

裡面躺的是她，在花海中泛著那令人心碎的笑容。

我想，我大概知道一些事情了，但還是不願去相信，因為太荒謬了！

我堅信，每天出現在我眼前的還是活生生的她。

「小杜！你在發什麼呆啊！」大黃驚醒了沉思中的我（還以為是教授在叫我）。

「喔！沒什麼！對了！昨天的情形如何？」大黃昨天去參加了宋樺霙的葬禮。

「整個儀式很莊嚴肅穆。因為她信天主教，所以在教堂裡舉行……」

教堂！

「…我是第一次進入教堂，哇！有一座好大的聖母像！然後神父說了一些祈禱的祝詞，又舉行一些儀式，我們一行人就去山上的公墓了…」

「…山路不太好走，天氣也不太好，烏雲密布的，一會兒就下起細雨，她的墓整理的很整齊，綠草如茵的，只是十字架看起來很孤獨…」我默默的聽著。

「…下葬的時候，那個氣氛實在有夠悲傷的。天空還有幾隻烏鴉在飛，呀！呀！呀的叫著，到場的沒有一個不落淚的，當然，我的眼淚也用飆的。下山以後，我還去車禍現場追悼了一會兒。」他很平靜的說完了，教授還在臺上滔滔不絕。

對大黃而言，這段故事已經結束了。

對我而言，所要面對的似乎才剛剛開始。

7

昨夜，我失眠了。

即使勉強入睡，也會被惡夢驚醒。

這是個陰霾的早晨。

「小杜，你的臉色不太好？」媽問正在吃早餐的我。

「有…有嗎？」我強顏歡笑。

草草的結束了這一餐。

的確，我的臉色不太好，簡直是壞到底了。

因為，等一下可能還會見到她。

我不是怕。

只是擔心萬一所有的猜測與懷疑都成真了，我會承受不住。
簡單的向媽道聲再見，走出了家門，向捷運站前進。

進入蓄勢待發的列車，坐在習慣的位置上。

感覺到車上每個人的臉都是死灰的，也許是我的心情太差了，或是天氣不好吧！

一幕幕熟悉的景致從我眼前快速掠過。美中不足的，是缺少那一道迤邐的陽光。

竹圍站就在不遠的前方。

儘量設法讓自己平靜下來，希望能夠從容的面對所發生的一切。

但是，她沒有出現。

一股無與倫比的失落感湧上心頭。

雖然表面上、理智上，我認為這是個不尋常的故事，應該敬而遠之。但在潛意識中，我多麼希望即使怪也好、即使邪也好，只要她能出現在身邊，我願與她一起沉淪在這充滿妖氣的世界中。

迎面而來一個有點面熟的身影。

是她嗎？不！是日文二B的馬尾女孩，那個在之前曾與我有一面之緣，可愛的馬尾妹妹。

但是我們並不認識。

「請問你是杜同學嗎？」她的髮絲散發著清香。

「呃，我是。」滿布著疑問。

她在我旁邊坐下。

慢慢地打開她那可愛的KITTY背包，從裡面拿出一封信。

紫色的信封隱約透露著香氣，上面寫著我的名字。

只覺得一陣錯愕。

「請你讀一讀這封信吧！」她的聲音還是可愛，但是在顫抖著。

我接了過來，拆開信封，映入眼簾的是娟秀工整的字跡。

嗨！杜同學你好：

很冒昧的寫這封信給你，希望你不要介意。

你一定不認識我吧！但我已經注意你有一段時間了。

大一下學期的時候，我修你們班的英文（你可能對我沒印象吧！），那個時候我就常常看到你一個人，坐在角落默默地抄著筆記，有點寂寞、有點沉默。你雖然長得不是很帥（我也不喜歡帥哥型的），但從你孤獨的身影中，散發出一種特有的氣質，深深吸引了我。好幾次想過去和你說說話，但是我害羞內向的個性束縛了我。

就這樣，一學期過去了，只知道你的姓名。

隨著暑假的到來，時間的累積，我也逐漸淡忘了你（請原諒我），一方面我有教小朋友彈鋼琴，實在很忙；另一方面，我一直以為那一學期課程的結束，就是我們緣分的結束。所以，即使心中仍然殘留著火苗，我都設法不讓它點燃。

直到前幾個禮拜時，因為我的摩托車送修，所以搭捷運上學。在進入列車的那一刻開始，心中的火焰燎原了，因為又看到了你。

你坐在最後一節車廂的位置上，而我在不遠處靜靜的看著你。就像是回到記憶中的英文課一樣，我默默的注視著你，但你始終沒有看我一眼。

你那有點憂鬱的氣質依然的存在（但內心可能很火熱喔！嘻！開玩笑的）。

和上次一樣，也想過去和你聊聊，但我不敢，怕你覺得奇怪。

因此，我開始搭捷運上下課，只想看看你。（現在摩托車的用途是去士林教鋼琴時使用）

因為提不起勇氣，只好借著書信的方式來表達我的心意。

這封信可能會托我同學交給你。

在三月二十八日早上，我會在九點半左右從竹圍上車，坐在你習慣座位的對面，手上拿著一本《中級日文》。如果你覺得我們可以變成好朋友，就請你出現在我面前，如果不願意，就請你搭晚一班或早一班的車吧！我也會當作這一段緣分早就結束了。

好嗎？

※怕你認錯人，附上一張照片。（很醜！別嚇壞！）

祝

心想事成

日文二B　宋樺霙　上

1999.3.26

P.S.：大黃同學應該是你們班的吧？他跟我同社團，他這個人很有趣喔！（放心！這件事沒跟他說！）

我的心劇烈的跳動著、疼痛著。

看了照片……

沒錯…是她……

「我不是宋同學，她在上星期不幸過世了。」馬尾女孩沉重的說。

「我知道。」我也沉重著。

8

三月二十七日，我蹺了一整天的課。

馬尾妹拿著信，尋遍了校園，都找不到我。

當他想打電話告知宋樺霙時，悲劇已發生兩個小時了。

「樺霙是我最好的朋友，她走了後，我真是不知所措，心情慌到了極點，所以把信的事情都忘記了。」她自責的說。

我只能點點頭。

「等到樺霙的後事都處理完，一切安頓好之後，我才一頭猛然想起信的事情。」她的淚水在眼框中轉呀轉，還是滑落了。

我遞給她一張面紙。

「後來我問了你們班的大黃，才知道你今天會搭這班車，坐在這個位置上。」她的眼淚停止了。

「妳認識大黃？」我問。

「昨天打工時才認識的，不過我記得之前好像有跟他說過話的樣子…這…不重要吧？」她對我說。

的確，這真的不重要。只是想轉移話題，來掩飾我的不安與脆弱。

我們之間沉默了許久。

「你難道一點傷心都沒有嗎？」她突然冷冷地問。

我不傷心嗎？

馬尾妹妹，你並不知道，我的傷心已經提早了。

當宋樺霙還是個毫不相干的陌生人時，我已經為她哭過了。

那樣的淚水、感傷、哽咽，只是一時生理性的情緒抒發。淅瀝嘩啦發泄完後，妳將會發現，這個陰影已漸漸淡出，讓妳傷心的人也逐漸模糊，時間一久，那份惆悵、那份感情及那樣的傷痛，只會淪為在記憶中，有點可笑、有點幼稚的年少往事。

妳將不會去在意與懷念。

而對於我。

那份傷心只是個起點，現在已昇華為另一層次的感觸——就是心碎。

它將會墮入無止盡的黑暗與絕望，而那個陰影不會離開，只會深陷在我的心扉。

或許，妳會覺得這樣的說法太武斷，但至少現在的我是抱持著這樣的心情。

和馬尾妹妹簡單的道別，我走進了教室。

空蕩蕩的教室裡，還殘存著冬季的寒意。

同學們都去哪兒了呢？去追尋些什麼呢？他們錯過幸福了嗎？

我又看了一遍那封紫色中飄著香氣的信。

「哈囉！小杜！」是大黃。

他的那份傷心，可能已經進化成腦細胞內可笑的記憶體了。

「你知道嗎？昨天我去租漫畫時，發現了新的目標喔！是那邊的工讀生耶！你猜猜看是誰？你一定認識她，因為她昨天有跟我提過你喔！」他不正經的笑著。

「某個綁著馬尾的女孩子。」我很冷漠的看看他。
「哇靠！小杜！你是不是有天眼通啊！」他誇張著。

大黃可能早就忘了在日二B的教室，曾問過馬尾妹：「請問宋樺霙來了沒？」的這檔事。不過，這不重要，不是嗎？

我把信拿給他看。

很快的看完了。

「不會吧！小杜！怎麼有這麼巧的事！」他不可思議的說。

接著，我把所有在這段時間發生的故事，都告訴了大黃。

他的表情也由剛開始的一派不在乎、無所謂，到嚴肅、沉默，最後是滿頭冷汗。

「大黃，你還記得去公墓的山路怎麼走嗎？」我問。

「記…記得啊…」他有點顫抖。

「那願意跟我去一趟嗎？」我看看他。

「當…當然了！」他的冷汗繼續的冒了出來。

9

雖然現在是春天，但山上的氣候仍是嚴寒的。

大黃騎著中古的「偉士牌」，載著我，伴著颼颼的冷風，穿梭在蜿蜒的山路上。

她知道我要來了嗎？

機車緩緩的熄了火。

一排排蒼白的十字架與鮮綠瑰麗的山巒，組成了一幅奇異的光景。
這大概就是所謂的天堂了。

「我們進去吧！」大黃說。

接著，我們就進入了十字架的矩陣之中。

最近這幾天的天氣都不太好，今天更是糟糕。雖然沒有下雨，但厚實的烏雲壓得低低的，好像隨時都會爆發。

我們站在她的前方，任隨山風吹亂了我的頭髮，吹亂了我的心情，也吹糊了我的眼睛。

我知道，她是安詳的。因為，我來了。

大黃把一束淡雅的鮮花放在墓邊，表情悲傷喃喃著。我只是站在一旁，默默地看著，十分努力的，不讓眼淚不爭氣的落下。

我發誓不再哭泣了！

她死了、她走了、她去世了，夜空中也增添了一顆消逝的流星。但這何嘗不是另一個生命的開始。

靈魂離開了肉體，接受下個階段的繼續。她只是比我先完成了這個功課。

如果，如果她還沒忘了我，而我仍然惦記著她，相信在未來，四十年、五十年，甚至更短的時間後（誰也無法保證），我們將會在另一個時空，不同的境界重逢。

到了那個時候，我會問她：「妳還記得我嗎？我是妳曾經失去的幸福喔！」

她也會微微一笑：「那現在開始也不遲啊！」

我們都會怦然心動的期待著。

厚重的積雲慢慢地裂開，午後的陽光如水銀瀉地般的潑灑在大地上。

感覺體溫在急速的回升，淚水也在急速的退潮，而在我那已然絕望貧瘠的心田上，也萌發出了希望的幼苗。

「啊！出太陽了！」大黃誇張的指向天空。

「是啊…」我也望望天空。

而那熟悉的琴聲，也自不遠處悠悠的飄揚過來。

就這樣優雅的飄著，飄著，飄著……

—完—

附錄三　短篇小說〈災難機率顯示器〉

「我們人啊～在這個世界上，能夠得以生存下去，其實都是機率問題。你坐上車可能會發生車禍；在家裡可能會發生火災，連坐上飛機這種號稱最安全的交通工具，也難保不會空中解體！世事難料啊…」

我攤在星巴克的沙發上，桌上一杯熱騰騰的拿鐵，只想獨自一人靜靜地度過這個下午，然後回到家，與女友共度甜蜜的晚餐。但眼前這個雪白亂髮、掛著厚重眼鏡的中年大叔，卻打亂了我的清閒。

「我說…大叔…我的保險已經足夠了，而且我還只是個窮博士生，沒有額外的錢再付保費了，您就不必再打我主意了！」我嚴正的聲明。

「嘿嘿嘿」他神祕的乾笑三聲「我不是拉保險的啦！」

我突然展露疑問的表情，顯然正中他的下懷。他迫不及待的打開桌面上老舊 007 皮箱。

皮箱偌大空間的中央，擺放著一只 BB 叩般大、象牙色、嵌著液晶螢幕的神祕物體。最令人發噱的是，它面板的上下方，印著蘋果左右各被咬了一口的圖樣…。

我端詳了一下那個疑似某種山寨機的東西，而大叔卻小心翼翼把它拿起來捧在手上寶貝著。

「這是 i-percent！」大叔聲線高張，眼神炯炯有光，彷彿年輕了十歲。

「i…per…cent？」我被制約式的重複了一次。「百分比？」

「是的，這是賈伯斯臨終前交給我的，這才是他真正的遺作啊！」他的聲線些許顫抖「我經過幾年的努力，今年終於量產了！」他奮力握拳「小哥～今天算你運氣好，我們「金蘋果」公司的第一號產品，就要介紹給你啦！」

我彷彿置於五里霧中，丈二金剛摸不著頭緒，不過我還是不想被推銷。

「等一下！等一下！大叔…第一個，山寨就山寨，不要牽拖賈伯斯…第二個，你這臺不管是 BB 叩還是計步器，我都用不著！」我再一次嚴正的聲明。

「碰！」大叔怒氣沖沖的搥了桌子一下，驚動了鄰座的情侶。「我跟賈伯斯認識三十年了！」他從口袋裡生出一張照片「這是我和老賈在大學的合照！」

照片中真的是年輕的大叔與年輕的賈伯斯，搭著肩坐在草皮上的合照。

但是現在 PS 這麼猖獗，這種照片，高手三分鐘就能做好。

「另外，這不是 BB 叩！也不是計步器！這是 i-percent！中文叫做『災難機率顯示器』！」他驕傲的說著，接著開啟了推銷模式「我們人啊～在這個世界上，能夠得以生存下去，其實都是機率問題。你坐上車可能會發生車禍；在家裡可能會發生火災，連坐上飛機這種號稱最安全的交通工具，也難保不會空中解體！世事難料啊…」

「停！」我用手示意他住嘴「大叔…這些你前面已經說過了！」

「你不懂啦！這叫話術！話術！」他有些不悅的把手叉在胸前，又拾起了計步器…噢不～是 i-percent。

他小心翼翼地把它背面的小蓋子打開，右手食指按壓在凹槽中。「好了！現在我感應了指紋，這臺機器會顯示我現在發生災難的機率。」

他把 i-percent 的液晶螢幕定在我眼前。

冷冰冰的數字秀著「0.002%」。

「所以這代表？」我有點感興趣了。

「這世界上沒有所謂安全的地方！安不安全只是機率的問題罷了！」他義正詞嚴「0.002%只是安全的底限，我們仍然要準備災難隨時隨地的來臨…」嚴峻的表情震攝了我一下。

但他臉部線條很快地趨於柔和「來！你試試看！」

機器遞到我手邊。

我也學他把小蓋子打開「要用哪一隻指頭？」

「都可以！你用腳趾也行！」我無言。

隨便用右手中指感應了一下「一樣啊…都是 0.002%啊…」我有點不屑地說。

他叉起手，也不屑地：「那代表你現在也處於安全的底限啊…」

突然間「嗶嗶……」大聲作響，螢幕變為紅色冷光，百分比的數字不斷攀升，從 20%到 40%，現在已經飆破 80%……

「你再跟我說一次試試看！」鄰座情侶的男方突然大怒，拾起桌上的水杯就往地上一砸。

「框啷！」瞬時，玻璃碎片輻射般地四散。

就坐在隔壁的我，臉頰也遭受到小碎片攻擊的池魚之殃。

留下一道淺短的血痕。

等我意會過來時，只見服務生慌張的在四周關切，還有一臉驚恐的女方，而男方已不知去向。

「先生！你還好嗎！」紮著俐落馬尾的服務生湊到我身邊，熱切的關心著。i-percent 已經回到無害的數值。

「沒關係…」我揮揮手支開她，接著拿面紙把臉上的些微血漬擦掉「我以為是我一直問你問題，你認為我是奧客所以要打我…」

「哈哈！我才不會這麼沒品咧！」大叔抖動著他的法令紋「這臺機器唯一的缺點就是無法分辨災害的大小，不過這樣其實也能夠達到預警的功能了…」

「剛剛不會是你設計好的橋段吧？」我又開始奧客的合理懷疑了。

「碰！」他再一次氣呼呼地拍了桌子，小機器的百分比頓時跳到10%「你可以不買！但不准汙辱我的人格！」

「好…好…好…大叔…冷靜…」我把說手舉高，不斷揮舞「好啦！好啦！其實我已經開始相信你了！」

大叔突然身體往前傾，整個臉靠了過來，擠出不自然的詭異微笑，並散發出濃濃老人味：「要不要買？」

「蛤？」我遲疑了一下「你還沒告訴我多少錢咧？」

「公道價！八萬一！」他斬釘截鐵的說著。

我快差點沒從椅子上摔下來。

「拜託！我只是個窮博士生，每個月四處兼課才有 22k，你要我去哪生八萬一？」

他從容自得的叉起手：「我又沒有要你現在付錢，你可以拿回去先免費鑑賞。」

「免費？」

「對啊！我的 i-percent 至今只推銷了七個人，而七臺都賣掉了。他們回去試用後都乖乖回來付錢了。我想你就是那第八個。」他搔搔嘴邊黑痣上的長毛。

「你找顧客推銷的標準是什麼？」我好奇。

「因為你們都長得一臉衰相！」他又斬釘截鐵。

我下意識地摸摸自己的臉。

「對！很衰！」他面無表情的說。

我無言。

「如果你真的有興趣，就先拿回去試用吧！我每天下午都會在這家咖啡廳，到時你再拿錢給我就好了！」

「可以試用多久？七天鑑賞期？」

「看我高興囉！」他閉起眼睛，展開高深莫測的微笑。

我帶著疑問與好奇離開星巴克，一邊把玩著新玩意，一邊走在中山北路的人行道上。

一路上幾乎都在安全值內，除了過馬路時會有些波動除外。於是覺得有些無趣了，便隨手放入褲子口袋內。想著晚上要做什麼菜，等待下班的女友共享晚餐。

初冬的臺北仍是暖洋洋的，一頭瞥見「哈比人」的電影看板，身為「魔戒」迷的我不由得佇立凝望著。

在小小出神的同時，「嗶嗶……」又來了！

趕緊掏出小機器，又出現無情的紅色冷光，數值提升到 70 趴了！

「鈴鈴鈴…」回頭猛見迎面疾駛而來的一臺 ubike，在快要撞上的瞬間，我一個箭步閃開了。

「幹！想死啊！」騎車的屁孩不但沒道歉，還回過頭來「譙」了我一句。

我癱靠在行道樹上，喘了幾口氣，想著到底是我真的很衰，還是這臺機器給我帶衰，這個哈姆雷特的問題。

不過，我真的有點相信它了。

回到家，煮了兩盤拿手的青醬義大利麵，女友也可以趁熱吃的及時到了家。

「好香歐！你怎麼知道我想吃義大利麵啊？」她的酒窩隨著笑容越是深邃，瞇起的眼睛依然帶媚。

但是，她手上常態的提了大包小包的名牌服飾與精品…「又買這麼多啊…」我輕聲細語的指指香奈兒的提袋。

「人家今天發薪水嘛…」她一股腦地把我撲倒在沙發上，臉頰與嘴脣在我的耳鬢廝磨，微微地發出嬌喘聲。

唉，我最怕的就是這種狀況了。

溫存了一陣後，我們做…不…是坐上了餐桌。

看著她樂在其中的吃著我的手藝，甚覺得頗有成就感。

「那個…」我停頓一下。

她停下進食，充滿疑問的看著我，嘴脣殘留些許番茄醬。

「我昨天跟你說的事，妳考慮得如何？」

她放下叉子，沉思了一下，但很快又綻放出無敵的笑容，打算用笑容暫時打發我。

凌晨三點半，一陣急遽的尿意來襲，於是三步併作兩步往廁所急奔。就在這千鈞一髮之際，「嗶嗶……」大聲作響。

我心裡大罵一聲幹，再回到房間，想著該不會是地震或火災吧！

女友死寂的沉睡沒有被驚醒。而螢幕上雖泛著紅光，但數值仍是安全的。

該不會壞了吧！

它不是壞了，而是啟動了另一種模式。

從側邊類似耳機孔的不明裝置中，投射出類似星際大戰電影中的虛擬影像，但出現的不是莉雅公主，而是那個死老頭。

「嗨！是我喔！怎麼樣？使用得如何啊？決定要不要買啊？」他一臉邪門的歪笑。

我邊走到客廳邊說：「靠！還有這種功能…還滿屌的…」

「不錯吧！八萬一很超值吧！可是只能跟我對話而已喔！」

「幹！」

「主要功能還是災難預測而已嘛！快！要不要買？」

我想了三秒，可能是太想尿尿的關係，下意識的答應了他。

「真是謝啦！明天早上 9 點，同樣的咖啡館我等你囉！…對了！我還可以刷卡喔！不過要加十趴手續費啦！」

啪！

藍色的立體影像驟然熄滅，陷入一片日常的黑暗。

我在心裡嘟囔著：我才不要給他錢咧！也沒有跟他簽什麼契約…以後不要去那家星巴克就好了……

超級中二的我，在暗想的同時，尿下曾經很急的尿。

第二天，我一如往昔睡到女友上班前給我香吻的時刻。

「今天不用做菜了，晚上我買鼎泰豐回來」她背起上個月買的coach包。

「會不會吃太好了…」

「偶爾吃吃嘛！…掰掰！」輕巧俐落的走出了家門。

明明上個禮拜才吃的…。

簡單梳洗後，準備赴10點與老闆的meeting。

往捷運站趕上班的人潮、賣各式早餐攤販，熙熙攘攘的塞滿了騎樓走道，這本來是平常自然的風光，但是今天也太動彈不得了吧！

於是我繞過人群，抄近路走在慢車道上。

才沒走幾步，「嗶嗶……」熟悉的警報大聲作響。

我急忙看看後面！

空空蕩蕩的，沒車啊！

我又拿出 i-percent，看到瘋狂攀升的數字，下意識的往騎樓內迴避。

「碰！」急速墜落的花盆，就在我剛剛站立之處，粉碎一地。

路人紛紛驚呼與議論，而我已是一身冷汗。

瞥見商店內的時鐘指著八點半，心中掠過一絲的不安。

與教授談完已是下午時分，因為餘悸猶存，所以毫無食慾，雖然老闆還挖苦我「大難不死必有後福」。

我走在昨天差點被撞的人行道上，印入眼簾的同樣是「哈比人」看板。但隱隱約約看到似有一物體從天而降，向彷彿是目標的我飛馳而來。

同樣款式的花盆在我頭上開花，卻沒有結果。在我倒下之後，死屁孩的 ubike 這回終於如願以償的把我輾過，在我背上留下一道胎痕。

「嗚嗚嗚……」

我醒來聽到的第一個聲音就是女友的啜泣聲。

不要哭啦！我又沒死！

我用盡些微的力氣，輕撫她的頭髮。

夜闌人靜，麻藥退去之後的陣陣劇痛搞得我無法入睡，而她又沉沉入夢。

這時，我大腿邊感覺到手機震動的酥麻感。

帶著疑問的一摸！竟然是那玩意兒！

老頭的虛擬影像鬼魅般漂浮的半空中：「老弟！還好吧！呦！看來可能要住個三五個月囉！保重保重！」

我六神無主的望著他。

「凡是 i-percent 使用者被擋掉的災難，都會存檔在我的資料庫中，因為你不付錢，想吃霸王飯，所以我還你原本該是你的災難……另外，我也可以寄給你別人的災難，所以你逃不掉的呦！明天早上同樣時間地點，我等著你的八萬一…」

清晨六點半，我把這兩天發生的事，一五一十的告訴了女友，也請她去領取我少少戶頭裡的錢，拿給那個老頭。

三個半月後，我出院了。

這些日子以來，這臺小機器或多或少發揮了作用，例如鄰床變態病人對我未遂的性騷擾……

一踏進家門，好開心喔！金窩銀窩還不如自己的狗窩。

女友也細心的攙扶著我坐在沙發上，接著親暱的靠在我肩上。

「我決定答應你的求婚了…」她幽幽的說。

但在我還來不及高興的同時，口袋中又揚起「嗶嗶……」的聲響。

是地震？火災？飛機撞大樓？彗星撞地球？

結果好像都不是。

當然也不是那老頭要找我聊天，只是我仔細一看周遭，盡是大包小包、已拆或未拆的精品服飾、包包、首飾……

我看看她，她又對我投以天真無邪的微笑。

而那 i-percent 則跟謝金燕一樣繼續嗶、嗶、嗶、嗶著……

—完—

附錄四　漫畫劇本範例

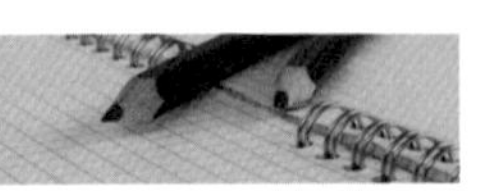

漫畫劇本範例一：新聞偵探隊之 GO！GO！世足賽！

場次：第 1 場	時間：白天
景別：博士家停機坪	出場人物：無

△停機坪上停了一架博士專用的噴射機。

場次：第 2 場	時間：白天
景別：噴射機內，駕駛艙	出場人物：博士、蒜頭妹、小猴哥

△博士、猴、蒜均身穿足球衣，博士坐在駕駛座上，猴和蒜坐在博士身後。

△博士回頭看看他們。

博：準備好了沒？

猴、蒜：(很高興狀）準備好了！

博：(手指著前方）那我們向德國出發吧！世界盃我們來了！

場次：第 3 場	時間：白天
景別：博士家停機坪	出場人物：無

△閘門打開，飛機飛上天。

場次：第 4 場	時間：白天
景別：博士家的草坪	出場人物：博士、蒜頭妹、小猴哥、足總人員

△字幕：兩天前。

△博士坐在草地上的椅子看書，蒜和猴在旁跟狗玩。

△忽然有一架直升機飛來，降下一個身穿國際足總（FIFA）制服的足總人員。

△足總人員：（對博士說）博士！我奉國際足球總會會長命令，邀請您去參觀2006世界盃足球賽！（拿給博士一封邀請函）

△博士：（高興收下邀請函）謝謝！

△直升機飛走。

△猴和蒜跑向博士。

蒜：（問博士）博士，什麼是世界盃「豬」球賽啊？

△博士和猴跌倒。

猴：是足球賽啦！再過兩天就要舉行了喔！

博士：沒錯！今年的世界盃是在德國舉行喔！

猴：博士，到底為什麼會有世界盃足球賽呢？

博士：喔～世足賽的歷史其實很悠久，從1930年第一屆到現在，已經歷了76年的歷史喔。在1904年成立的國際足總有感於足球職業化，因此有了世界盃這個構想，但因為爆發第一次世界大戰而延遲，直到1930年才舉辦第一屆世足賽，便決定每四年舉辦一次，第一屆的世界盃是在烏拉圭舉行，而烏拉圭也奪得了第一屆世足賽冠軍。

蒜：啊！原來是世足賽啊！我最喜歡貝克漢了！他好帥喔！

博士：足球是世界上最多人從事的運動，因此世界盃足球賽也會吸引全世界人的目光，當然也會產生許多世人矚目的足球英雄，例如巴西的「黑珍珠」比利、德國的「足球皇帝」碧根鮑華、阿根廷的「上帝之手」馬拉度納等人，他們都是世足賽的傳奇人物，也豐富的世足賽的話題性。

猴：博士，那今年的世足賽有什麼特色呢？

博士：今年的世足賽六月九日至七月九在德國舉行。共有三十二支足球勁旅，在德國十二個城市舉行六十四場比賽。估計將有三百二十萬人湧入各比賽場地觀賞球賽，其中一百萬人是來自國外喔！其中除了德國、義大利、巴西等傳統強隊之外，還有第一次參賽的「黑色羚羊」安哥拉及「非洲大象」象牙海岸等隊，我們亞洲也有日本隊及「太極虎」南韓參加喔！

蒜：那有我們臺灣參加嗎？

博士：（面有難色）我們臺灣雖然每次都有參加世足賽的亞洲預賽，但因為足球水準與實力還差其他國家的勁旅一大截，所以都無法打進32強的會內賽，所以我們只能幫別的國家加油了～

蒜：（加油狀）那我們應該要好好的加油～克服困難！進軍世界盃！

（猴在旁邊附和）

博士：沒錯～我們要好好的努力！對了！不如你們兩個就陪我一起去德國看世界盃，感受一下世足賽的狂熱氣氛吧！

△猴和蒜聽到後很高興！

場次：第 5 場	時間：晚上
景別：德國，體育場內	出場人物：博士、蒜頭妹、小猴哥、球員

△字幕：現在。

△場上舉行足球賽，場上球員踢進一球，博士、蒜頭妹、小猴哥很高興的慶祝。

場次：第 6 場	時間：晚上
景別：體育場外	出場人物：博士、蒜頭妹、小猴哥、足球流氓

△博士一行人走出體育場，卻看見場外足球流氓互相打架，及鎮暴警察趕來鎮壓。

蒜：（摀起眼睛，害怕狀）好可怕啊！博士！他們為什麼要打架？！

猴：對啊！看足球比賽不是一件很快樂的事嗎？

博：他們就是俗稱的「足球流氓」，所謂足球流氓只不過是利用足球來當發洩管道的流氓，而非真正熱愛足球的支持者，歐洲流氓最有名，今年的世足賽又剛好在德國舉行，所以湧入了大批的足球流氓！他們專門喜歡在球賽結束後打架鬧事，我們趕快遠離這群足球流氓吧！

△博士一行人離開球場。

—END—

漫畫劇本範例二：新聞偵探隊之恐龍復活記

場次：第1場	時間：白天
景別：博士的家	出場人物：博士

△博士拿起一本「科學」期刊閱讀。

△畫面融入期刊的內容。

場次：第2場	時間：白天
景別：美國蒙大拿州「地獄溪地層」	出場人物：一群科學家

△一群科學家在挖掘恐龍化石。

科學家甲：（嚷嚷）挖出來了！

△他們挖出了暴龍的化石。

△大家十分的高興。

△科學家甲、科學家乙兩人在討論。

甲：等一下直升機要來載運化石，所以我們必須把化石鋸斷一部份，才能放進直升機。

乙：ok！沒問題！

△一群人在鋸化石。

△鋸斷了。

甲：你們看！那是什麼？

△特寫恐龍化石的「軟組織」。

場次：第3場	時間：白天
景別：恐龍研究中心	出場人物：一群科學家

△科學家在看顯微鏡。

△突然很興奮的大叫。

科學家：恐龍說不定可以復活喔！

場次：第 4 場	時間：白天
景別：博士的家	出場人物：博士、蒜頭妹、小猴哥

△回到現實。

博士：（大叫）恐龍復活！

△突然小猴和蒜頭出現在博士身旁。

小猴：什麼恐龍復活啊！

△博士嚇了一跳。

博士：你們怎麼突然出現？

蒜頭：我們剛剛就來了啊，看你這麼專心在看雜誌，所以我們就不吵你了。

博士：喔～這本雜誌報導了一個驚人的消息，就是恐龍說不定會復活！

猴：那「豬羅記公園」不就成真了嗎？

博士：有可能！因為最近美國科學家挖掘出一隻 6800 萬年前的暴龍化石

蒜頭：唉歐！暴龍很可怕耶！（害怕）

猴：博士！然後呢？（好奇）

博：在正常的情況下，當一隻動物死去，屍體柔軟的部分很快便會被蟲吃掉，剩下的骨頭便會埋在地下面，變成化石。

猴：那那隻暴龍化石卻找出了原本應該不存在的組織？

博：沒錯！在化石中竟然發現類似血管的透明和柔軟的細絲。看起來像紅血球以及骨細胞的殘留物！

猴：哇！跟電影情節好像喔！

博：對！希望能在這些組織中，發現「去氧核糖核酸」，恐龍復活就指日可待了！

蒜：什麼是「脫氧糖」啊？好吃嗎？

△博士浮起三條線。

博：「去氧核糖核酸」就是俗稱的 DNA。

猴：如果找到了 DNA，是不是就能進行複製恐龍的工作了！

博：對！目前通過顯微鏡，裡面的單個細胞清晰可見，它們是很小的圓形細胞。但是否能從軟組織中分離出恐龍的 DNA，科學家還不能確認。要再進一步研究！

猴：哇！真是令人興奮啊！（雀躍）

博：另外啊！這次發現的暴龍軟組織血管，跟現代鴕鳥骨骼裏的很相似。研究小組對組織中一些看似細胞的物質進行分析，發現一些類似現代鳥類的血細胞核的東西，相信這些研究將有助解答鳥類是不是從恐龍演變而來的。

蒜：我希望實驗不要成功，因為我怕恐龍！

博：其實話說回來，《侏羅紀公園》原著中，作者已經通過災難性場景的描寫表達出了這種對人類人為干預自然進程的擔憂，所以如果複製恐龍是可控制的實驗室行為，那麼作為學術研究無可厚非。但如果期望通過複製恐龍人為改變自然過程，那麼這種行為就必須被制止。複製出的是真恐龍還是某個怪物？複製出的恐龍會在現在的自然環境中會出現哪些反應？這些問題都沒有人能回答。也是一大隱憂啊！

△此時，傳來恐龍的叫聲。

△三人嚇了一大跳。

△博士回頭看看。

△原來是電視裡「哥吉拉」在毀滅城市。

△三人鬆了一口氣。

—END—

漫畫劇本範例三：新聞偵探隊之網路分級大作戰

場次：第 1 場	時間：晚上
景別：博士的家	出場人物：博士、小猴哥

△博正在看書，猴慌張的跑到博面前。

猴：（慌張狀）博士！博士！電腦壞掉了啦！請你幫我修理好嗎？

博：好啊！

△兩人走到小猴哥的電腦前。

△博士看看電腦，電腦螢幕上顯示「無法進入網頁，請輸入密碼進入」。

猴：（指指電腦）博士你看！我一直進不去「吸血鬼大戰鬼娃娃」這個網站啦！

△博士臉色大變。

博：你怎麼會去看這麼血腥暴力的網站呢？

猴：啊！博士！你也知道那個網站啊！很刺激喔！

博：可是那是限制級的網站啊！你未滿 18 歲是不能進去瀏覽的！會危害你的身心發展！

△小猴哥驚訝狀。

猴：啊？原來網路也有分級啊？

博：當然囉！目前網路分為「限制級」和「非限制級」，未滿 18 歲的人是不能瀏覽限制級網站的！

猴：是什麼時候開始的？我怎麼不知道？

博：在 2005 年 4 月政府發布施行的「電腦網路內容分級處理辦法」規定，電腦網路服務提供者應進行網路分級，同時，避免分級不易，將分級由原本的限制、輔導、保護和普遍四級，修正為限制級及非限制級二級。

猴：（不耐煩）唉呀！網路就網路嘛！為什麼還要分級呢？

博：因為網路無遠弗屆，有的內容充斥暴力、色情、光怪陸離，唾手可得，很多人擔心傷害兒童和青少年的身心靈，所以網路上也應該有「紅綠燈」的交通號誌，讓小朋友不會進入不適合的網站。

猴：可是網路是虛擬的，那誰在管理呢？

博：（驕傲狀）哈哈！那當然要靠我發明的「網路過濾軟體」囉！剛才你無法進入限制級網站，就是靠這個軟體擋住的！

猴：（搔搔頭）原來不是電腦壞了啊！

博：不如我就帶你進入電腦網路，實際看看「網路過濾軟體」的運作情形吧！

△此時蒜頭妹突然冒出來。

蒜：博士！我也要去！

博：ok！（拿衣服給他們）你們穿上電腦穿梭衣，跟著我來吧！

△三個人穿著電腦穿梭衣，走進電腦螢幕，進入電腦網路。

場次：第 2 場	時間：晚上
景別：網路防衛隊總部	出場人物：博士、小猴哥、蒜頭妹、網路防衛隊指揮官

△三個人走進「網路防衛隊總部」。

△總部內充滿未來感，有很多螢幕，防衛隊員正在工作著。

△網路防衛隊指揮官走近博士一行人，向博士敬禮。

指：博士好！目前工作十分順利，剛才才阻擋了「吸血鬼大戰鬼娃娃」網站！

△小猴哥有點不好意思。

博：（博士對兄妹說）凡是網路內容過當描述犯罪行為、自殺過程、恐怖血腥暴力及色情裸露，而有害兒童及青少年身心發展者，應列為限級，未滿十八歲者不得瀏覽。

指：對！我們「網路防衛隊」的工作就是阻擋限制級怪物的來襲！

△此時警報響起。

廣播：限制級網站入侵，請攔截！請攔截！

△外面走來一個噁心的怪物，防衛隊員出動，拿著類似魔鬼剋星的捕捉器，把怪物捕捉隔離。

△博士一行人透過螢幕看著捕捉情形。

猴：哇！「網路過濾軟體」好厲害喔！

博：沒錯！這個過濾軟體，家長可以自行設定密碼以及攔阻限制級內容的程度與條件。當小朋友開啟一個被標示為限制級的網頁，軟體會要求輸入密碼，所以就進不去啦！家長也就可以放心的讓子女上網了啊！

蒜：那要如何取得這個軟體呢？

博：只要上臺灣網站分級推廣基金會下載就行啦！網址為 http：//www.ticrf.org.tw/「網路分級，安全升級」喔！好吧！我們回家吧！

△小猴和蒜頭很高興，鏡頭移到指揮官。

指揮官：（心想）咦～博士他們都來了，那剛才是誰在上網呢？

—END—

漫畫劇本範例四：新聞偵探隊之颱風大追擊

場次：第1場	時間：白天
景別：博士家	出場人物：博士、小猴哥、蒜頭妹

△博、猴、蒜正在看電視新聞。

△新聞畫面播放著美國颶風的災情。

△三人的面容凝重，蒜害怕狀。

蒜：（對著博士）博士！颶風好可怕！人家好害怕喔！

猴：對啊！博士～到底颶風和我們常見的颱風有什麼不同啊？

博：颱風和颶風其實都是一樣的！只是稱呼不同而已。在美國叫颶風，在臺灣叫颱風。

猴：那颱風是怎麼形成的？我好想知道喔！（期待）

博：在熱帶海洋上，海水受熱蒸散，水蒸氣從海水中上升，形成一股氣旋，就像漩渦一樣，這時颱風就形成了呀！

△蒜拿出中間有螺旋狀的棒棒糖。

蒜：（拿著棒棒糖）嘻嘻！是不是像這個？（指著糖上的螺旋）

△博、猴有些傻眼。

博：（流汗）應…應該像吧……

△此時，電視新聞傳出：臺灣東南方海面形成一個輕度颱風，有侵襲臺灣的可能。

博：既然你們對颱風有興趣，那我就帶你們去看颱風吧！

△猴、蒜高興狀。

△博士發明的飛行器起飛。

場次：第 2 場	時間：白天
景別：飛機駕駛艙內	出場人物：博士、小猴哥、蒜頭妹

博：（駕駛著飛行器，自豪陶醉狀）哈哈！這是我新發明的「去死吧！颱風！初號機」帥氣吧！

△猴、蒜猛流汗。

△看到窗外快接近颱風。

猴：（指著窗外，興奮狀）看到颱風了！

蒜：好像棉花糖喔！（舔舔嘴）

△博士、猴跌倒。

△飛行器飛到颱風的上方。

△博士指著窗外。

博：看！這就是颱風的全貌！北半球的颱風都是以逆時鐘旋轉喔！

蒜：颱風中間有一個破洞耶！

猴：那是颱風眼啦！

博：沒錯！颱風眼是颱風的中心！

△飛行器飛近颱風，與颱風平行，看到了颱風的剖面圖。

博：（指著颱風（剖面圖））其實颱風是一個大的雲柱，中心颱風眼部分無風無雲，越接近中心的雲層最厚，風雨也最大！

猴：博士，既然颱風與颶風是一樣的，為什麼這次美國受到這麼大的災害？

博：因為這次的美國紐澳良災區是一大平原，而且地勢很低，所以會產生大災害，而臺灣有了中央山脈的屏障，颱風一接觸臺灣陸地，往往都會被地形破壞而減弱了！

蒜：哇！中央山脈萬歲！

博：雖然如此，颱風還是很可惡的！

△博士按下某個按鈕。

△飛行器發出雷射，把颱風雖毀了。

場次：第 3 場	時間：白天
景別：博士家	出場人物：博士

△電視新聞背景「颱風神祕消失？」

△博士神祕又驕傲的一笑。

—END—

漫畫劇本範例五：樂樂棒球

因為漫畫劇本牽涉範圍較單純，故亦可用以下格式表現。

人物：阿土（小學五年生，愛好棒球，壯）

阿福（阿土的同學，瘦弱）

大強老師（小學體育老師）

場景	人物	對白	動作
一、序篇：學校操場			
			阿土和阿福在操場傳接棒球，阿土的球投得太強了，阿福沒接好，打到了頭。
			這時剛好大強老師經過操場（手上提一包東西），看到了，便趕緊跑過去。

場景	人物	對白	動作
	大強老師	阿福！你沒事吧？	緊張狀
	阿福	哈～沒事沒事～	揉揉頭，苦笑
	大強老師	阿土～學校不是規定不准打棒球嗎？	對阿土訓話
	阿土	老師對不起！不過我真的很喜歡棒球～	沮喪
	大強老師	嗯～不如你們來打這個吧！	把手上的東西從袋子取出
	阿福	這是什麼啊？	疑問
	大強老師	這是「樂樂棒球」！它是最安全，娛樂性最高的棒球，最適合你們小朋友玩了！	
	阿土	好棒喔！老師快教我們吧！	歡樂
	大強老師	好！	
二、樂樂棒球基本介紹			
			大強老師把球具都拿出來、架好
	阿福、阿土	哇！好酷喔！	讚嘆
	大強老師	其實樂樂棒球最早是拿給棒球員作打擊訓練使用的。	棒球員打擊訓練的圖
	大強老師	後來因為許多小學都不許打棒球，及考慮棒球的危險性，因此才研發出有系統的「樂樂棒球」。	

場景	人物	對白	動作
	大強老師	「樂樂棒球」最主要的精神就是「歡樂」和「安全」喔！	
	大強老師	在歡樂方面，強調歡樂氣氛取代嚴格指揮，所以像是教練罵球員或球員有不禮貌行為都是不可以的喔！	
	大強老師	在安全方面呢，「樂樂棒球」的球及球棒都是安全材質做的，而規則方面也力求比賽的安全性喔！	
	阿土、阿福	老師！快教我們玩吧！	
	大強老師	好！	
三、樂樂棒球基本規則			
	大強老師	樂樂棒球基本上的規則與棒球是相似的，但在打擊方面，最早是完全使用打擊座打擊，因此是不是用投手的。	打擊座打擊的圖
	阿土	那有什麼好玩的？	質疑
	大強老師	但是經過這幾年不斷的沿革，最新的規則是國小中、低年級使用打擊座打擊，高年級比賽需有投手，但是採取下拋式的投球喔～	

場景	人物	對白	動作
	阿福	哇！那這樣一定更刺激～	
	大強老師	另外經過了不斷的研發，現在的比賽要採取安全壘包制度。	
	阿土	什麼是安全壘包制度啊？	
	大強老師	就是進攻隊踩橘色壘包，守備隊踩白色的，以防止相撞，增加安全性。	
	大強老師	另外也不可滑壘、不可盜壘、及不可離壘喔～	
	阿福	哇！這樣真是安全～以後不必被阿土「滑壘飛踢」了～	
	大強老師	另外不可觸殺喔！一律用傳球封殺才算出局～	
	大強老師	現在樂樂棒球的發展十分迅速，有舉辦許多的比賽及營隊，像最近也有樂樂棒球的冬令營要舉辦喔～	
	阿土、阿福	好棒喔！我們也要去參加！	
	大強老師	嗯嗯～剛好下一節體育課我們會上到「樂樂棒球」，就讓你們實際體驗樂樂棒球的「歡樂性」與「安全性」。	
	阿土、阿福	耶！好棒喔～	

—END—

漫畫劇本範例六：行星撞地球

人物	對白	動作
場一： 小猴哥的家		
		小猴哥坐在電視前看新聞，正播報新聞：「美國太空總署科學家表示，2029 年一顆小行星可能撞上地球....」
		小猴哥表情相當驚恐，幻想著行星撞地球的畫面（行星撞地球的畫面）
蒜頭妹	哥，我們一起看 DVD 吧！	蒜頭妹從門外走進來
		小猴哥看到 DVD 為「世界末日」（小猴哥主觀鏡頭）
小猴哥	哇！好可怕！我不敢看這個啦！	驚恐貌
蒜頭妹		一臉疑問狀
小猴哥	你不知道嗎？25 年後將有一顆小行星會撞地球，到時就世界末日了啦！	激動樣
蒜頭妹	那...那怎麼辦？	驚慌疑惑
博士	小猴哥啊～你說對了一半，也說錯了一半。	這時博士走進來，指指小猴哥
小猴哥	這怎麼說呢？	一臉疑惑
博士	的確，2029 年會有一顆小行星很接近地球，但撞擊的機率只有三百分之一！	博士特寫，自信狀
	不過一旦科學家掌握了它的軌道，或許能排出撞地球的可能性，所以不用太擔心啦！	博士微笑
小猴哥	好險！好險！	拍拍胸脯

人物	對白	動作
博士	說到這個，不如帶你們坐我的太空船，實地去看看小行星吧！	
小猴哥、蒜頭妹	好啊！好啊！	高興貌
場景二： 太空船內		
		太空船飛在太空中
博士	小行星啊，顧名思義，就是直徑非常小的行星。最大的「穀神星」其直徑只有 934 公里，看！這就是「穀神星」！	博士用手指窗外，小猴哥和蒜頭妹看著窗外的小行星
小猴哥	那些小的也是小行星嗎？	小猴哥指著另一邊的幾個行星
博士	對！那些是「小型」的小行星	
蒜頭妹	嘻嘻～好像一座小山喔～	
博士	不要小看它們喔，如果一顆直徑 10 公尺的小行星撞擊地球，就有摧毀整個臺北市的能量喔！	有些激動
		小猴哥和蒜頭妹冷汗直流
博士	六千五百萬年前，恐龍的滅絕，就是小行星撞擊地球的後果	（小行星滅絕恐龍的畫面）
蒜頭妹	嗚嗚～好可怕喔！	
博士	不過不用太害怕啦！目前美國太空總署(NASA) 正廣設能自動監測示警的裝置，能有效預防，只要能在小行星距離地球還很遠時，改變它的軌道，我們就平平安安了啊！	
小猴哥	那要用什麼方法改變小行星的軌道呢？	疑問貌

人物	對白	動作
博士	小猴哥，你有看過電影「世界末日」嗎？	詢問小猴哥
蒜頭妹	嘻嘻～小猴哥不敢看啦！	蒜頭妹笑著指小猴哥，小猴哥一臉窘樣
博士	呵呵～在電影中是使用核子彈直接引爆小行星，但這是不智的，只會製造更多的麻煩。	核子彈引爆小行星的畫面
博士	最好的作法是在小行星安全距離外引爆核彈，利用其強大的震波將小行星震離其原來撞地球的軌道，使地球逃過此劫，這樣我們就安全嚕！	核彈引爆，震離小行星的畫面
小猴哥、蒜頭妹	好棒喔！	開心狀
博士	OK！我們回家吧！	太空船返回地球
場三： 博士的停機坪		
		太空船停妥，三人走出來，但太空船上黏了一個外星人
博士	經過了這一趟的旅行，讓我們了解到其實太空之中也潛藏了一些對地球的威脅，但只要我們居安思危，而有所防備，相信一切都能化險為夷了喔！	對兄妹倆說
小猴哥	嗯！我再也不害怕了！蒜頭妹，我們去看「世界末日」吧！	開心狀，對蒜頭妹說
蒜頭妹	好！走吧！（笑著）	拉著小猴哥，博士開心的站在旁邊看的他們
外星人	想：這到底是什麼地方……（流汗）	鏡頭對準那個黏在上面的外星人

—END—

Part 2

「編劇與腳本設計創意基礎篇」

—以臺灣社會十二項微觀察看臺灣文創環境的養分

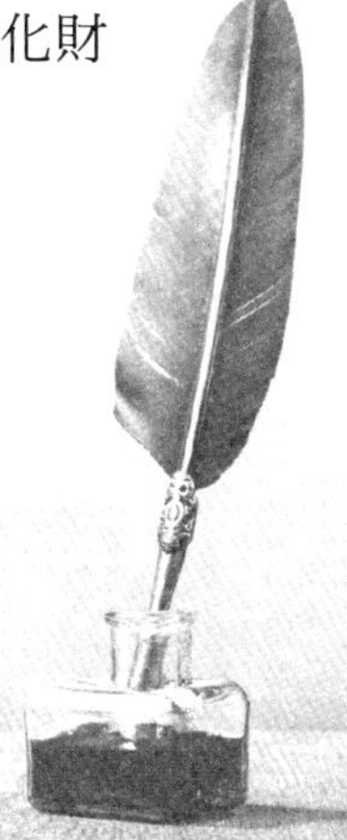

前言

研究全球所有文創成功的特徵，通常都在於能充分掌握，全球化與在地化的記憶、語言，讓人因為這些普世價值而 something touching（例如：愛情、夢想），同時，也因為在地化的背景（生活方式、成長記憶），而更能有認同感，例如臺灣爆紅兩岸三地的電影《那些年，我們一起追的女孩》，其實就是每個人的青春成長，因為每個男人心中都有一個夢中情人「沈佳宜」（背景心理投射效果）。

所以，當文創視野可以從高高在上，回歸到滿足最基本做一個「人」的需求的時候——引發的潛藏力量將大爆發，也因此，當我們熟悉了「編劇與腳本設計實務篇」後，有了技術上的掌握，想要寫出更好的作品，或許就需要熟悉全球化下的大眾溝通模式與工具，並且重新審視、珍視自己成長的歷史、環境與最想念的美好事物，用全世界都熟悉的語言與商業模式，來說自己的故事、行銷自己的夢想。臺灣歌手周杰倫電影《不能說的祕密》，不就是從他自己成長的淡水小鎮出發，拍出一部很好看的電影？大家可以試著做一次最簡單的文創練習，那就是問自己：「如果離開了自己熟悉的家鄉城市多年，最想念的聲音、味道、畫面是什麼？」

本書將根據以上的問題，檢選十二項臺灣社會現象與文創案例與讀者們分享，這些在未來大家從事編劇與腳本設計時，最好的創作養分。

壹、珍珠奶茶－最能代表臺灣柔性國力的飲料！

相不相信，光憑飲料就能看出一個國家的柔性國力？如同二十世紀伴隨美國文化席捲世界的「可口可樂」，成就可口可樂就等於美國文化的百年傳奇；珍珠奶茶也可以說是最能代表新臺灣的文化名物，因為它不只外表營造出多層次的美感，滿足人的感官視覺享受，而且又加入粉圓，讓人在享受液體飲料的同時，又可以感受到粉圓固體的嚼勁，創造出全然一新的味覺體驗，再加上又有牛奶的成分，讓人也可以因此有飽足感，這充分體現了臺灣人的浪漫、創意與務實，所以說，珍珠奶茶是最能代表臺灣想像力、創造力，甚至是柔性國力的飲料！

難怪連臺灣國防部都曾用珍珠奶茶做例子說，只要全臺灣國民每人少喝一杯珍珠奶茶的錢，就可以有足夠的錢買美國供給臺灣需要的武器，只是國防部可能不知道，臺灣珍珠奶茶早已經不費吹灰之力，不僅反攻大陸建立了幾萬家據點，甚至還把臺灣國威順便到美國、日本都大大宣揚了一下。事實上，風靡了全臺灣的珍珠奶茶，威力其實早已橫掃國際，在 1997 年成立於美國矽谷最大的臺灣珍珠奶茶連鎖專賣店「夢咖啡(Fantasia)」，證明臺灣珍珠奶茶的魅力，連老美都無法擋，而且還打入上流社會，進駐矽谷高級精品商圈 Santana Row 大街，與 Gucci 及 Tod's 等名牌商店並列，最後珍珠奶茶導致茶飲料在美國的流行，甚至逼得咖啡店帝國「星巴克」2005 年在美國本土，也不得不推出類似的茶飲料，以應付臺灣珍珠奶茶掀起的茶飲料攻勢。

連口味最刁鑽的日本人，也熱愛珍珠奶茶。他們叫它「QQ MILK TEA」，流行於臺灣街頭的飲料吧甚至出現在日本街頭，一個金髮濃妝短裙日本妹喝著「QQ MILK TEA」在時尚的街頭走過，看的我感動到淚水直流！身為臺灣人總算除了看日本人製作的美食節目外，也能一吐鬱悶，因為我們的珍珠奶茶也征服了他們的味蕾，真是值得驕傲啊！

珍珠奶茶，同時擁有飲料、小點心與趣味食感三種功能。濃郁香甜的奶茶本身就是受歡迎的茶飲，粉圓原來就是人氣點心「青蛙下蛋」，組合在一起成了兼具解渴、解饞，與嚼時樂趣的全新飲食，細觀世界飲品，有哪一種飲料跟珍珠奶茶類似呢？就像一百年前，誰也沒料到，一個藥劑師能將碳酸水、砂糖及某種原料混合在三腳壺裡，讓清涼的「可口可樂」誕生；當然，誰也沒想過，一個意外地突發奇想，豆花裡的粉圓跳進紅茶化身珍珠奶茶，這屬於臺灣人的想像力，竟然成就了史無前例的液態兼容固態的超級創意飲品「珍珠奶茶」的問世。珍珠奶茶最早出現時，還有另一個名稱叫波霸奶茶，也許是因為它流露出只有「臺灣正妹」身上才有的香甜氣息吧！

這樣的解讀並不誇大，第一次喝到珍珠奶茶的我，對它的驚豔度絕不亞於第一次親眼看到臺灣第一美女林志玲。那是 1988 年的一個炎熱夏季。當時穿著把奔放心靈制約的高中制服、全身散發鬱悶氣質的我，在假日的西門町閒晃時，喝到珍珠奶茶的那一剎那，制約的心靈瞬間完全溶解在八月仍要到學校補習的大太陽裡，在我那欲語還休、龜毛可期的青春歲月裡，這種交織著甜蜜與奶香的味覺體驗前所未見，當時我對珍珠奶茶的唯一評語是「哇，這是什麼東西，真好喝！」。

因此，高中時期當年的暑假回憶，除了煩人的聯考（現在叫大學學測）、被當的數學、公車的女生，還多了一個記憶叫「珍珠奶茶」。當時有一杯混著奶香，盈滿嚼勁的珍珠奶茶，在圖書館就有了向上的動力，它像酒鬼手上的高梁酒，能化解被排列組合方程式搞到爆的危險心靈。當數學老師的臉孔模糊了、教科書扔掉了、想追的女生不屑了，十多年的光陰寒暑過去了，珍珠奶茶卻仍然像一個流行名詞，應該是「專有名詞」一樣屹立不搖，它成了跟咖啡、紅茶性質一樣，屬於臺灣人日常生活不可或缺的尋常飲品，總是在漫長午后睡蟲來襲、下班悠閒回家時，想買一杯喝喝來打牙祭。那種感覺不同於品味咖啡是要創造一種附屬的時尚都會品味，它的感覺是一種屬於臺灣的、想回家、想在自家小吃攤喝杯茶好補充元氣、解解饞的滋味。

究竟這樣帶給人類心靈無限滿足一如甜點的幸福飲品是從何時溯源？講起珍珠奶茶的起源，臺灣臺中與臺南的茶飲料餐廳，曾經有過爭執，到底誰才是創始人？最後甚至鬧上法院，但因為沒有一家店有在最初創始的時候，去申請配方的專利或「珍珠奶茶」的商標，所以，最後法院也無法斷定誰才是創始人，但珍珠奶茶起源最可靠的說法，一般臺灣美食界都同意，這要先從泡沫紅茶說起：冷飲茶在七〇年代的臺灣其實並不普及，一般人對於「茶」的印象，停留在熱呼呼的中國茶、老人茶裡，不過當泡沫紅茶店開始在街頭出現時，冷飲茶就漸漸走進市場裡。因為茶飲是最能解渴的飲料，但在大熱天喝茶不是身體有幾分功夫，實在難以消暑！於是業者開始將茶飲冰涼化，創造了各式各樣的冰茶。不過，「將茶冰喝」的歷史久遠，早在 X 百年前的宋代就已出現，當時依季節來品味茶，只是一直沒有普及，也許因為高級的茶得靠熱飲才能彰顯其層次分明的味道，冰飲搶去茶葉甘醇香的層次運轉，所以並不提倡這種喝法。

不過，普通等級的茶葉，尤其是臺灣紅茶，即使冰飲一樣能保留其強烈的茶味，於是泡沫紅茶店帶進了口味繽紛炫目的冰涼茶飲如百香紅茶、金香奶茶、柳橙紅茶、芋香奶茶，種類和咖啡不相上下，甚至遠遠超越。據考證，臺灣珍珠奶茶的起源，約在 1983 年左右前後，當時臺灣流行手搖泡沫紅茶，據傳一位臺中或臺南的茶飲料工作人員突發奇想的將原本是地方小吃的粉圓（一種用地瓜粉揉成的小丸子）加進金香奶茶裡，珍珠奶茶就此誕生！但要作出好喝的珍珠奶茶並不容易，品質穩定的黃牌紅茶是常用茶葉，搭配原本是咖啡伴侶的奶精（牛奶是泡不出正港滋味的喔），加入煮得 Q 軟有彈性的珍珠（粉圓），三者融合而一成了好喝濃郁的珍珠奶茶，其中「SHAKE」的功夫會影響茶飲口感，用攪拌的方式交織不出好喝的奶香，只有用手搖才能成就綿密的泡沫和真正的好味道，當然還有糖水的添加比例等，這就是臺灣每一家飲料吧的商業機密了，這也表現出臺灣社會多元化的特色，同樣是臺灣的珍珠奶茶，但街頭這一家與巷尾的這一家，口味可都不一樣喔！

貳、KTV－席捲全世界最有臺灣味的娛樂

有人說，過去的二十世紀就是美國化的世紀，政治要學美國的兩黨政治、全球股票市場要受美國股市的影響、到處都看的到是美式速食麥當勞，連生活娛樂不是流行看美國的好萊塢電影，就是看美國 NBA 籃球、職棒，不過，在二十一世紀的今天，臺灣人在影響全球娛樂生活中，至少可以有一項值得驕傲的，那就是我們的 KTV 娛樂文化，很多臺灣人不知道，這項從臺灣民間開始流行的 KTV 文化，甚至已經像美國的 NBA 籃球一樣，深入全球社會的角落，滿足每一個人娛樂、追求自我的心理需求。

KTV 意即 Kara-OK Television 的縮寫，它的前身是卡拉 ok（カラオケ），係由日本人所發明，一種客人可以跟著伴唱帶隨興高歌的影音設備。緣起於「那卡西」式，邊聽表演者唱歌、邊用餐的飲食模式，從日本流傳到臺灣後，由臺灣企業家將其轉型，結合 MTV，將卡拉 ok 演變成能讓客人在一個小房間、照著電視小螢幕播映的歌詞，上臺後隨著旋律、拿著麥克風哼歌的卡拉 ok，最後漸漸轉化在裝潢超級豪華並擁有隱密功能，具有大螢幕或投影系統唱歌設備的私人包廂，盡情歡唱的 KTV 文化，這股如火般的熱潮，在臺灣流行 20 年來都不曾退燒，在香港還變成一種「k 歌文化」，甚至從華人世界發揚光大、席捲全球！

KTV 可說是臺灣最傑出的一種衍生性創新商品，一如晶圓代工的商業模式，臺灣 KTV 文化的起源，在於臺灣商人將 MTV 與卡拉 ok 結合成 KTV，並且將設備更豪華化、但價格平民化。我記得自己第一次走進 KTV 華麗的包廂是十九歲，當時是大學時代，當流行的歌曲在螢幕上不斷地播

放，我的情緒也不斷地高昂，當時年輕的我非常訝異地看著原本害羞的同學唱著拿手的歌曲，也意外平日口齒不清的學弟，竟然能在麥克風前穩如泰山。KTV 真是有種媲美酒精的神奇魔力！一方面能讓羞怯的人重新找回自信，一方面能讓壓力隨著盡情歌唱消失殆盡，它滿足了作為一個普通人，釋放壓力與渴望成為「焦點」、「偶像」的心理需求，許多都會工作身心疲憊或因愁事煩心的人、每個擁有表演慾的人，都可以在 KTV 得到抒解，隨著音樂聲響起，每個人都可以成為歌手，每個人都是表演家，就像每一個看美國職籃 NBA 的小男孩，都渴望有一天成為魔術強森或麥可喬登一樣。

二十一世紀決定一國國力的東西是「設計」，或說是「知識創新」，它們都是一種人腦的傑作，觀察臺灣的市井文化，不難發現臺灣人如湧泉般的創意，從不間斷地在飲食、娛樂等事物中出現，臺灣人的知識創新、活力、生氣，其實就流傳於臺灣大街小巷，有更多就存在我們的生活之中，只要細心去觀察，一定就可以看見臺灣人的創意結晶。

參、世界電腦代工製造－人類科技文明的重要推手

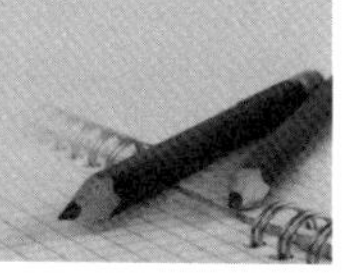

改變全人類生活面貌的工業革命，從十八世紀中葉到二十世紀末，一般歷史學家認為有三次，其代表性的工業革命級產品分別是蒸氣機、電力與電腦通訊技術，前面兩項殺手級產品的誕生時間，臺灣當時都還屬於是世界的邊陲，根本沒有任何參與的機會，但到了二十世紀八零年代電腦誕生並開始推廣改變人類生活的面貌時，臺灣已經身處這場重要性不亞於十八世紀工業革命，一般稱之為資訊革命時代的核心群。

目前全世界一半以上的電腦都是 made in Taiwan，包括 61%的筆記型電腦、56%的 LCD、75%的主機板、80%的電腦機殼、93%的掃瞄器，以及 74%的交換式電源供應器，也因此，1999 年臺灣發生九二一大地震時，全世界科技股市幾乎都受到影響，因為一般將產品市場占有率超過 50%的稱作寡占，寡占者就可以掌控價格與流通，試想，全世界石油若突然因為天災人禍減產 50%，世界經濟會不會大亂？當然，臺灣自有的電腦品牌並不多，全世界大部分電腦只是製造在臺灣，並不代表品牌也是臺灣品牌，但如果因此抹殺臺灣在世界資訊革命的地位，那可就大錯特錯呢！因為臺灣電腦製造業的訂單可不是「求」來的，而是臺灣商人將「製造」本身，也變成一種品牌，那代表的市場競爭力是，「誰想在國際市場上贏，誰就要找臺灣合作」，也就是誰家的電腦想在國際市場上有競爭力，就必須與臺灣製造商合作，一如在十六世紀中葉的航海大發現時代到十八世紀末，約兩百多年間，誰想要從事海洋貿易，誰就必須與荷蘭船隊或荷蘭所屬的東印度公司合作，臺灣在目前世界資訊革命浪潮中，扮演的正是當時荷蘭的角色！

而且對於全體人類更重要的事情是，因為有臺灣優秀代工製造品牌的加入，將所有的電腦產品，變得品質更好、價格更便宜，讓全世界人類都可以買得起，加速縮短落後國家與先進國家的資訊差距，最代表性的例子，就是 2005 年 1 月，美國 MIT（麻省理工學院）發展的一百美元電腦，也就是 OLPC 計畫（One Laptop Per Child，每個兒童一臺筆記型電腦），這項藉由生產接近一百美元的筆記型電腦，給對這項計畫有興趣的開發中國家，尤其是非洲國家的兒童使用，將可以大幅降低知識鴻溝，故又稱百元電腦。

這臺綠色的小電腦有一個手動搖桿，靠著轉動搖桿就可以產生電力，這是為了考慮開發中國家電力供應不便而設計的。它有電腦模式、電子書模式、遊戲模式、電視模式等功能。同時，小朋友用來斜背以隨身攜帶的背帶，到了有電源的地方就可以當作電源線插頭使用。這樣的百元電腦，就只有臺灣優秀的代工製造能力可以做到，所以 OLPC 計畫在 2005 年 12 月選擇臺灣 ODM 廠商廣達協助開始投入製造生產，這是所有臺灣人的驕傲，也是臺灣在人類資訊革命中，對世界做出的重要貢獻。

肆、臺灣牛肉麵－世界麵食界的藍海傳奇

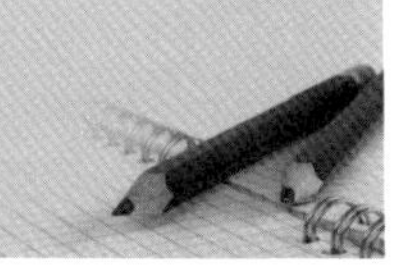

牛肉麵起源於何地？很多人以為這樣的好味道來自於中國大陸，甚至誤會它是四川人發明的，其實已走過六十幾年寒暑歷史的川味紅燒牛肉麵，是從臺灣起源的！據飲食歷史學家逯耀東教授的著作表示，牛肉麵的源頭可能來自高雄的岡山眷村，岡山是空軍官校所在地，由於老兵很多都是四川人，因為出生大陸的老兵沒有像臺灣農村老一輩有不吃牛肉的習慣，他們退伍後為了謀生開店，所以創作出加進豆瓣醬、花椒、薑、八角、用牛肉熬成的湯所烹調成的川味牛肉麵，這種運用四川辣豆瓣醬、風靡全臺的紅燒牛肉麵，豆香四溢、肉質 Q 軟有勁的牛肉麵，最後從臺灣漸漸流傳至全世界華人到達的每一個角落。

因此，標榜「川味」的牛肉麵可是道道地地的正港臺灣好味，由臺灣人發明開創，不像日本人的涮涮鍋是起源北平涮羊肉鍋、壽司來自於韓國，它可是紮紮實實由臺灣人發明，也許你在甘肅蘭州街頭可以看見大碗吃著蘭州牛肉拉麵的人群，但蘭州牛肉拉麵的特點是「一清、二白、三紅、四綠」(牛肉湯的清，蘿蔔片的白，辣椒油的紅，香菜的綠)，但咱們的牛肉麵是紅燒的，所以依此推斷應該不是由蘭州拉麵而來，臺灣川味牛肉麵的確是臺灣的特產，臺灣獨有的飲食幸福！

所有臺灣民眾都不能想像一個沒有臺灣牛肉麵的城市是什麼樣的光景？就像世界不再有手機、電腦不再有即時通訊軟體；就像士林夜市從此沒有大餅包小餅、基隆廟口不再出現百年鼎邊銼，國慶日沒有煙火、中秋

節不吃柚子…，這一切對生活沒有影響，但心頭卻時常浮現小小的遺憾。因為啊，牛肉麵已經是一種臺灣人飲食的癮頭，就像義大利人每天早晨必定來杯 EXPRESSO（濃縮咖啡）、香港人談事情不能沒有鴛鴦奶茶一般。不是鮑魚，亦非魚翅的臺灣牛肉麵，已經占據我們生活的一部分，沒有它，臺灣仍然有大江南北的繽紛小吃，但沒有它，下班後的晚餐時間，就是有那麼一點缺憾。一個參加歌唱比賽的創作女歌手甚至唱出假想「我不能再吃牛肉」的遺憾呢。

在臺灣，牛肉麵店的家數媲美三步一家的咖啡館，它已經遍及所有的大街小巷，甚至更甚於咖啡店，即使是人煙稀少的小區小街，也有一、兩家的牛肉麵飄出令人難忘的深邃紅燒香，讓人忍不住吃上一碗來解解饞，回味口中餘韻繞梁的豆瓣香。不只臺灣人愛吃牛肉麵，外地人也熱於嘗試，設於香港赤臘角機場的美食餐館「臺灣牛肉麵」店，總是引來一群遊客旅人大排長龍，只為吃一碗咬起來肉質豐腴甘美的異邦麵食。

臺北目前已經是全世界牛肉麵「粉絲」一定要朝聖的城市，臺北牛肉麵店主要集中在臺北永康街、仁愛路、林森南路、桃源街一帶，在各大區域也多有牛肉麵店佇立。牛肉麵多是山東老鄉所經營，與牛肉麵搭配的四川泡菜、醃黃瓜，也美味的不得了。由於桃源街的牛肉麵店聚集最為密集，所以坊間經常出現以桃源街牛肉麵為名的字號，臺灣川味牛肉麵甚至擴張到海外，登陸香港、美國、日本等世界各地，它幽微深邃的湯汁、它軟嫩帶勁的肉塊、它煮得剛剛好的彈性麵條，總是吸引著人們的味蕾，連老外們也吃得津津有味，直呼比紅酒燉牛肉（歐洲名菜）還美味。即使在中國大陸以麵食為主的北方，號稱「世界七大名麵」主戰場之一的北京，臺灣牛肉麵也一枝獨秀，在北京炸醬麵、成都擔擔麵、開封魚焙麵、武漢熱乾麵、楊州伊府麵、日本拉麵圍攻之下，臺灣牛肉麵因為對華人消費者的口味也有新鮮感，加上食材、用餐環境較佳，因此在競爭中有優勢。

臺灣牛肉麵已經默默地在每個臺灣人的飲食記憶裡留下印記，雖然它不曾失去熱潮，卻可以再度創造新的價值曲線，臺北市政府建設局於 95 年首辦的「臺北牛肉麵節」，邀請臺北各家牛肉麵參與口味比賽活動，開啟了行銷臺灣牛肉麵的構思！臺灣川味牛肉麵不是尖端科技，也非前衛產業，卻開啟了歐洲管理學院教授 W. Chan Kim 與 Renee Mauborgne 所提出的「藍海策略」(blue ocean strategy)，牛肉麵節的行銷手法改造了牛肉麵的市場疆界，它在傳統的美食中脫穎而出，牛肉麵不只是美食，還變身成一種文化創意產品，老張、老董、老吳、董家、吳家、栗家、桃源街、三毛等各家獨創的牛肉麵，不再是土里土氣的名字，而是一個有趣的符號與圖騰，它跟 Mr. donuts 的甜甜圈、三峽的牛角麵包，都創造了沒有別的類同飲食跟它競爭的藍色海洋！讓人悠遊在傳統懷舊的美好滋味中。

伍、臺灣小吃－國際級的味覺大品牌

許多外國觀光客或臺灣旅外遊子懷念起故鄉臺灣時，最先想念的，竟然不是擁有滿山遍野櫻花的阿里山，也非璀璨如珠的日月潭，而是那遍布在人聲鼎沸的士林夜市、隱身於街頭巷尾、老神在在佇立於廟口前的臺灣小吃。

臺灣小吃其實反映著臺灣社會的「集體移民性格」，臺灣人的生命力，也完全彰顯在夜市那繽紛熱絡的小吃上！福爾摩沙是一個以移民為大宗的社會，來自大陸各地的移民們，將家鄉菜的精華帶進這塊滿山綠意的土地裡，成就了數也數不清的美味臺灣小吃。根深蒂固的移民性格，也讓我們擁有樂於接受外來文化、充分吸收豐富資訊的心胸，臺灣小吃不但具有傳統口味，例如那傳統的滷肉飯、蚵仔煎、大腸麵線、甜不辣、肉羹麵、米粉湯、臭豆腐、肉圓，還隨時有新的產品出現，例如充滿創意的蔥抓餅、青蛙撞奶、香雞排、水煮滷味、草莓酒香腸等，還有不知在某年某月的某一天，靈光乍現的某一位臺灣街頭小吃美學家，就讓「鴉片粉圓」

突然竄紅了、某年春天來自日本的章魚燒也「歸化成」具有臺灣風味的飲食、不知是何時臭豆腐竟然衍化成串燒式吃法、一夕之間連洋人的焗烤馬鈴薯也從臺中逢甲夜市飄進大臺北都會的夜市裡；總之，臺灣小吃的創意，永遠令人目不暇給，連中國大陸推出的新滿漢全席，都爭著要把「蚵仔煎」列為臺灣的代表性料理呢。

臺灣小吃本身背後，其實也記載了臺灣民眾過去為生活、充滿創意的打拼歷史，比方以臺灣人因早期窮困而多食地瓜，所以將地瓜作食材所發明的「肉圓」；臺灣因為成功養殖蚵仔，而出現的蚵仔煎、蚵嗲、蚵仔捲等；臺灣是海島，漁業發達而發展出的蝦捲、魚丸湯等；臺灣盛產在來米製成的貢丸米粉湯、米苔目、米大腸等；臺灣人生性節儉，將整隻豬的食材充分利用做成的「黑白切」、豬血湯、豬血糕等，甚至也是一種生活創意的結晶。

臺灣小吃能夠發展的如此豐富繁盛，除了跟臺灣社會機靈、有創意的集體性格有關外，其實歷史也占了一個龐大的因素。臺灣以福州（閩）人占最大宗，所以福州菜成了許多臺灣小吃的基底，先民將家鄉的烹調技術，結合臺灣當地特有食材，發展出各類的本土飲食，比方典籍說「閩南多湯羹」，所以臺灣小吃就出現了魷魚羹、蝦仁羹、豆簽羹、鰻魚羹、花枝羹等羹湯類飲食，其他像擔仔麵、割包、鼎邊銼也是福州口味的延伸。

當然，大陸其他省分也帶來了大量的創意，在士林排成人龍、被日本妹讚不絕口的生煎包是淵源於上海菜、口味濃郁的意麵是啟發於廣州的idea。日本文化、原住民文化、西洋文化也融進臺灣小吃裡：夜市裡炸得外酥內軟的甜不辣、醬香滿盈的筒仔米糕、土耳其的夾著碎肉的沙威瑪，它們都演變成臺灣小吃的大範疇裡。那麼如果說 LV 是時尚界的品味象徵、獨立電影是最美好的影像藝術、勞力士是鐘錶的頂尖品牌，那麼臺灣小吃就是世界級的平民飲食名牌！臺灣小吃已經成為世界各國遊客來臺灣必定尋訪的東西，許多香港明星來臺必帶鴨舌頭、日本一些偶像團體念念不忘珍珠奶茶、一個義大利人直率的認為滷肉飯是人間美味。

比利時專業旅遊雜誌雙週刊《戶外旅遊》(Travel Magazine)，就曾經以〈臺灣：與美食浪漫邂逅之地〉為題，介紹臺灣美食，這篇文章表示，融合日本與中華美食特色的臺灣菜包羅萬象，主要是中國的地方菜在這裡紮根成長的結果，由「呷飯皇帝大」這句臺灣俚語，就可知道臺灣人對吃的認真態度，而這也正是外國人選擇臺灣作為旅遊地點的最佳理由。

而且，臺灣小吃永遠不會就停留在滷肉飯、夜市牛排、粉圓豆花、碗粿、藥燉排骨這些數百種的口味，臺灣小吃永遠在不斷地融合與創新，因為它不斷的再誕生，所以，它永遠讓人在驚豔，早在西元一千六百年漢人從臺南登陸時，就一直不斷地變出新把戲，如泉水般源源不絕的創意，歷經幾世紀仍然奔流下去。臺灣人繼續以創意創造各種美食，淡水河邊出現的飛魚卵香腸、東海夜市驚見的巧克力瀑布、士林夜市印度人在甩著肉汁滿盈的大餅。我們的臺灣小吃本身就是個創意大本營，或說是個虛擬的超級智囊團，它是一個不經意由歷史文化、先民智慧形成的品牌，只要冠上它的名字，就註定揚名國際，也許不用等到明天，又有一個新的臺灣小吃再度融合各地文化而誕生。

陸、臺灣新電影－國際肯定的臺灣精品

如果好萊塢電影和臺灣片是桌上的兩道菜，美國好萊塢電影可以說是讓感官驚豔一時的高級冰淇淋，而臺灣電影卻是消化人生焦慮與疑惑的優酪乳、培養品味的醇厚紅酒。

在日本的新幹線上，疑似來自歐洲的 backpacker（背包族）問起筆者是哪國人，我說我從臺灣來。他們那群金髮碧眼的小伙子果然如旅遊書上說的，聽成我是泰國人。我以清晰的口吻重新說了一次「Taiwan」他們恍然大悟，拼命地點頭，說他們知道臺灣，以劈里啪啦的速度說：臺灣電影很好看，侯孝賢的《悲情城市》、楊德昌的《一一》、蔡明亮的《愛情萬

歲》，也許不是文藝青年，不會想背起包包流浪，所以他們知道臺灣電影的厲害。

誰說臺灣沒有原創性的東西？如果說 Channel、Gucci、Hermers 是酷愛名牌的淑女紳士眼中的世界名牌，那麼臺灣電影就是沒有影迷會輕易矢口否認的世界性藝術映畫。

我們的電影，因為經濟、政策因素已經沒落，甚至殘破不堪，有人指出那是因為劇本、演員、不夠炫目或劇情過於沉悶的緣故，事實上這些並非問題的全盤核心，臺灣藝術性電影的創作從不曾停歇過，它已風靡於藝術與文化普及的國度。

比方在日本有一群侯孝賢的專屬影迷，常常聽說他們追隨電影裡的場景，走遍平溪、九份、瑞芳、十分等臺灣各地，崇拜侯孝賢電影淡雅細膩風格的日本人，甚至出資請他拍攝生平首部以外資拍攝的電影《珈琲時光》。還有一位叫布魯諾的法國郵差是臺灣電影的粉絲，楊德昌精心慢製的電影，他捧場的看了三遍以上！

因為影展讓歐洲文藝青年認識臺灣電影，歐洲關於電影學的教科書，早就把 80 年代臺灣電影刮起一番新氣象的「臺灣新電影」列為電影學的專有名詞。

有人將日據時代結束後的臺灣電影大致分成以下時期：光復初期的電影製作，主要在紀錄宣導農業、工業、商業的實況，逐步有所謂的劇情片發展，比方張英、張撤合導的《阿里山風雲》，何飛光導演的《花蓮港》等，但這個階段的劇情片發展只是靈光乍現，五〇年代後因為有政策因素，所以電影多有政令宣導傾向，比方如宗由導演的《惡夢初醒》、唐紹華的《皆大歡喜》，皆有政治意味頗強的劇情導向。

一九五五年後開始臺語片的二十年大盛況！始於「麥寮拱樂社歌仔戲團」團主陳澄三與何基明導演所合作的《薛平貴與王寶釧》，其後有《陳三五娘》、《瘋女十八年》、《王歌柳哥遊臺灣》、《臺北之夜》等片子，電影的預算不高，卻為當時一蹶不振的國語片打下堅實的基礎。

一九六〇年代開始，開始流行起健康寫實的國語電影，李行、李嘉、白景瑞、丁善璽等，都是在六、七〇年代成為領導臺灣電影的主要人物。之後是瓊瑤愛情文藝電影愛風潮。同時香港後邵氏公司開始製作新派的武俠片，以胡金銓等人為主要導演代表，當時臺灣也跟著流行武俠電影，一直到七〇年代，武俠、功夫片的產量仍是臺灣電影的主幹。

八〇年代，當臺灣還充斥著武打與夢幻愛情的商業電影時，中影公司接受藝文人士小野與吳念真的建議大膽拍攝了刻畫生活真實面的人文精神電影，這種迥異於以往電影風格的片子在當時是個令人躊躇的創舉！鄉土文學家黃春明的三篇短篇小說《兒子的大玩偶》，被侯孝賢、曾壯祥、萬仁合以寫實、細膩、流暢的現代電影語言共同拍攝成電影，片子裡沒有造作的劇情，沒有虛偽的場景，沒有誇大的言語，這種在劇情中飄盪著淡淡情緒、充盈著真實感情，讓每個停格鏡頭都猶如風景明信片的片子，讓臺灣電影颳起一股新浪潮，確立了臺灣新電影的由來。

除了侯孝賢與楊德昌在國際影壇上屬於大師級地位外，這十年來李安、蔡明亮、張作驥也分別成為世界矚目的臺灣導演。

《戀戀風塵》裡的老臺北你還記得嗎？步調緩慢的《童年往事》是不是讓你在春天的午後想起美好的小時候？你是不是從《我這樣過了一生》體驗早期社會女人的無奈與悲傷，如果這些電影離你太遙遠，還有清新的《藍色大門》和你分享青春期的酸甜、《殺人計畫》讓你對臺灣導演的運鏡能力大為讚嘆。你將會發現那些炫目的音樂錄影帶、那些劇情迷人的偶像劇，它的拍攝元素其實都來自臺灣導演的創意，而這些創意仍然在持續。

也許沒有大筆金錢商業援助的臺灣電影，以手工咖啡之姿，在一片機械咖啡中因為細煮慢熬脫穎而出，煮出自己的一片天空。以正面的角度來思考，臺灣新電影也許因為沒有浮濫的商業阻礙市場，所以能展現清晰的特質，就像有名柏金包，產量不多，得細心等待、耐心盼望，才能孵出佳績，臺灣電影亦然，當你還在質疑臺灣有沒有所謂的精品時，讓我告訴你，請相信臺灣電影就是精品中的精品！

柒、臺灣個性咖啡店－有 12,000 家咖啡館與 12,000 個夢想的島嶼

世界上沒有一座島嶼，像臺灣擁有那麼多家的咖啡館，而且每一家咖啡館，都曾代表著每一個臺灣年輕人的夢想。臺灣咖啡館的頻繁密集度讓咖啡館就像許多都會人士的第二個家，我們在咖啡館敘舊、聊天、洽公、看書、寫詩、休息…。根據「臺灣咖啡協會」的資料顯示，自 1998 年起咖啡豆的進口量年成長率皆超越 100%，由此可推衍出咖啡館密度之高，臺灣咖啡協會保守估計臺灣大大小小咖啡店總數超過 1 萬 2 千多家以上，也許僅次於便利超商的密集度呢！

很多來到臺灣觀光的遊客，尤其是香港、大陸民眾，都非常羨慕臺灣林立於街頭、隱身於巷尾的個性咖啡館，我們鼎盛的咖啡文化，滿盈著整個城市，即使我們依然忙碌，仍然能在隔離喧囂吵雜的咖啡館裡，得到一席難得的寧靜。它已經成為臺灣都會的特殊風景，有人還將「逛咖啡店」當成旅遊臺灣的一種方式呢！

臺灣咖啡由來已久，大致可分成三個時期：

早期的臺灣咖啡停留在栽種，並沒有衍生出咖啡館，約 1884 年（光緒 10 年）英國商人引進咖啡豆在現在的臺北三峽地區嘗試栽培，不過當時並無計畫性地大量栽焙。一直要到日治時代，才開始大規模的種植，日本人看中臺灣氣候炎熱濕潤、排水系統又好，很適合咖啡樹生長，於是從

南美巴西引進了阿拉比卡豆（咖啡豆可粗分成阿拉比卡及羅布司塔兩大品種），在臺灣北部試種，想不到試種一舉成功，日本人便在臺東知本、瑞穗及雲林古坑一帶進行大規模商業栽焙，當時產量豐厚，品質也極優，「咖啡豆、紅茶與蔗糖」便成了日治時代臺灣三大主要出口農產品。

一直要到臺灣光復後，臺灣才有咖啡館的誕生，當時咖啡館是一種文藝沙龍、一個約會洽公地點，屬於奢華高級或文人雅士的聚集場所。臺灣光復後，土地經營權從日本人回流至農民手中，務實農民改種稻米、茶葉及檳榔，咖啡栽培逐漸沒落，不過因嗜喝咖啡之士還大有人在，熱鬧的臺北開始有了咖啡館，據說當時的咖啡館稱作「冰果室」，是淑男淑女、死黨好友約會談天的前衛地點，1949 年開業的武昌街明星咖啡館即曾經風靡一時，不僅是國內文壇大家著名的群聚地點，聽說也催生了不少經典的臺灣文學，而佇立西門町屹立不搖的蜂大、南美咖啡也都是在此時期興盛繁榮的，當時有名的咖啡館都聚集在西門町一帶。當時不少細膩優雅、意義深遠的臺灣經典文學、詩作甚或音樂，都是從煙霧瀰漫、人聲吵雜的咖啡館中湧生，這些從四、五十年前，屹立在西區的古老咖啡館，是當時許多藝文人士、新思想青年、黨外人士逗留、休憩、尋思靈感的地方，他們不是餟飲著一杯黑黝黝的咖啡，埋頭寫作，就是兩三人群聚清談，臺灣的文化地圖因為這些咖啡的氤氳芬芳，而有著獨一無二、不同於世界，屬於這塊土地的藝文風景。

隨著歲月更迭，臺灣咖啡館的生態也日漸轉變，七〇年代，日本型態的上島、蜜蜂咖啡館開始登陸，喝咖啡的人更為普遍，這個時期的咖啡館普遍分布在中山區一帶。目前臺灣流行的現代咖啡館，除了美式連鎖咖啡館當道外，其實最受矚目的是裝潢獨特有個性的獨立咖啡館，它們是人們滿足心靈追求美好風景的重要場所、也是國外觀光客喜愛流連的地方，他們象徵臺灣年輕創業者無窮無盡的創意與設計力，臺北浦城街的「ZABU」以「微型手創個人展示櫃」結合咖啡館的型態，形成咖啡館裡的一種趣味風潮；淡水的「有河 BOOK」，以咖啡館結合文學書店之姿，在淡水河邊閃閃發光。臺灣咖啡文化已將裝潢品味或便利型態列為重點，走向另一種著重設計品味的境界。儘管外來連鎖咖啡店不斷林立，臺灣還是有從不間斷的夢想家不曾妥協，他們都在構思心中的夢想咖啡館，一起編織屬於我們的咖啡城市。

捌、24hr 的書店－臺灣聞名世界的人文空間

在臺灣，書店不僅僅提供文化汲取與涵養的空間，還是人與人相遇的美好起點。

每個國家都有書店，但我們福爾摩沙小島的書店卻最有趣味，甚至被日本、香港、歐美國家列為特殊的旅遊景點，一家日本旅行社對臺灣推出的臺北單日行程如下：09:00 故宮博物館→12:00 永康街鼎泰豐小籠包→14:00 誠品信義書店→15:00 光華商場舊書攤→18:00 梅子臺灣菜→19:00 士林夜市→20:30 腳底按摩。

我們可以在牯嶺街的舊書攤找到臺灣鄉土作家黃春明的絕版文學、我們可以在天母的胡思二手書店瞥見楊渡的類自傳小說、我們可以在失眠的夜晚到不打烊的信義誠品書店感受熱絡而靜謐的氛圍、我們可以在宛如百貨公司的旗艦店式書店與家人渡過悠閒假日、我們還可以在淡水河邊的風景書店看書喝咖啡，然後享受一個下午的微風。

臺灣書店帶給我們精神上的幸福不比臺灣小吃遜色，我們不但在書店享受購物的暢快樂趣，還在書店沾染了一身的文化氣息，新銳導演易智言的臺灣電影《五月之戀》，女主角劉亦霏與男主角陳柏霖就是相約在臺北大直的一家氣質書店見面，幾個明信片般的鏡頭，卻吸引許多港、日影迷

前往朝聖，可見臺灣書店不只是純粹販賣知識的地方，還是臺灣一個特殊的文化風景，我們在誠品書店，想像自己是黑白廣告片的男女主角，喝一杯書店的咖啡，閉上眼睛緩慢感受忙碌之餘的清閒。

誠品是臺灣成功打造的「文化書店品牌」，它卓越的企業設計系統刻劃了品牌的個性、凸顯了品牌的精神，而一舉成為臺北的代名詞，尤其誠品信義店是全亞洲少見的超級大書店，它地上地下共計八層，有 7 千 5 百坪，其中二樓到四樓為各種型態的主題書區，藏書 30 萬種、超過百萬冊書籍，同時首創「店中店」的方式經營書店：簡體書店、日文館、藝術書店，為臺灣打造了閱讀與文化空間的無敵視野格局，這個點子不來自國外，而是我們自己想到，並在 2020 年接棒「敦南誠品」成為 24hr 書店。最初的誠品書店是從天母的中山北路開始，那時它暖色系的木頭空間、貼心的看書桌椅、芬芳馨香的書架曾讓無數的書迷驚豔，我們曾經以為這樣的書店也許只會曇花一現，但它卻開創了屬於自己的藍海。

現在，說起臺北，旅人們會想到什麼呢？答案應該脫離不了是小吃、夜市以及誠品書店。不打烊的誠品書店，讓夜貓子有了酒吧、夜店之外清新的去處這樣的點子，除了古靈精怪的臺灣人，還有誰想得到？「我在睡不著的凌晨一點逛書店」這是臺灣人獨占的幸福。

不過對一些臺灣人而言，誠品是用來悠閒逛街、感受文化的地方，若論荷包，真正適合買書的場所是重慶南路與師大路永遠都在打折的書街。

若論挖寶，光華商場的舊書攤，還有天母胡思、公館的茉莉等二手書店才是更有看頭的去處，一本 50 元張愛玲的未改版的《惘然記》、一本 20 元的舊版金庸文庫，買到它這個下午就樂翻天。

各種與誠品氣息媲美的獨立書店，也是臺灣人的創意衍新：太多熱情的年輕人，讓繽紛的夢想開花，臺大附近那一個專賣女性書籍的女書店，它的招牌至今仍然佇立；臺北國際藝術村的東村小書店，仍然在苦心經營一個只賣藝術書籍的書坊。

臺灣是歷史不久的小島，沒有京都隨處可見的百年寺廟、沒有歐洲常見的壯闊大教堂、沒有動人心弦的雪景、沒有驚鴻一瞥的極光，但我們有外國沒有的不打烊書店、我們有少見的有獨立風情的書店，在這些各式風情的書店裡，讓我們感受臺灣文化向上的動力，讓我們感受年輕人夢想不斷的萌芽與滋長，讓我們感覺臺北是一個骨子其實很美的城市，讓我們感覺在臺灣生活其實有很多意想不到的樂趣！

玖、臺灣便利商店－密度世界 Number1 與 24hr 拼搏精神

你知道嗎？臺灣是全世界便利商店密度最高的地方，截至 2019 年底，國內便利商店的總數已達 11,000 家，還不包含非連鎖體系，便利商店總數首度超過日本，成為全球擁有便利商店最多的地方；你聽說過嗎？全國所有的便利商店都是 24hr，也只有臺灣才有，而且影響所及，也帶動臺灣速食業等其他產業，也逐步考量 24hr 的經營模式，甚至臺灣連寺廟，例如臺北的龍山寺，都是 24hr 營業，臺灣連神明都不打烊，這充分代表了臺灣人的拼搏精神。

以便利商店密度而言，臺灣 2 千 300 萬人口，平均每 3 千人就有一家便利商店，走在路上，仔細觀察，您將發現總是走不到百步，就有一家窗明几淨的便利商店在眼前出現。現在臺灣人到外地旅遊，很難適應一個沒有便利商店的地方，也將居住場所是否擁有便利商店，視作生活機能的首要考量。

便利商店究竟有多妙？這可不是在作廣告，它彷彿是個微型的「生活雜貨賣場＋藥妝店＋書店」，提供人們即時解決生活小困難的幸福，而臺灣人正擁有這種便利幸福，不管多晚、無論寒暑、不談年節、不計風雨，我們都有便利商店相隨左右！

肚子餓慌時，便利商店提供各種中西微波熱食、甜鹹麵包，讓我們立即解除五臟廟即將被飢餓淪陷的危機。

當無聊難耐時，便利商店的書報雜誌音樂 CD 隨時抵消寂寞與孤獨；當你趕赴約會，卻將本命（最重要的意思）的睫毛膏遺落在路上，便利商店迷你的梳妝櫃，救回你的美麗。

有一個流傳已久的故事：某個農曆年的除夕夜，當臺北市成為空城時，一個肚子餓到乾癟的外國人在便利商店得到解救。當我就讀大學時，跟著朋友坐著夜車出遊，肚子空空，抵達恆春時，在凌晨五點的曙光下，看到便利商店，即快樂的衝進去買麵包。這就是便利商店的神奇魔力。我們擁有隨時解決生活不便的幸福，密集的便利商店時時抵銷我們的不便與孤獨。

其實從便利商店的密度，可以窺見一個社會的群體個性，就像從一個人的走路速度可以看出他做事的態度。（走路快者，通常個性積極）亞洲，尤其臺灣、日本、香港地區擁有最多的便利商店，這正反應我們民族的積極性格。我們的經濟奇蹟、我們中小企業老闆比例居全球之冠的事實，都可看見我們重視效率、積極有幹勁的社會性格，我們需要便利商店，急切解除生活上的不便，渴望用剩餘的時間作更多的事，我們潛意識中有一種追求效率的特質，這讓我們不停地往目標前進，因此，便利商店不斷的開發。歐洲國家就少有便利商店，也許因為他們在十九世紀掠奪太多亞洲國家資源，所以少有便利商店，因此他們得以慢調斯理的享受文化，他們少見新穎的便利商店，較常見的是老奶奶的雜貨舖，我們正一步步往文明與科技前進，他們毫不擔憂地享受歷史累積給他們在生活上的幸運。

世界第一家便利商店來自美國德州，它從食品雜貨商店、自選市場和熟食店演變而來。而第一家「24 小時」營業的便利商店，據傳卻是源自於臺灣？民國 69 年，臺灣引進第一家便利商店 7-ELEVEN，營業時間原本比照美國，是早上七點到晚上十一點。當時位於長安門市的臺灣第一家 7-

ELEVEN，來客不多，業績一直清淡，有一天颱風夜，當時店員無法下班回家，只好在店裡待著，想不到狂風大雨的三更半夜，顧客卻接二連三的光顧，7-ELEVEN 便從這個事件，體會出顧客隨時隨地都有購物的需求，創造了一種新的商機，因此當時的臺灣 7-ELEVEN 便極其大膽的把營業時間延長至二十四小時。

臺灣便利商店的龍頭品牌 7-ELEVEN，還有一項創舉，就是將每年的 7 月 11 日訂為「7-ELEVEN Day」，據說此傳統為臺灣 7-ELEVEN 所創，美國、日本都沒有喔！創立 7-ELEVEN Day 最早的目的，是希望後勤單位不要忘記第一線門市店作業的辛苦，因此選定每年的此日，所有臺灣 7-ELEVEN 後勤單位人員包含所有高級主管，都要到門市上班一天，因此又稱「並肩工作日」，後來其他國家陸續仿效，由此看出，臺灣的便利商店不僅是一個微型購物商場，也可從便利商店在臺灣發展出來的各種「衍生性創意」，發現臺灣移民性格裡追求效率、永遠打拼的卓越優勢！

拾、全民健保－臺灣人不怕生病的理由

移民國外、拿綠卡的臺灣民眾，最捨不得放棄作為一個臺灣人的「權利」是什麼？答案就是臺灣的全民健保，因為國外生病的代價，昂貴的讓人難以想像；很多在中國大陸的臺商，幾乎每次回臺灣，最重要的一件事，就是利用健保去看病，因為臺灣的醫療品質，比起大陸實際上好太多了，臺灣的民眾對政府或多或少都有些抱怨，但臺灣歷次民調都顯示，民眾對全民健保的滿意度高達 7 成。根據英國 Healthcare international 季刊 2000 年的報導，27 個主要國家中臺灣名列最健康國家的第二名，獲得各國公共衛生專家的肯定。更重要的是，臺灣的健保收費恐怕也是目前世界各國中最低的，也因此，很多國家，尤其是中國大陸民眾對於臺灣的全民健保制度，都感到相當羨慕。

臺灣的全民健保是一種照護全民健康的社會保險制度，它讓每一個臺灣人的健康都獲得保障。在全民健保開辦以前，臺灣只有一部分的人享有公、勞、農保的照顧，但是老人、小孩、家庭主婦及學生若非眷屬，就沒有這項保障。實施健保以後，不分男女老幼、不分貧富貴賤，每個人都能獲得適當的醫療照顧，於是，全民的健康，都有了保障。而且健保的根本精神，就是「助己助人、資源共享」，當我們健康沒病時所繳的健保費，可以先提供給遭遇重大疾病的人使用，作為他們就醫看診的費用，讓需要幫助的家庭，在經濟上沒有後顧之憂，能夠全心全意的照顧病人，降低對家庭經濟的衝擊，這是全民健保最大的好處。

「有健保的幸福，只有接受過健保幫助的人才知道…」，臺灣過去在沒有全民健保的時候，弱勢族群家庭，要是其中有一個成員生病了，往往就會造成整個家庭生活的破產，尤其是罹患慢性重症的病患，那更會造成貧窮人家永無休止的負擔，例如，洗腎與癌症過去叫做「有錢人病」，因為只有有錢人能夠負擔洗腎與治療癌症手術、化療的龐大開銷，洗腎一次過去在沒有全民健保的時代，就要花三千元臺幣，許多家裡親人需要洗腎的，往往最終造成家人龐大負債；而癌症過去要是窮人罹患了，那幾乎只能夠「等死」，現在臺灣有了全民健保，對於許多弱勢族群而言，生病不再是件太可怕的事情，而癌症也不再是絕症，因為有了健保的支付，大家都能夠獲得治療的機會，同時，醫藥費也不至於拖垮家庭的經濟負擔。

拾壹、臺灣布袋戲－最代表臺灣的意象

布偶＋美國經典音樂＋中國功夫＋國臺語流行歌曲＋電子聲光效果＋章回小說＋北管＋平劇，最後會誕生出什麼樣的東西？答案是臺灣布袋戲！當美國、日本的卡漫文化成為多數臺灣小孩的童年時，屬於臺灣的童年趣味還有什麼？答案還是布袋戲！它是我們獨一無二的民俗特產，將連接上一代與下一代的回憶，成為承先啟後的文化力。

95 年行政院新聞局舉辦的「尋找臺灣意象」中，布袋戲得到票選第一名，可見大多數的臺灣人都同意：最有臺灣味的一幅圖畫就是布袋戲！布袋戲並非臺灣所創，卻是在臺灣深根、在臺灣人手上歷經輝煌燦爛般流金歲月，並打進日本（固定收視群）、紐約（受邀演出）、法國（文藝季參演）等全球市場的民俗文藝。沒有人會反對，隱含顯赫武功、埋藏多年文化、歷經百年洗禮的布袋戲是屬於臺灣的驕傲，它是象徵正港臺灣人精神的戲劇。

創造出第一個轟動臺灣街頭巷尾、幾乎無人不知、無人不曉的布袋戲「史艷文」，就是有「史豔文之父」之稱的臺灣布袋戲祖師爺黃海岱，他登上 Discovery 探索頻道的節目《臺灣人物誌》，讓世人都知道臺灣光輝燦爛的民俗；霹靂布袋戲不但創新布袋戲演繹模式，還藉由電視、電影、網路、電子遊戲等多媒體拓展文化新視野。電影《聖石傳說》不但製作精細、媲美好萊塢聲光電影，更遠赴東瀛風光上映，PILI Taiwan《聖石傳說》也跨海參與法蘭克福書展，讓這個收視人口平均達三百五十萬戶以上的臺灣之光進軍歐美！

布袋戲源自於中國的傀儡戲，傀儡戲到宋代發展至頂峰，清代已成為普遍的中國戲曲，福州、泉州、彰州一帶最為熱烈，不但戲偶、戲曲、戲臺都自成一格，也成為掌中戲的發展重地。

隨著福建藝師的移民、從臺灣出發前往福建一代學藝的藝師返臺，掌中戲流傳到臺灣，成為極受民間歡迎的文藝消遣，最早傳入臺灣的演出形式是由明末清初的小戲棚杖頭傀儡戲演變而來，單人演出、簡單的鑼鼓配樂、短劇形式為主要特徵。隨著歲月更迭，臺灣的掌中戲藝師也漸漸發展出一套屬於自己獨創的演出方式。由於戲偶形如布袋、藝師置放戲偶的布袋，還有早期演出的戲棚形狀很像布帳，讓掌中戲在臺灣發展出屬於自己的稱謂——布袋戲。

民國建立以後，因為有北管、平劇等元素融入，歷史故事、章回小說、民俗演藝改編的劇本作為演出的曲目，讓臺灣布袋戲開始產生重大革命。此時戲班與日遽增，許多戲班不再依循傳統，開始採用武俠小說或自編劇本來吸引觀眾，「劍俠戲」、「金光戲」的產生便是由此而來。

金光戲捨棄傳統的鑼鼓曲目作串場，改用唱片配樂；劇情也脫離歷史故事，改為能吸引更多觀眾的自創劇本。這些打破布袋戲傳統演出的模式，讓金光戲一度大受歡迎，布袋戲戲班在此時大量增加，更多人投入布袋戲的領域。不過，金光戲的劇情發展到後來偏於光怪陸離，一味追求吸引更多觀賞人口，卻讓戲劇模式過於粗糙浮濫而漸漸式微，但金光戲的大膽嘗試，在布袋戲的歷史上，仍占有劃時代的意義。

隨著金光戲的式微，臺灣社會也從農業社會前進至工商業社會，聲光效果兼具的電影、電視成為百姓新的娛樂形式，因此傳統的北管布袋戲也與其他民間戲曲一樣，得面臨改革與衰頹的命運交叉口，這個時候布袋戲藝師們卻宛如壓不扁的玫瑰，拒絕衰頹，選擇了改革的方式，來延續布袋戲的生命，「真五州」的黃俊雄、「新世界掌中劇團」的陳俊然、「寶五州」的鄭一雄等，在布袋戲的歷史裡，就猶如改革派，他們以迎合社會脈動的方式，讓布袋戲得到新生。民國五十九年，「電視布袋戲」成為布袋戲史最重要的轉變，由「真五州」黃俊雄所領銜，將其父親黃海岱的《雲州大儒俠史艷文》在臺視播出，引發萬人空巷的收視熱潮，583 集的連演紀錄，締造了電視節目的收視佳績，也創造出 700 多個以上布袋戲班在臺巡迴演出的空前盛況。1995 年，大霹靂公司成立「霹靂衛星電視臺」，為臺灣首創以本土藝術為號召的電視媒體，全省系統普及率高達 99%，收視人口達 350 萬戶以上，2002 年霹靂布袋戲從新聞局手上領取「新興重要策略性產業執照」，成為臺灣文化產業推動的使命者。

臺灣布袋戲演變至此，除了將已逝的國寶級藝師黃海岱、李天祿的傳統布袋戲繼續傳承下去，其實也融合更多樣現代的因素進來，他們成為臺灣文化的最佳詮釋者，既有傳統的繼承，也有現在不斷創新的因子，就像如今的臺灣文化，其實已經是多種文化，包含中原、閩南、原住民、美國、日本、荷蘭等多國文化的融合、衍生與創新，它也最能代表臺灣的意象。

拾貳、雲門舞集－既本土又國際化的臺灣活文化財

除了小吃、電影、人情味，還有什麼東西可以當作臺灣的代名詞，也許三十三年前誕生的現代舞蹈表演團體「雲門舞集」可以是我們的國寶，一個可以讓我們全體國民觀賞完他們的表演後，能夠由衷感動、由衷感覺幸福的東西。

33 年前，雲門舞集由去年登上亞洲英雄榜的林懷民所創辦，林懷民從古典文學、民間故事、臺灣歷史、社會現象等地方取得編舞素材，將舞碼加進現代舞的前衛觀念，創造出如書法一般行雲流水的舞蹈。很多沒看過現代舞的人，都在雲門舞集的創作裡，找到對舞蹈、對律動，甚至是對土地、對歷史的感動。

有人從被國際芭蕾雜誌譽為編舞藝術經典之作的《薪傳》裡找回對臺灣史詩、臺灣土地的歸屬感、有人從享譽國際的《九歌》裡感受現代舞的華麗與魅力、有人從赫曼·赫塞根據佛傳故事改寫成的小說《流浪者之歌》體會現代舞的深層意涵。

臺灣現代劇場的發展中，可從民國六十九年開始，由姚一葦教授所推動實驗劇展看起，這股實驗劇的風潮，打破已呈僵化的寫實主義，強調創造性。發表作品的劇團，除了蘭陵劇坊外，多半由學校戲劇系的老師、學生及校友組成，比如蔡明亮和王友輝等人組成的「小塢劇場」、國立藝專

影劇科所組成的「大觀劇場」、文化大學藝術研究所組成的「人間世劇團」等。

80 年代，臺灣現代舞可分成兩派，一派是由小劇場起家，爾後結合商業劇場的方向發展的劇團，例如表演工作坊、屏風表演班、果陀劇場等等；另一批則是始終捍衛「小劇場精神」，以探索、前衛為己任的劇團，代表者有「筆記劇場」、「環墟劇場」、「河左岸劇團」等。

雲門舞集在 1973 年成立，以《呂氏春秋》裡的「黃帝時，大容作雲門，大卷……」作為舞團的名稱。這是臺灣第一個職業舞團，也是所有華語社會的第一個當代舞團。

雲門的舞臺上在舞團成立至今呈現了 150 多齣舞作。民間故事、歷史文學，甚至社會現象都是其舞蹈的創作來源，舞者的訓練不僅有現代舞、芭蕾，還加進代表著中國的肢體動作，例如京劇、靜坐、太極導引、拳術等。

平均每場觀眾高達六萬的雲門舞集，除了帶動臺灣民眾觀賞現代舞的熱潮，也經常至海外演出，是國際藝術節的重要來賓。《薪傳》、《九歌》、《行草》、《紅樓夢》、《流浪者之歌》、《水月》、《狂草》等舞碼，都是雲門經典的代表之作。

為了發揚種子教育的精神，雲門於臺灣各地創立了「雲門舞蹈教室」，以多年的專業經驗當作範本教材，透過啟發性的教學，讓小朋友從小培養對於「生活律動」的觸覺與美感。

1999 年，雲門舞集成立子團「雲門舞集 2」，雲門舞集 2 深入臺灣各地校園和社區，希冀讓更多觀眾能夠欣賞到雲門的舞姿。

復興北路一條靜謐的巷子，叫做「雲門巷」；雲門三十週年特別公演的首演日 8 月 21 日，同時訂定為「雲門日」，這不僅是政府肯定雲門舞集為臺灣文化所帶來的實質貢獻，並有感謝雲門舞集 33 年來為臺灣所帶來的感動與榮耀等深深的意涵！在臺灣我們隨時可以與雲門舞集同在，感受其專業的舞蹈與深刻的文化內涵，就是一種擁有生活藝術常伴左右的幸福！

雲門舞集目前每年固定輪流在各城市戶外演出，大如國家戲劇院、小至小鄉鎮學校禮堂、寺廟門口，它不但深入民心，連臺灣阿媽都看的到、看的懂，也走入國際，中時晚報說「雲門舞集是當代臺灣最重要的活文化財」、紐約時報說「雲門舞集的《水月》是當代最佳舞作」、倫敦泰晤士報讚譽「雲門舞集是亞洲第一當代舞團」、法蘭克福匯報則指出「雲門舞集是世界一流的現代舞團」。我們無法對國際形容的中國文化，我們無法對世界發表的臺灣歷史，雲門舞集都透過它美麗的舞姿向世人傳達了，它用文化的力量，讓國際間的人都認識這個曖曖內含光的小島，讓全球的人都知道臺灣不只有厲害的晶圓代工、筆記型電腦，還有溫暖、深度、如詩如畫的文化。

附錄：著作權法

修正日期：民國 108 年 05 月 01 日

第一章　總則

第 1 條　為保障著作人著作權益，調和社會公共利益，促進國家文化發展，特制定本法。本法未規定者，適用其他法律之規定。

第 2 條　本法主管機關為經濟部。

著作權業務，由經濟部指定專責機關辦理。

第 3 條　本法用詞，定義如下：

一、著作：指屬於文學、科學、藝術或其他學術範圍之創作。

二、著作人：指創作著作之人。

三、著作權：指因著作完成所生之著作人格權及著作財產權。

四、公眾：指不特定人或特定之多數人。但家庭及其正常社交之多數人，不在此限。

五、重製：指以印刷、複印、錄音、錄影、攝影、筆錄或其他方法直接、間接、永久或暫時之重複製作。於劇本、音樂著作或其他類似著作演出或播送時予以錄音或錄影；或依建築設計圖或建築模型建造建築物者，亦屬之。

六、公開口述：指以言詞或其他方法向公眾傳達著作內容。

七、公開播送：指基於公眾直接收聽或收視為目的，以有線電、無線電或其他器材之廣播系統傳送訊息之方法，藉聲音或影像，向公眾傳達著作內容。由原播送人以外之人，以有線電、無線電或其他器材之廣播系統傳送訊息之方法，將原播送之聲音或影像向公眾傳達者，亦屬之。

八、公開上映：指以單一或多數視聽機或其他傳送影像之方法於同一時間向現場或現場以外一定場所之公眾傳達著作內容。

九、公開演出：指以演技、舞蹈、歌唱、彈奏樂器或其他方法向現場之公眾傳達著作內容。以擴音器或其他器材，將原播送之聲音或影像向公眾傳達者，亦屬之。

十、公開傳輸：指以有線電、無線電之網路或其他通訊方法，藉聲音或影像向公眾提供或傳達著作內容，包括使公眾得於其各自選定之時間或地點，以上述方法接收著作內容。

十一、改作：指以翻譯、編曲、改寫、拍攝影片或其他方法就原著作另為創作。

十二、散布：指不問有償或無償，將著作之原件或重製物提供公眾交易或流通。

十三、公開展示：指向公眾展示著作內容。

十四、發行：指權利人散布能滿足公眾合理需要之重製物。

十五、公開發表：指權利人以發行、播送、上映、口述、演出、展示或其他方法向公眾公開提示著作內容。

十六、原件：指著作首次附著之物。

十七、權利管理電子資訊：指於著作原件或其重製物，或於著作向公眾傳達時，所表示足以確認著作、著作名稱、著作人、著作財產權人或其授權之人及利用期間或條件之相關電子資訊；以數字、符號表示此類資訊者，亦屬之。

十八、防盜拷措施：指著作權人所採取有效禁止或限制他人擅自進入或利用著作之設備、器材、零件、技術或其他科技方法。

十九、網路服務提供者，指提供下列服務者：

（一）連線服務提供者：透過所控制或營運之系統或網路，以有線或無線方式，提供資訊傳輸、發送、接收，或於前開過程中之中介及短暫儲存之服務者。

（二）快速存取服務提供者：應使用者之要求傳輸資訊後，透過所控制或營運之系統或網路，將該資訊為中介及暫時儲存，以供其後要求傳輸該資訊之使用者加速進入該資訊之服務者。

（三）資訊儲存服務提供者：透過所控制或營運之系統或網路，應使用者之要求提供資訊儲存之服務者。

（四）搜尋服務提供者：提供使用者有關網路資訊之索引、參考或連結之搜尋或連結之服務者。

前項第八款所定現場或現場以外一定場所，包含電影院、俱樂部、錄影帶或碟影片播映場所、旅館房間、供公眾使用之交通工具或其他供不特定人進出之場所。

第 4 條　外國人之著作合於下列情形之一者，得依本法享有著作權。但條約或協定另有約定，經立法院議決通過者，從其約定：

一、於中華民國管轄區域內首次發行，或於中華民國管轄區域外首次發行後三十日內在中華民國管轄區域內發行者。但以該外國人之本國，對中華民國人之著作，在相同之情形下，亦予保護且經查證屬實者為限。

二、依條約、協定或其本國法令、慣例，中華民國人之著作得在該國享有著作權者。

第二章　著作

第 5 條　本法所稱著作，例示如下：

一、語文著作。
二、音樂著作。
三、戲劇、舞蹈著作。
四、美術著作。
五、攝影著作。
六、圖形著作。
七、視聽著作。
八、錄音著作。
九、建築著作。
十、電腦程式著作。

前項各款著作例示內容，由主管機關訂定之。

第 6 條　就原著作改作之創作為衍生著作，以獨立之著作保護之。

衍生著作之保護，對原著作之著作權不生影響。

第 7 條　就資料之選擇及編排具有創作性者為編輯著作，以獨立之著作保護。

編輯著作之保護，對其所收編著作之著作權不生影響。

第 7-1 條　表演人對既有著作或民俗創作之表演，以獨立之著作保護之。

表演之保護，對原著作之著作權不生影響。

第 8 條　二人以上共同完成之著作，其各人之創作，不能分離利用者，為共同著作。

第 9 條　下列各款不得為著作權之標的：

一、憲法、法律、命令或公文。
二、中央或地方機關就前款著作作成之翻譯物或編輯物。

三、標語及通用之符號、名詞、公式、數表、表格、簿冊或時曆。

四、單純為傳達事實之新聞報導所作成之語文著作。

五、依法令舉行之各類考試試題及其備用試題。

前項第一款所稱公文，包括公務員於職務上草擬之文告、講稿、新聞稿及其他文書。

第三章　著作人及著作權

第一節　通則

第 10 條　著作人於著作完成時享有著作權。但本法另有規定者，從其規定。

第 10-1 條　依本法取得之著作權，其保護僅及於該著作之表達，而不及於其所表達之思想、程序、製程、系統、操作方法、概念、原理、發現。

第二節　著作人

第 11 條　受雇人於職務上完成之著作，以該受雇人為著作人。但契約約定以雇用人為著作人者，從其約定。

依前項規定，以受雇人為著作人者，其著作財產權歸雇用人享有。但契約約定其著作財產權歸受雇人享有者，從其約定。

前二項所稱受雇人，包括公務員。

第 12 條　出資聘請他人完成之著作，除前條情形外，以該受聘人為著作人。但契約約定以出資人為著作人者，從其約定。

依前項規定，以受聘人為著作人者，其著作財產權依契約約定歸受聘人或出資人享有。未約定著作財產權之歸屬者，其著作財產權歸受聘人享有。

依前項規定著作財產權歸受聘人享有者，出資人得利用該著作。

第 13 條　在著作之原件或其已發行之重製物上，或將著作公開發表時，以通常之方法表示著作人之本名或眾所周知之別名者，推定為該著作之著作人。

前項規定，於著作發行日期、地點及著作財產權人之推定，準用之。

第 14 條　（刪除）

第三節　著作人格權

第 15 條　著作人就其著作享有公開發表之權利。但公務員，依第十一條及第十二條規定為著作人，而著作財產權歸該公務員隸屬之法人享有者，不適用之。

有下列情形之一者，推定著作人同意公開發表其著作：

一、著作人將其尚未公開發表著作之著作財產權讓與他人或授權他人利用時，因著作財產權之行使或利用而公開發表者。

二、著作人將其尚未公開發表之美術著作或攝影著作之著作原件或其重製物讓與他人，受讓人以其著作原件或其重製物公開展示者。

三、依學位授予法撰寫之碩士、博士論文，著作人已取得學位者。

依第十一條第二項及第十二條第二項規定，由雇用人或出資人自始取得尚未公開發表著作之著作財產權者，因其著作財產權之讓與、行使或利用而公開發表者，視為著作人同意公開發表其著作。

前項規定，於第十二條第三項準用之。

第 16 條　著作人於著作之原件或其重製物上或於著作公開發表時，有表示其本名、別名或不具名之權利。著作人就其著作所生之衍生著作，亦有相同之權利。

前條第一項但書規定，於前項準用之。

利用著作之人，得使用自己之封面設計，並加冠設計人或主編之姓名或名稱。但著作人有特別表示或違反社會使用慣例者，不在此限。

依著作利用之目的及方法，於著作人之利益無損害之虞，且不違反社會使用慣例者，得省略著作人之姓名或名稱。

第 17 條　著作人享有禁止他人以歪曲、割裂、竄改或其他方法改變其著作之內容、形式或名目致損害其名譽之權利。

第 18 條　著作人死亡或消滅者，關於其著作人格權之保護，視同生存或存續，任何人不得侵害。但依利用行為之性質及程度、社會之變動或其他情事可認為

不違反該著作人之意思者，不構成侵害。

第 19 條　共同著作之著作人格權，非經著作人全體同意，不得行使之。各著作人無正當理由者，不得拒絕同意。

共同著作之著作人，得於著作人中選定代表人行使著作人格權。

對於前項代表人之代表權所加限制，不得對抗善意第三人。

第 20 條　未公開發表之著作原件及其著作財產權，除作為買賣之標的或經本人允諾者外，不得作為強制執行之標的。

第 21 條　著作人格權專屬於著作人本身，不得讓與或繼承。

第四節　著作財產權

第一款　著作財產權之種類

第22條　著作人除本法另有規定外，專有重製其著作之權利。

表演人專有以錄音、錄影或攝影重製其表演之權利。

前二項規定，於專為網路合法中繼性傳輸，或合法使用著作，屬技術操作過程中必要之過渡性、附帶性而不具獨立經濟意義之暫時性重製，不適用之。但電腦程式著作，不在此限。

前項網路合法中繼性傳輸之暫時性重製情形，包括網路瀏覽、快速存取或其他為達成傳輸功能之電腦或機械本身技術上所不可避免之現象。

第23條　著作人專有公開口述其語文著作之權利。

第24條　著作人除本法另有規定外，專有公開播送其著作之權利。

表演人就其經重製或公開播送後之表演，再公開播送者，不適用前項規定。

第25條　著作人專有公開上映其視聽著作之權利。

第26條　著作人除本法另有規定外，專有公開演出其語文、音樂或戲劇、舞蹈著作之權利。

表演人專有以擴音器或其他器材公開演出其表演之權利。但將表演重製後或公開播送後再以擴音器或其他器材公開演出者，不在此限。

錄音著作經公開演出者，著作人得請求公開演出之人支付使用報酬。

第 26-1 條　著作人除本法另有規定外，專有公開傳輸其著作之權利。

表演人就其經重製於錄音著作之表演，專有公開傳輸之權利。

第 27 條　著作人專有公開展示其未發行之美術著作或攝影著作之權利。

第 28 條　著作人專有將其著作改作成衍生著作或編輯成編輯著作之權利。但表演不適用之。

第 28-1 條　著作人除本法另有規定外，專有以移轉所有權之方式，散布其著作之權利。

表演人就其經重製於錄音著作之表演，專有以移轉所有權之方式散布之權利。

第 29 條　著作人除本法另有規定外，專有出租其著作之權利。

表演人就其經重製於錄音著作之表演，專有出租之權利。

第 29-1 條　依第十一條第二項或第十二條第二項規定取得著作財產權之雇用人或出資人，專有第二十二條至第二十九條規定之權利。

第二款　著作財產權之存續期間

第 30 條　著作財產權，除本法另有規定外，存續於著作人之生存期間及其死亡後五十年。

著作於著作人死亡後四十年至五十年間首次公開發表者，著作財產權之期間，自公開發表時起存續十年。

第 31 條　共同著作之著作財產權，存續至最後死亡之著作人死亡後五十年。

第 32 條　別名著作或不具名著作之著作財產權，存續至著作公開發表後五十年。但可證明其著作人死亡已逾五十年者，其著作財產權消滅。

前項規定，於著作人之別名為眾所周知者，不適用之。

第 33 條　法人為著作人之著作，其著作財產權存續至其著作公開發表後五十年。但著作在創作完成時起算五十年內未公開發表者，其著作財產權存續至創作完成時起五十年。

第 34 條　攝影、視聽、錄音及表演之著作財產權存續至著作公開發表後五十年。

前條但書規定，於前項準用之。

第 35 條　第三十條至第三十四條所定存續期間，以該期間屆滿當年之末日為期間之終止。

繼續或逐次公開發表之著作，依公開發表日計算著作財產權存續期間時，如各次公開發表能獨立成一著作者，著作財產權存續期間自各別公開發表日起算。如各次公開發表不能獨立成一著作者，以能獨立成一著作時之公開發表日起算。

前項情形，如繼續部分未於前次公開發表日後三年內公開發表者，其著作財產權存續期間自前次公開發表日起算。

第三款　著作財產權之讓與、行使及消滅

第 36 條　著作財產權得全部或部分讓與他人或與他人共有。

著作財產權之受讓人，在其受讓範圍內，取得著作財產權。

著作財產權讓與之範圍依當事人之約定；其約定不明之部分，推定為未讓與。

第 37 條　著作財產權人得授權他人利用著作，其授權利用之地域、時間、內容、利用方法或其他事項，依當事人之約定；其約定不明之部分，推定為未授權。

前項授權不因著作財產權人嗣後將其著作財產權讓與或再為授權而受影響。

非專屬授權之被授權人非經著作財產權人同意，不得將其被授與之權利再授權第三人利用。

專屬授權之被授權人在被授權範圍內，得以著作財產權人之地位行使權利，並得以自己名義為訴訟上之行為。著作財產權人在專屬授權範圍內，不得行使權利。

第二項至前項規定，於中華民國九十年十一月十二日本法修正施行前所為之授權，不適用之。

有下列情形之一者，不適用第七章規定。但屬於著作權集體管理團體管理之著作，不在此限：

一、音樂著作經授權重製於電腦伴唱機者，利用人利用該電腦伴唱機公開演出該著作。

二、將原播送之著作再公開播送。

三、以擴音器或其他器材，將原播送之聲音或影像向公眾傳達。

四、著作經授權重製於廣告後，由廣告播送人就該廣告為公開播送或同步公開傳輸，向公眾傳達。

第 38 條　（刪除）

第 39 條　以著作財產權為質權之標的物者，除設定時另有約定外，著作財產權人得行使其著作財產權。

第 40 條　共同著作各著作人之應有部分，依共同著作人間之約定定之；無約定者，依各著作人參與創作之程度定之。各著作人參與創作之程度不明時，推定為均等。

共同著作之著作人拋棄其應有部分者，其應有部分由其他共同著作人依其應有部分之比例分享之。

前項規定，於共同著作之著作人死亡無繼承人或消滅後無承受人者，準用之。

第 40-1 條　共有之著作財產權，非經著作財產權人全體同意，不得行使之；各著作財產權人非經其他共有著作財產權人之同意，不得以其應有部分讓與他人或為他人設定質權。各著作財產權人，無正當理由者，不得拒絕同意。

共有著作財產權人，得於著作財產權人中選定代表人行使著作財產權。對於代表人之代表權所加限制，不得對抗善意第三人。

前條第二項及第三項規定，於共有著作財產權準用之。

第 41 條　著作財產權人投稿於新聞紙、雜誌或授權公開播送著作者，除另有約定外，推定僅授與刊載或公開播送一次之權利，對著作財產權人之其他權利不生影響。

第 42 條　著作財產權因存續期間屆滿而消滅。於存續期間內，有下列情形之一者，亦同：

一、著作財產權人死亡，其著作財產權依法應歸屬國庫者。

二、著作財產權人為法人，於其消滅後，其著作財產權依法應歸屬於地方自治團體者。

第 43 條　著作財產權消滅之著作，除本法另有規定外，任何人均得自由利用。

第四款　著作財產權之限制

第 44 條　中央或地方機關，因立法或行政目的所需，認有必要將他人著作列為內部參考資料時，在合理範圍內，得重製他人之著作。但依該著作之種類、用途及其重製物之數量、方法，有害於著作財產權人之利益者，不在此限。

第 45 條　專為司法程序使用之必要，在合理範圍內，得重製他人之著作。

前條但書規定，於前項情形準用之。

第 46 條　依法設立之各級學校及其擔任教學之人，為學校授課需要，在合理範圍內，得重製他人已公開發表之著作。

第四十四條但書規定，於前項情形準用之。

第 47 條　為編製依法令應經教育行政機關審定之教科用書，或教育行政機關編製教科用書者，在合理範圍內，得重製、改作或編輯他人已公開發表之著作。

前項規定，於編製附隨於該教科用書且專供教學之人教學用之輔助用品，準用之。但以由該教科用書編製者編製為限。

依法設立之各級學校或教育機構，為教育目的之必要，在合理範圍內，得公開播送他人已公開發表之著作。

前三項情形，利用人應將利用情形通知著作財產權人並支付使用報酬。使用報酬率，由主管機關定之。

第 48 條　供公眾使用之圖書館、博物館、歷史館、科學館、藝術館或其他文教機構，於下列情形之一，得就其收藏之著作重製之：

一、應閱覽人供個人研究之要求，重製已公開發表著作之一部分，或期刊或已公開發表之研討會論文集之單篇著作，每人以一份為限。

二、基於保存資料之必要者。

三、就絕版或難以購得之著作，應同性質機構之要求者。

第 48-1 條　中央或地方機關、依法設立之教育機構或供公眾使用之圖書館，得重製下列已公開發表之著作所附之摘要：

一、依學位授予法撰寫之碩士、博士論文，著作人已取得學位者。

二、刊載於期刊中之學術論文。

三、已公開發表之研討會論文集或研究報告。

第 49 條　以廣播、攝影、錄影、新聞紙、網路或其他方法為時事報導者，在報導之必要範圍內，得利用其報導過程中所接觸之著作。

第 50 條　以中央或地方機關或公法人之名義公開發表之著作，在合理範圍內，得重製、公開播送或公開傳輸。

第 51 條　供個人或家庭為非營利之目的，在合理範圍內，得利用圖書館及非供公眾使用之機器重製已公開發表之著作。

第 52 條　為報導、評論、教學、研究或其他正當目的之必要，在合理範圍內，得引用已公開發表之著作。

第 53 條　中央或地方政府機關、非營利機構或團體、依法立案之各級學校，為專供視覺障礙者、學習障礙者、聽覺障礙者或其他感知著作有困難之障礙者使用之目的，得以翻譯、點字、錄音、數位轉換、口述影像、附加手語或其他方式利用已公開發表之著作。

前項所定障礙者或其代理人為供該障礙者個人非營利使用，準用前項規定。

依前二項規定製作之著作重製物，得於前二項所定障礙者、中央或地方政府機關、非營利機構或團體、依法立案之各級學校間散布或公開傳輸。

第 54 條　中央或地方機關、依法設立之各級學校或教育機構辦理之各種考試，得重製已公開發表之著作，供為試題之用。但已公開發表之著作如為試題者，不適用之。

第 55 條　非以營利為目的，未對觀眾或聽眾直接或間接收取任何費用，且未對表演人支付報酬者，得於活動中公開口述、公開播送、公開上映或公開演出他人已公開發表之著作。

第 56 條　廣播或電視，為公開播送之目的，得以自己之設備錄音或錄影該著作。但以其公開播送業經著作財產權人之授權或合於本法規定者為限。

前項錄製物除經著作權專責機關核准保存於指定之處所外，應於錄音或錄影後六個月內銷燬之。

第 56-1 條　為加強收視效能，得以依法令設立之社區共同天線同時轉播依法設立無線電視臺播送之著作，不得變更其形式或內容。

第 57 條　美術著作或攝影著作原件或合法重製物之所有人或經其同意之人，得公開展示該著作原件或合法重製物。

前項公開展示之人，為向參觀人解說著作，得於說明書內重製該著作。

第 58 條　於街道、公園、建築物之外壁或其他向公眾開放之戶外場所長期展示之美術著作或建築著作，除下列情形外，得以任何方法利用之：

一、以建築方式重製建築物。
二、以雕塑方式重製雕塑物。
三、為於本條規定之場所長期展示目的所為之重製。
四、專門以販賣美術著作重製物為目的所為之重製。

第 59 條　合法電腦程式著作重製物之所有人得因配合其所使用機器之需要，修改其程式，或因備用存檔之需要重製其程式。但限於該所有人自行使用。

前項所有人因滅失以外之事由，喪失原重製物之所有權者，除經著作財產權人同意外，應將其修改或重製之程式銷燬之。

第 59-1 條　在中華民國管轄區域內取得著作原件或其合法重製物所有權之人，得以移轉所有權之方式散布之。

第 60 條　著作原件或其合法著作重製物之所有人，得出租該原件或重製物。但錄音及電腦程式著作，不適用之。

附含於貨物、機器或設備之電腦程式著作重製物，隨同貨物、機器或設備合法出租且非該項出租之主要標的物者，不適用前項但書之規定。

第 61 條　揭載於新聞紙、雜誌或網路上有關政治、經濟或社會上時事問題之論述，得由其他新聞紙、雜誌轉載或由廣播或電視公開播送，或於網路上公開傳輸。但經註明不許轉載、公開播送或公開傳輸者，不在此限。

第 62 條　政治或宗教上之公開演說、裁判程序及中央或地方機關之公開陳述，任何人得利用之。但專就特定人之演說或陳述，編輯成編輯著作者，應經著作財產權人之同意。

第 63 條　依第四十四條、第四十五條、第四十八條第一款、第四十八條之一至第五十條、第五十二條至第五十五條、第六十一條及第六十二條規定得利用他人著作者，得翻譯該著作。

依第四十六條及第五十一條規定得利用他人著作者，得改作該著作。

依第四十六條至第五十條、第五十二條至第五十四條、第五十七條第二項、第五十八條、第六十一條及第六十二條規定利用他人著作者，得散布該著作。

第 64 條　依第四十四條至第四十七條、第四十八條之一至第五十條、第五十二條、第五十三條、第五十五條、第五十七條、第五十八條、第六十條至第六十三條規定利用他人著作者，應明示其出處。

前項明示出處，就著作人之姓名或名稱，除不具名著作或著作人不明者外，應以合理之方式為之。

第 65 條　著作之合理使用，不構成著作財產權之侵害。

著作之利用是否合於第四十四條至第六十三條所定之合理範圍或其他合理使用之情形，應審酌一切情狀，尤應注意下列事項，以為判斷之基準：

一、利用之目的及性質，包括係為商業目的或非營利教育目的。

二、著作之性質。

三、所利用之質量及其在整個著作所占之比例。

四、利用結果對著作潛在市場與現在價值之影響。

著作權人團體與利用人團體就著作之合理使用範圍達成協議者，得為前項判斷之參考。

前項協議過程中，得諮詢著作權專責機關之意見。

第 66 條　第四十四條至第六十三條及第六十五條規定，對著作人之著作人格權不生影響。

第五款　著作利用之強制授權

第 67 條　（刪除）

第 68 條　（刪除）

第 69 條　錄有音樂著作之銷售用錄音著作發行滿六個月，欲利用該音樂著作錄製其他銷售用錄音著作者，經申請著作權專責機關許可強制授權，並給付使用報酬後，得利用該音樂著作，另行錄製。

前項音樂著作強制授權許可、使用報酬之計算方式及其他應遵行事項之辦法，由主管機關定之。

第 70 條　依前條規定利用音樂著作者，不得將其錄音著作之重製物銷售至中華民國管轄區域外。

第 71 條　依第六十九條規定，取得強制授權之許可後，發現其申請有虛偽情事者，著作權專責機關應撤銷其許可。

依第六十九條規定，取得強制授權之許可後，未依著作權專責機關許可之方式利用著作者，著作權專責機關應廢止其許可。

第 72 條　（刪除）

第 73 條　（刪除）

第 74 條　（刪除）

第 75 條　（刪除）

第 76 條　（刪除）

第 77 條　（刪除）

第 78 條　（刪除）

第四章　製版權

第 79 條　無著作財產權或著作財產權消滅之文字著述或美術著作，經製版人就文字著述整理印刷，或就美術著作原件以影印、印刷或類似方式重製首次發行，並依法登記者，製版人就其版面，專有以影印、印刷或類似方式重製之權利。

製版人之權利，自製版完成時起算存續十年。

前項保護期間，以該期間屆滿當年之末日，為期間之終止。

製版權之讓與或信託，非經登記，不得對抗第三人。

製版權登記、讓與登記、信託登記及其他應遵行事項之辦法，由主管機關定之。

第 80 條　第四十二條及第四十三條有關著作財產權消滅之規定、第四十四條至第四十八條、第四十九條、第五十一條、第五十二條、第五十四條、第六十四條及第六十五條關於著作財產權限制之規定，於製版權準用之。

第四章之一　權利管理電子資訊及防盜拷措施

第 80-1 條　著作權人所為之權利管理電子資訊，不得移除或變更。但有下列情形之一者，不在此限：

一、因行為時之技術限制，非移除或變更著作權利管理電子資訊即不能合法利用該著作。

二、錄製或傳輸系統轉換時，其轉換技術上必要之移除或變更。

明知著作權利管理電子資訊，業經非法移除或變更者，不得散布或意圖散布而輸入或持有該著作原件或其重製物，亦不得公開播送、公開演出或公開傳輸。

第 80-2 條　著作權人所採取禁止或限制他人擅自進入著作之防盜拷措施，未經合法授權不得予以破解、破壞或以其他方法規避之。

破解、破壞或規避防盜拷措施之設備、器材、零件、技術或資訊，未經合法授權不得製造、輸入、提供公眾使用或為公眾提供服務。

前二項規定，於下列情形不適用之：

一、為維護國家安全者。

二、中央或地方機關所為者。

三、檔案保存機構、教育機構或供公眾使用之圖書館，為評估是否取得資料所為者。

四、為保護未成年人者。

五、為保護個人資料者。

六、為電腦或網路進行安全測試者。

七、為進行加密研究者。

八、為進行還原工程者。

九、為依第四十四條至第六十三條及第六十五條規定利用他人著作者。

十、其他經主管機關所定情形。

前項各款之內容，由主管機關定之，並定期檢討。

第五章　著作權集體管理團體與著作權審議及調解委員會

第 81 條　著作財產權人為行使權利、收受及分配使用報酬，經著作權專責機關之許可，得組成著作權集體管理團體。

專屬授權之被授權人，亦得加入著作權集體管理團體。

第一項團體之許可設立、組織、職權及其監督、輔導，另以法律定之。

第 82 條　著作權專責機關應設置著作權審議及調解委員會，辦理下列事項：

一、第四十七條第四項規定使用報酬率之審議。

二、著作權集體管理團體與利用人間，對使用報酬爭議之調解。

三、著作權或製版權爭議之調解。

四、其他有關著作權審議及調解之諮詢。

前項第三款所定爭議之調解，其涉及刑事者，以告訴乃論罪之案件為限。

第 82-1 條　著作權專責機關應於調解成立後七日內，將調解書送請管轄法院審核。

前項調解書，法院應儘速審核，除有違反法令、公序良俗或不能強制執行者外，應由法官簽名並蓋法院印信，除抽存一份外，發還著作權專責機關送達當事人。

法院未予核定之事件，應將其理由通知著作權專責機關。

第 82-2 條　調解經法院核定後，當事人就該事件不得再行起訴、告訴或自訴。

前項經法院核定之民事調解，與民事確定判決有同一之效力；經法院核定之刑事調解，以給付金錢或其他代替物或有價證券之一定數量為標的者，其調解書具有執行名義。

第 82-3 條　民事事件已繫屬於法院，在判決確定前，調解成立，並經法院核定者，視為於調解成立時撤回起訴。

刑事事件於偵查中或第一審法院辯論終結前，調解成立，經法院核定，並經當事人同意撤回者，視為於調解成立時撤回告訴或自訴。

第 82-4 條　民事調解經法院核定後，有無效或得撤銷之原因者，當事人得向原核定法院提起宣告調解無效或撤銷調解之訴。

前項訴訟，當事人應於法院核定之調解書送達後三十日內提起之。

第 83 條　前條著作權審議及調解委員會之組織規程及有關爭議之調解辦法，由主管機關擬訂，報請行政院核定後發布之。

第六章　權利侵害之救濟

第 84 條　著作權人或製版權人對於侵害其權利者，得請求排除之，有侵害之虞者，得請求防止之。

第 85 條　侵害著作人格權者，負損害賠償責任。雖非財產上之損害，被害人亦得請求賠償相當之金額。

前項侵害，被害人並得請求表示著作人之姓名或名稱、更正內容或為其他回復名譽之適當處分。

第 86 條　著作人死亡後，除其遺囑另有指定外，下列之人，依順序對於違反第十八條或有違反之虞者，得依第八十四條及前條第二項規定，請求救濟：

一、配偶。

二、子女。

三、父母。

四、孫子女。

五、兄弟姊妹。

六、祖父母。

第 87 條　有下列情形之一者，除本法另有規定外，視為侵害著作權或製版權：

一、以侵害著作人名譽之方法利用其著作者。

二、明知為侵害製版權之物而散布或意圖散布而公開陳列或持有者。

三、輸入未經著作財產權人或製版權人授權重製之重製物或製版物者。

四、未經著作財產權人同意而輸入著作原件或其國外合法重製物者。

五、以侵害電腦程式著作財產權之重製物作為營業之使用者。

六、明知為侵害著作財產權之物而以移轉所有權或出租以外之方式散布者，或明知為侵害著作財產權之物，意圖散布而公開陳列或持有者。

七、未經著作財產權人同意或授權，意圖供公眾透過網路公開傳輸或重製他人著作，侵害著作財產權，對公眾提供可公開傳輸或重製著作之電腦程式或其他技術，而受有利益者。

八、明知他人公開播送或公開傳輸之著作侵害著作財產權，意圖供公眾透過網路接觸該等著作，有下列情形之一而受有利益者：

（一）提供公眾使用匯集該等著作網路位址之電腦程式。

（二）指導、協助或預設路徑供公眾使用前目之電腦程式。

（三）製造、輸入或銷售載有第一目之電腦程式之設備或器材。

前項第七款、第八款之行為人，採取廣告或其他積極措施，教唆、誘使、煽惑、說服公眾利用者，為具備該款之意圖。

第 87-1 條　有下列情形之一者，前條第四款之規定，不適用之：

一、為供中央或地方機關之利用而輸入。但為供學校或其他教育機構之利用而輸入或非以保存資料之目的而輸入視聽著作原件或其重製物者，不在此限。

二、為供非營利之學術、教育或宗教機構保存資料之目的而輸入視聽著作原件或一定數量重製物，或為其圖書館借閱或保存資料之目的而輸入視聽著作以外之其他著作原件或一定數量重製物，並應依第四十八條規定利用之。

三、為供輸入者個人非散布之利用或屬入境人員行李之一部分而輸入著作原件或一定數量重製物者。

四、中央或地方政府機關、非營利機構或團體、依法立案之各級學校，為專供視覺障礙者、學習障礙者、聽覺障礙者或其他感知著作有困難之障礙者使用之目的，得輸入以翻譯、點字、錄音、數位轉換、口述影像、附加手語或其他方式重製之著作重製物，並應依第五十三條規定利用之。

五、附含於貨物、機器或設備之著作原件或其重製物，隨同貨物、機器或設備之合法輸入而輸入者，該著作原件或其重製物於使用或操作貨物、機器或設備時不得重製。

六、附屬於貨物、機器或設備之說明書或操作手冊隨同貨物、機器或設備之合法輸入而輸入者。但以說明書或操作手冊為主要輸入者，不在此限。

前項第二款及第三款之一定數量，由主管機關另定之。

第 88 條　因故意或過失不法侵害他人之著作財產權或製版權者，負損害賠償責任。

數人共同不法侵害者，連帶負賠償責任。

前項損害賠償，被害人得依下列規定擇一請求：

一、依民法第二百十六條之規定請求。但被害人不能證明其損害時，得以其行使權利依通常情形可得預期之利益，減除被侵害後行使同一權利所得利益之差額，為其所受損害。

二、請求侵害人因侵害行為所得之利益。但侵害人不能證明其成本或必要費用時，以其侵害行為所得之全部收入，為其所得利益。

依前項規定，如被害人不易證明其實際損害額，得請求法院依侵害情節，在新臺幣一萬元以上一百萬元以下酌定賠償額。如損害行為屬故意且情節重大者，賠償額得增至新臺幣五百萬元。

第 88-1 條　依第八十四條或前條第一項請求時，對於侵害行為作成之物或主要供侵害所用之物，得請求銷燬或為其他必要之處置。

第 89 條　被害人得請求由侵害人負擔費用，將判決書內容全部或一部登載新聞紙、雜誌。

第 89-1 條　第八十五條及第八十八條之損害賠償請求權，自請求權人知有損害及賠償義務人時起，二年間不行使而消滅。自有侵權行為時起，逾十年者亦同。

第 90 條　共同著作之各著作權人，對於侵害其著作權者，得各依本章之規定，請求救濟，並得按其應有部分，請求損害賠償。

前項規定，於因其他關係成立之共有著作財產權或製版權之共有人準用之。

第 90-1 條　著作權人或製版權人對輸入或輸出侵害其著作權或製版權之物者，得申請海關先予查扣。

前項申請應以書面為之，並釋明侵害之事實，及提供相當於海關核估該進口貨物完稅價格或出口貨物離岸價格之保證金，作為被查扣人因查扣所受損害之賠償擔保。

海關受理查扣之申請，應即通知申請人。如認符合前項規定而實施查扣時，應以書面通知申請人及被查扣人。

申請人或被查扣人，得向海關申請檢視被查扣之物。

查扣之物，經申請人取得法院民事確定判決，屬侵害著作權或製版權者，由海關予以沒入。沒入物之貨櫃延滯費、倉租、裝卸費等有關費用暨處理銷燬費用應由被查扣人負擔。

前項處理銷燬所需費用，經海關限期通知繳納而不繳納者，依法移送強制執行。

有下列情形之一者，除由海關廢止查扣依有關進出口貨物通關規定辦理外，申請人並應賠償被查扣人因查扣所受損害：

一、查扣之物經法院確定判決，不屬侵害著作權或製版權之物者。

二、海關於通知申請人受理查扣之日起十二日內，未被告知就查扣物為侵害物之訴訟已提起者。

三、申請人申請廢止查扣者。

前項第二款規定之期限，海關得視需要延長十二日。

有下列情形之一者，海關應依申請人之申請返還保證金：

一、申請人取得勝訴之確定判決或與被查扣人達成和解，已無繼續提供保證金之必要者。

二、廢止查扣後，申請人證明已定二十日以上之期間，催告被查扣人行使權利而未行使者。

三、被查扣人同意返還者。

被查扣人就第二項之保證金與質權人有同一之權利。

海關於執行職務時，發現進出口貨物外觀顯有侵害著作權之嫌者，得於一個工作日內通知權利人並通知進出口人提供授權資料。權利人接獲通知後對於空運出口貨物應於四小時內，空運進口及海運進出口貨物應於一個工作日內至海關協助認定。權利人不明或無法通知，或權利人未於通知期限內至海關協助認定，或經權利人認定系爭標的物未侵權者，若無違反其他通關規定，海關應即放行。

經認定疑似侵權之貨物，海關應採行暫不放行措施。

海關採行暫不放行措施後，權利人於三個工作日內，未依第一項至第十項向海關申請查扣，或未採行保護權利之民事、刑事訴訟程序，若無違反其他通關規定，海關應即放行。

第 90-2 條　前條之實施辦法，由主管機關會同財政部定之。

第 90-3 條　違反第八十條之一或第八十條之二規定，致著作權人受損害者，負賠償責任。數人共同違反者，負連帶賠償責任。

第八十四條、第八十八條之一、第八十九條之一及第九十條之一規定，於違反第八十條之一或第八十條之二規定者，準用之。

第六章之一　網路服務提供者之民事免責事由

第 90-4 條　符合下列規定之網路服務提供者，適用第九十條之五至第九十條之八之規定：

一、以契約、電子傳輸、自動偵測系統或其他方式，告知使用者其著作權或製版權保護措施，並確實履行該保護措施。

二、以契約、電子傳輸、自動偵測系統或其他方式，告知使用者若有三次涉有侵權情事，應終止全部或部分服務。

三、公告接收通知文件之聯繫窗口資訊。

四、執行第三項之通用辨識或保護技術措施。

連線服務提供者於接獲著作權人或製版權人就其使用者所為涉有侵權行為之通知後，將該通知以電子郵件轉送該使用者，視為符合前項第一款規定。

著作權人或製版權人已提供為保護著作權或製版權之通用辨識或保護技術措施，經主管機關核可者，網路服務提供者應配合執行之。

第 90-5 條　有下列情形者，連線服務提供者對其使用者侵害他人著作權或製版權之行為，不負賠償責任：

一、所傳輸資訊，係由使用者所發動或請求。

二、資訊傳輸、發送、連結或儲存，係經由自動化技術予以執行，且連線服務提供者未就傳輸之資訊為任何篩選或修改。

第 90-6 條　有下列情形者，快速存取服務提供者對其使用者侵害他人著作權或製版權之行為，不負賠償責任：

一、未改變存取之資訊。

二、於資訊提供者就該自動存取之原始資訊為修改、刪除或阻斷時，透過自動化技術為相同之處理。

三、經著作權人或製版權人通知其使用者涉有侵權行為後，立即移除或使他人無法進入該涉有侵權之內容或相關資訊。

第 90-7 條　有下列情形者，資訊儲存服務提供者對其使用者侵害他人著作權或製版權之行為，不負賠償責任：

一、對使用者涉有侵權行為不知情。

二、未直接自使用者之侵權行為獲有財產上利益。

三、經著作權人或製版權人通知其使用者涉有侵權行為後，立即移除或使他人無法進入該涉有侵權之內容或相關資訊。

第 90-8 條　有下列情形者，搜尋服務提供者對其使用者侵害他人著作權或製版權之行為，不負賠償責任：

一、對所搜尋或連結之資訊涉有侵權不知情。

二、未直接自使用者之侵權行為獲有財產上利益。

三、經著作權人或製版權人通知其使用者涉有侵權行為後，立即移除或使他人無法進入該涉有侵權之內容或相關資訊。

第 90-9 條　資訊儲存服務提供者應將第九十條之七第三款處理情形，依其與使用者約定之聯絡方式或使用者留存之聯絡資訊，轉送該涉有侵權之使用者。但依其提供服務之性質無法通知者，不在此限。

前項之使用者認其無侵權情事者，得檢具回復通知文件，要求資訊儲存服務提供者回復其被移除或使他人無法進入之內容或相關資訊。

資訊儲存服務提供者於接獲前項之回復通知後，應立即將回復通知文件轉送著作權人或製版權人。

著作權人或製版權人於接獲資訊儲存服務提供者前項通知之次日起十個工作日內，向資訊儲存服務提供者提出已對該使用者訴訟之證明者，資訊儲存服務提供者不負回復之義務。

著作權人或製版權人未依前項規定提出訴訟之證明，資訊儲存服務提供者至遲應於轉送回復通知之次日起十四個工作日內，回復被移除或使他人無法進入之內容或相關資訊。但無法回復者，應事先告知使用者，或提供其他適當方式供使用者回復。

第 90-10 條 有下列情形之一者，網路服務提供者對涉有侵權之使用者，不負賠償責任：

一、依第九十條之六至第九十條之八之規定，移除或使他人無法進入該涉有侵權之內容或相關資訊。

二、知悉使用者所為涉有侵權情事後，善意移除或使他人無法進入該涉有侵權之內容或相關資訊。

第 90-11 條 因故意或過失，向網路服務提供者提出不實通知或回復通知，致使用者、著作權人、製版權人或網路服務提供者受有損害者，負損害賠償責任。

第 90-12 條 第九十條之四聯繫窗口之公告、第九十條之六至第九十條之九之通知、回復通知內容、應記載事項、補正及其他應遵行事項之辦法，由主管機關定之。

第七章　罰則

第 91 條 擅自以重製之方法侵害他人之著作財產權者，處三年以下有期徒刑、拘役，或科或併科新臺幣七十五萬元以下罰金。

意圖銷售或出租而擅自以重製之方法侵害他人之著作財產權者，處六月以上五年以下有期徒刑，得併科新臺幣二十萬元以上二百萬元以下罰金。

以重製於光碟之方法犯前項之罪者，處六月以上五年以下有期徒刑，得併科新臺幣五十萬元以上五百萬元以下罰金。

著作僅供個人參考或合理使用者，不構成著作權侵害。

第 91-1 條　擅自以移轉所有權之方法散布著作原件或其重製物而侵害他人之著作財產權者，處三年以下有期徒刑、拘役，或科或併科新臺幣五十萬元以下罰金。

明知係侵害著作財產權之重製物而散布或意圖散布而公開陳列或持有者，處三年以下有期徒刑，得併科新臺幣七萬元以上七十五萬元以下罰金。

犯前項之罪，其重製物為光碟者，處六月以上三年以下有期徒刑，得併科新臺幣二十萬元以上二百萬元以下罰金。但違反第八十七條第四款規定輸入之光碟，不在此限。

犯前二項之罪，經供出其物品來源，因而破獲者，得減輕其刑。

第 92 條　擅自以公開口述、公開播送、公開上映、公開演出、公開傳輸、公開展示、改作、編輯、出租之方法侵害他人之著作財產權者，處三年以下有期徒刑、拘役，或科或併科新臺幣七十五萬元以下罰金。

第 93 條　有下列情形之一者，處二年以下有期徒刑、拘役，或科或併科新臺幣五十萬元以下罰金：

一、侵害第十五條至第十七條規定之著作人格權者。

二、違反第七十條規定者。

三、以第八十七條第一項第一款、第三款、第五款或第六款方法之一侵害他人之著作權者。但第九十一條之一第二項及第三項規定情形，不在此限。

四、違反第八十七條第一項第七款或第八款規定者。

第 94 條　（刪除）

第 95 條　違反第一百十二條規定者，處一年以下有期徒刑、拘役，或科或併科新臺幣二萬元以上二十五萬元以下罰金。

第 96 條　違反第五十九條第二項或第六十四條規定者，科新臺幣五萬元以下罰金。

第 96-1 條　有下列情形之一者，處一年以下有期徒刑、拘役，或科或併科新臺幣二萬元以上二十五萬元以下罰金：
一、違反第八十條之一規定者。
二、違反第八十條之二第二項規定者。

第 96-2 條　依本章科罰金時，應審酌犯人之資力及犯罪所得之利益。如所得之利益超過罰金最多額時，得於所得利益之範圍內酌量加重。

第 97 條　（刪除）

第 97-1 條　事業以公開傳輸之方法，犯第九十一條、第九十二條及第九十三條第四款之罪，經法院判決有罪者，應即停止其行為；如不停止，且經主管機關邀集專家學者及相關業者認定侵害情節重大，嚴重影響著作財產權人權益者，主管機關應限期一個月內改正，屆期不改正者，得命令停業或勒令歇業。

第 98 條　犯第九十一條第三項及第九十一條之一第三項之罪，其供犯罪所用、犯罪預備之物或犯罪所生之物，不問屬於犯罪行為人與否，得沒收之。

第 98-1 條　犯第九十一條第三項或第九十一條之一第三項之罪，其行為人逃逸而無從確認者，供犯罪所用或因犯罪所得之物，司法警察機關得逕為沒入。

前項沒入之物，除沒入款項繳交國庫外，銷燬之。其銷燬或沒入款項之處理程序，準用社會秩序維護法相關規定辦理。

第 99 條　犯第九十一條至第九十三條、第九十五條之罪者，因被害人或其他有告訴權人之聲請，得令將判決書全部或一部登報，其費用由被告負擔。

第 100 條　本章之罪，須告訴乃論。但犯第九十一條第三項及第九十一條之一第三項之罪，不在此限。

第 101 條　法人之代表人、法人或自然人之代理人、受雇人或其他從業人員，因執行業務，犯第九十一條至第九十三條、第九十五條至第九十六條之一之罪者，除依各該條規定處罰其行為人外，對該法人或自然人亦科各該條之罰金。

對前項行為人、法人或自然人之一方告訴或撤回告訴者，其效力及於他方。

第 102 條　未經認許之外國法人，對於第九十一條至第九十三條、第九十五條至第九十六條之一之罪，得為告訴或提起自訴。

第 103 條　司法警察官或司法警察對侵害他人之著作權或製版權，經告訴、告發者，得依法扣押其侵害物，並移送偵辦。

第 104 條　（刪除）

第八章　附則

第 105 條　依本法申請強制授權、製版權登記、製版權讓與登記、製版權信託登記、調解、查閱製版權登記或請求發給謄本者，應繳納規費。

前項收費基準，由主管機關定之。

第 106 條　著作完成於中華民國八十一年六月十日本法修正施行前，且合於中華民國八十七年一月二十一日修正施行前本法第一百零六條至第一百零九條規定之一者，除本章另有規定外，適用本法。

著作完成於中華民國八十一年六月十日本法修正施行後者，適用本法。

第 106-1 條　著作完成於世界貿易組織協定在中華民國管轄區域內生效日之前，未依歷次本法規定取得著作權而依本法所定著作財產權期間計算仍在存續中者，除本章另有規定外，適用本法。但外國人著作在其源流國保護期間已屆滿者，不適用之。

前項但書所稱源流國依西元一九七一年保護文學與藝術著作之伯恩公約第五條規定決定之。

第 106-2 條　依前條規定受保護之著作，其利用人於世界貿易組織協定在中華民國管轄區域內生效日之前，已著手利用該著作或為利用該著作已進行重大投資者，除本章另有規定外，自該生效日起二年內，得繼續利用，不適用第六章及第七章規定。

自中華民國九十二年六月六日本法修正施行起，利用人依前項規定利用著作者，除出租或出借之情形外，應對被利用著作之著作財產權人支付該著作一般經自由磋商所應支付合理之使用報酬。

依前條規定受保護之著作，利用人未經授權所完成之重製物，自本法修正公布一年後，不得再行銷售。但仍得出租或出借。

利用依前條規定受保護之著作另行創作之著作重製物，不適用前項規定。

但除合於第四十四條至第六十五條規定外，應對被利用著作之著作財產權人支付該著作一般經自由磋商所應支付合理之使用報酬。

第 106-3 條　於世界貿易組織協定在中華民國管轄區域內生效日之前，就第一百零六條之一著作改作完成之衍生著作，且受歷次本法保護者，於該生效日以後，得繼續利用，不適用第六章及第七章規定。

自中華民國九十二年六月六日本法修正施行起，利用人依前項規定利用著作者，應對原著作之著作財產權人支付該著作一般經自由磋商所應支付合理之使用報酬。

前二項規定，對衍生著作之保護，不生影響。

第 107 條　（刪除）

第 108 條　（刪除）

第 109 條　（刪除）

第 110 條　第十三條規定，於中華民國八十一年六月十日本法修正施行前已完成註冊之著作，不適用之。

第 111 條　有下列情形之一者，第十一條及第十二條規定，不適用之：

一、依中華民國八十一年六月十日修正施行前本法第十條及第十一條規定取得著作權者。

二、依中華民國八十七年一月二十一日修正施行前本法第十一條及第十二條規定取得著作權者。

第 112 條　中華民國八十一年六月十日本法修正施行前，翻譯受中華民國八十一年六月十日修正施行前本法保護之外國人著作，如未經其著作權人同意者，於中華民國八十一年六月十日本法修正施行後，除合於第四十四條至第六十五條規定者外，不得再重製。

前項翻譯之重製物，於中華民國八十一年六月十日本法修正施行滿二年後，不得再行銷售。

第 113 條　自中華民國九十二年六月六日本法修正施行前取得之製版權，依本法所定權利期間計算仍在存續中者，適用本法規定。

第 114 條　（刪除）

第 115 條　本國與外國之團體或機構互訂保護著作權之協議，經行政院核准者，視為第四條所稱協定。

第 115-1 條　製版權登記簿、註冊簿或製版物樣本，應提供民眾閱覽抄錄。

中華民國八十七年一月二十一日本法修正施行前之著作權註冊簿、登記簿或著作樣本，得提供民眾閱覽抄錄。

第 115-2 條　法院為處理著作權訴訟案件，得設立專業法庭或指定專人辦理。

著作權訴訟案件，法院應以判決書正本一份送著作權專責機關。

第 116 條　（刪除）

第 117 條　本法除中華民國八十七年一月二十一日修正公布之第一百零六條之一至第一百零六條之三規定，自世界貿易組織協定在中華民國管轄區域內生效日起施行，及中華民國九十五年五月五日修正之條文，自中華民國九十五年七月一日施行外，自公布日施行。

MEMO

MEMO

國家圖書館出版品預行編目資料

編劇與腳本設計 / 彭思舟, 吳偉立編著. --三版.--新北市：新文京開發, 2020.05 面； 公分 ISBN 978-986-430-621-3（平裝） 1.劇本 2.寫作法 3.腳本 812.31 109005910

編劇與腳本設計（第三版） （書號：**H192e3**）

編著者	彭思舟 吳偉立
出版者	新文京開發出版股份有限公司
地址	新北市中和區中山路二段 362 號 9 樓
電話	(02) 2244-8188（代表號）
FAX	(02) 2244-8189
郵撥	1958730-2
初版	西元 2012 年 06 月 30 日
二版	西元 2014 年 05 月 01 日
三版	西元 2020 年 06 月 01 日

建議售價：380 元

法律顧問：蕭雄淋律師

ISBN 978-986-430-621-3